KB114675

한백림 新무협 판타지 소설

# 천잠비룡포
Fantastic Oriental Heroes
天蠶飛龍袍

# 천잠비룡포 15

한백림 新무협 판타지 소설

초판 1쇄 찍은 날 § 2021년 6월 28일
초판 1쇄 펴낸 날 § 2021년 7월 5일

지은이 § 한백림
펴낸이 § 서경석

총괄팀장 § 노종아
편집책임 § 이민지
디자인 § 시선 스튜디오 이너스

펴낸곳 § 도서출판 청어람
등록번호 § 제387-1999-000006호
등록일자 § 1999. 5. 31
어람번호 § 제2-2876호

주소 § 경기도 부천시 부일로 483번길 40 서경B/D 3F (우) 14640
전화 § 032-656-4452  팩스 § 032-656-4453
http://www.chungeoram.com
E-mail § chungeorambook@daum.net

ⓒ 한백림, 2006

ISBN 979-11-04-92358-6 04810
ISBN 978-89-251-0108-8 (세트)

한백림 新무협 판타지 소설
Fantastic Oriental Heroes

천잠비룡포
天蠶飛龍袍

15 도래(到來)

청어람
도서출판

# 목차

天蠶飛龍袍 49장  철위강             7

天蠶飛龍袍 50장  비룡(飛龍)        149

天蠶飛龍袍 51장  도래(到來)        239

한백무림서 여담(餘談) 편           406

天蠶飛龍袍

제49장 철위강

협제 소연신과 만났다.

사패 중 첫 번째 만남이었다. 강호를 주유하며 수도 없이 많은 사람들과 만났지만, 사패의 전설을 마주하는 기분은 그 어느 누구보다 각별했다.

화려한 주루에서 협제를 뵈었다.

주향이 진했다. 풍악 소리는 은은했다.

본디, 협제는 만나기 쉬운 사람이 아니었다.

살아 있다, 어디에 있다, 소문이야 무성했지만, 그 무성하다는 소문조차도 보통 사람들은 접하기조차 어려운 것들이었다.

사람 사는 곳이 어디에나 그렇듯, 강호무림에는 계층이란 것이 존재했다.

상층부, 중층부, 하층부. 간단히 나누자면 그처럼 한없이 간단하지만, 복잡하게 나누려면 영역을 구분 짓기조차 힘들 만큼 난해하게 엮인 것이 또한 강호무림이란 세계다.

협제라는 이름은 상층부에서나 접할 수 있는 이름이 분명하다.

상층부라는 계층을 어느 기준으로 삼아야 할지에 대해서는 고민의 여지가 있겠지만, 적어도 협제에 대한 소문은 상층부 중에서도 극 상층부에서나 언급이 허용될 만큼 비밀스러운 데가 있었다.

그것은 비단 협제뿐이 아니다.

사패 모두가 그러했다.

팔황이 그러했었다.

시대가 바뀌고, 팔황이 중원에 나왔다.

사패 팔황에 대한 전설은 어느 순간부터인가 금기가 아니게 되었다.

천하절색 기녀들을 옆에 두고, 향긋한 검남춘 한 잔을 받았다. 협제가 비룡제에게 처음으로 따라준 술이었다고 하였다.

술잔을 받아들면서 시대가 바뀌었음을 피부로 실감했다.

전설이 다시 살아 숨 쉬고, 금기가 부서져 버린 시대 말이다.

"그때는 요만한 꼬맹이었지. 건방지기 짝이 없는 얼굴로."

검남춘 두 병을 바닥내며 비룡제에 대한 이야기를 들었다. 구배지례도 없이 사제의 연을 맺었다고 했다. 마치 술 한 잔에 피를 섞은 옛 영웅들의 고사(古事)를 듣는 것 같았다.

"천룡대제 철위강에 대해 여쭈어 봐도 되겠습니까?"

"대제? 그놈 이름 앞에 대제라? 내 앞에서?"

"저는 모든 것을 들리는 대로 기록하는 사람입니다."

어디서 그런 용기가 솟아났는지, 절로 그렇게 답하고 말았다.

협제는 어인 일인지, 그런 태도를 흡족해하는 것 같았다.

"왜 그놈에 대한 것을 나에게 묻나?"

"같은 사패끼리는 서로를 어떻게 보시는지 궁금했었습니다."

"그놈이 나를 어떻게 볼지는 모르겠고. 내 입장에서야 박살을 내고 싶은 놈일 뿐이지."

사패라는 전설에게 술기운이 어떤 의미가 있을지는 모르겠지만, 소연신은 검남춘 한두 병에도 취기가 오르는 듯했다. 신비롭고 고상한 절대자의 위엄과, 기녀들과 세월을 보내는 한량의 모습이 기이하게 공존하는 사람이었다.

"전우(戰友)로 함께 싸운 적도 있다고 들었습니다만."

"누가 그래?"

"공야 어르신께서 그렇게 말씀하셨습니다."

"전우라니 가당치도 않은."

"구원(舊怨)이 아직도 남아 계신 모양입니다."

"구원이…… . 공야천성이 어디까지 이야기했는지 모르겠으나, 자네는 확실히 지나치게 대담한 구석이 있군."

"죄송합니다."

"죄송할 것 없네. 난 젊은 친구들의 대담함이 싫지 않아."

"……."

"구원까지는 아니더라도, 남아 있는 앙금이 없다면 거짓말이겠지. 그 시절에 그놈에게 졌던 것은 사실이니까."

협제가 술 한 잔을 마저 들이켰다. 눈가엔 잔주름이 많았다. 반로환동의 젊은 얼굴을 상상했지만, 그렇지 않았다. 백발이 고왔다.

"협제신기까지 선물했다고 하시던데."

"그건 또 누가 그래?"

"신마맹의 옥황을 만났습니다."

"오호라!"

협제의 두 눈이 별빛처럼 빛났다. 그 순간을 잊을 수 없다. 한량 안의 절대자가 눈을 뜨고, 신선이 사람이 되는, 그런 순간이었다.

"본래부터 남의 무공 쓰는 것을 주저하지 않는 놈이긴 했지만, 그래도 자존심이란 게 있을 만도 한데 말이야."

"자존심이라면… 천룡일맥의 상징과도 같은 것 아니었습니까?"

"그게 말이지. 그놈은 뭐랄까, 생각하는 것 자체가 달라. 처음에는 몰랐다만 다시 보니 그 자존심이란 것도 지 마음대로더라고. 딱히 뚜렷한 기준이 있는 것도 아니란 말야. 그저 이기기만 하면 그만이다? 가만 보면 그것도 아니거든. 그놈뿐이 아냐. 그 일맥은 대체 뭐 하자는 건지 아직까지도 모르겠어, 나는."

불평처럼 말하는 것이, 정말 '인간' 소연신을 보는 것 같아, 기분이 묘했다. 그 안에 범인으로 헤아리지 못할 즐거움이 깃들어 있는 것처럼 들린 것은 착각이 아니었을 것이다.

"본 적은 있나? 철위강 놈?"

"아직 못 뵈었습니다."

"좋은 꼴 못 볼 텐데. 옥황까지 가서 만나고 돌아다니는 것을 보면, 만류한다고 들을 친구도 아닌가 싶지만."

"연이 닿을지나 모르겠습니다."

"실망할지도 몰라."

"이유를 여쭤 봐도……."

"품위라고는 이만큼도 없고, 성질은 더러운 데다가 언행도 저잣거리 파락호나 다름없지. 이게 같이 싸울 땐 꽤나 통쾌하긴 한데, 그것도 한때지, 아무리 그래도 우리 나이에 그러고 다니면 쓰나. 인간이란 보통 연륜이란 게 생기면, 인품에서나 몸가짐에서나 어느 정도는 나잇값을 해줘야 하게 마련인데, 그놈은 어째 아직도 강호에 막 출도한 싸움꾼 같단 말이야. 한없이 무식한 놈. 물론, 그게 그 강함의 원동력일 수도 있다고 보지만."

천룡대제에 대한 이야기는 예상했던 것보다 오래 이어졌다. 누구에게도 듣지 못할 비사(秘事)가 술상 위에 뿌려졌다. 오직 사패로부터만 들을 수 있는 전설이었다.

검남춘 한 병을 더 비우고, 새로운 술병이 들어왔다.

묻지 않을 수 없었다. 팔황의 무도한 힘이 강호를 휩쓸고, 옛 사패의 전설조차 봉인(封印)이 풀린 지금에 와서도, 극 상층부라는 계층을 다시 언급해야 할 만큼, 퍼진 범위가 좁은 비밀스러운 소문에 관한 이야기였다.

"화안리… 라고 들어보셨습니까?"

"오극헌?"

"아시는군요."

"화안리 이야기를 들은 건 얼마 안 됐어. 오극헌이가 사람은 괜찮지만, 그래 봐야 천룡일맥이지. 그런 일로 나에게 찾아올 만큼 살가운 사이는 아니니까."

"그렇다면……."

"그래. 제자 녀석이 먼저 말해 주더군."

"아……!"

"나와 똑같이 생긴 놈을 봤다며 기겁을 하더라고. 오랜만이었어. 그 녀석 당황하는 얼굴 보는 것도."

"그럼, 소문이 사실인 겁니까?"

"모르지."

"만나보지 못하신 모양입니다."

"아직 못 봤네. 자네는 봤는가?"

"네, 물론입니다."

"어찌 생겼던가. 나와 그리도 닮았던가?"

"그것이… 지금은……."

"자, 이러면 어떤가?"

협제 소연신이 웃으며 말했다. 그의 얼굴이 변하고 있었다. 눈썹이 짙어지고, 눈꼬리가 올라갔다. 피부색이 맑아지고 코에서 입으로 이어졌던 주름이 옅어졌다. 시간이 역행하고 있었다.

옆에 있던 기녀들이 깜짝 놀라 목소리를 높였다. 협제 소연신이 손으로 얼굴을 한 번 훑으며 면구(面具)로 하는 변검의 유희이노라 기녀들을 달랬다.

협제의 얼굴을 다시 보았다.

코도 다르고, 눈매도 다르다.

그럼에도 닮았다. 무섭도록 닮았다.

협제 소연신의 얼굴 안에 있는 것은.

화산의 질풍검.

청풍 대협의 얼굴이었다.

한백무림서 한백의 일기.
협제 소연신과의 만남 중에서.

철위강이 전개한 협제신기의 빛기둥은 그 무엇으로도 뚫을 수 없었다.

무적의 방패가 따로 없다.

사신 현무, 뇌신 풍륭, 위타천 뇌공백의 삼신합벽으로도 불가능했다. 술법계 최강의 방어술이라는 영마벽조차도 삼신합벽의 뇌전력에는 버텨내기가 쉽지 않았을 것이다.

철위강의 협제신기는 달랐다. 위타천은 더 이상 전진할 수가 없었다. 온몸에 둘러쳐진 뇌공백의 기운마저 힘을 잃고 있었다.

옥황은 상황 판단이 빨랐다.

천룡무제신기는 궁극의 무(武), 그 자체라 해도 과언이 아닌 내공심결이었다. 무공이나 술법이란 결국 기(氣)의 조화로 이루어진다는 관점에서 볼 때, 사패의 경지란 곧 기의 활용이 지고한 위치에 이르러, 무공과 술법의 경계가 무너진 상태라 봐도 무방했다. 철위강이 주먹으로 영마벽을 때려 부순 것이 좋은 일례였다. 하지만 극에 이른 천룡무제신기라도 술법의 영역에서는 완벽할 수 없었다. 무공의 근본부터가 술법 대응으로 만들어진 것이 아닌 까닭이었다. 천룡의 무(武)는 본디 대인전투에 특화된 무공을 기본으로 하고 있었다. 천룡일맥뿐이 아니라, 대부분의 무공이 그러했다. 술법 병용 무공은 애초에 흔치 않다. 술법에 능히 대적할 수 있는 무공은 온 강호를 통틀어도 얼마 되지 않는다.

천룡일맥의 무공도 본래는 술법에 취약한 특성을 지니고 있었다. 시전자가 철위강이라도 예외는 아니다. 궁극에 이른 술법은 천룡무제신기마저도 뚫을 수 있다. 그것은 옥황의 도움을 받은 위타천이 삼신합벽 뇌인의 일격으로 증명했다.

옥황이 철위강과 싸워볼 수 있겠다고 생각했던 것도 그래서다.

철위강이 만능자가 아니라는 전제하에서.

옥황의 결정은 분명 틀리지 않았다.

그러나.

협제신기가 모든 것을 바꾸었다.

철위강은 무적이다. 협제신기를 펼치는 지금, 천룡대제 철위강은 술법조차도 통하지 않는 진정한 괴수가 되어 버린 것이다.

"퇴각한다."

옥황이 말했다.

망설임 따윈 없었다. 다음 공격 시도도 없었다. 통하지 않는 것을 알게 된 이상, 힘을 더 쓸 이유가 없었다. 아니, 철위강 같은 괴물 앞에서는 도주조차도 전력을 다해야 했다. 남은 힘을 모조리 다 쏟아부어도 부족하다. 여유 따윈 없었다.

옥황이 뇌신 풍륭과 북방신 현무를 불러들였다.

그의 두 눈이 감겼다. 상제력이 손에 든 비취 홀에 집중되었다.

위타천이 진언을 외우는 옥황 쪽을 한 번 돌아보고는, 뒤쪽으로 물러났다.

위타천에게도 망설임은 없었다.

철위강을 한 번 밀어붙일 수 있었던 것만으로도 만족이다. 그는 아직 철위강을 꺾을 수 없다. 너무나도 잘 알고 있었다.

옥황이 두 눈을 번쩍 떴다.

협제신기 빛기둥 앞에 비취색의 영마벽이 세워졌다. 협제신기의 봉인력을 상쇄하기 위함이었다. 위타천 역시도 자신이 해야 할 일을 잘 알고 있었다. 위타천이 몸을 날려 옥황의 뒤쪽에 섰다. 그가 옥황의 양 어깨를 잡았다.

철위강이 성큼 다가왔다.

옥황이 진언을 더했다. 영마벽이 확장되며, 열 개의 빛기둥과 부딪쳤다. 영마벽은 협제신기의 광주들을 밀어내지 못했다. 순수한 백색 광영과 아름다운 비취색 광채가 하늘을 채웠다. 기(氣)와 술력(術力)의 싸움이었다. 일렁이는 빛의 충돌이 밤하늘을 화려하게 밝혔다.

"쫓지 마시오. 당장 금상에 투입할 수 있는 가면은 셀 수 없이 많소. 당신이 이곳을 지키지 않으면 금상은 초토화를 면치 못할 것이오."

옥황이 말했다.

위타천은 옥황의 몸을 잡은 채 이미 몸을 띄우고 있었다. 위타천은 마음이 급했다.

그의 사부, 철위강은 옥황의 말 몇 마디로 그들을 쫓고 말고 할 사람이 아니었다. 멀리 쫓을 필요도 없이 당장 옥황부터 잡아 놓고서 다른 가면들이 얼씬도 못 하도록 만들 위인이었다.

"사부, 또 뵙겠소이다."

그래도 마지막 인사는 잊지 않았다.

위타천과 옥황의 몸이 허공으로 올라갔다. 속도는 종전보다 느렸다. 옥황을 들고 있어서가 아니라, 넘실대는 협제신기 빛기둥의 봉쇄력 때문이었다. 비행능력에까지 영향을 미치고 있는 것이었다. 영마벽으로 부분적이나마 상쇄하지 않았다면 이만큼 떠오르지조차 못했을 것이 틀림없었다.

"가지가지 하는군."

철위강이 한마디 내뱉었다.

그가 손을 올렸다.

위타천의 몸이 허공에서 덜컥 멎었다. 위타천은 크게 놀랐다. 철위강은 이런 것을 보여 준 적이 없었다. 격공섭물, 무형기(無形氣)의 공부였다. 천룡무제신기로도 불가능하지야 않겠지만, 천룡무제신기는 내공구결 자체가 무형기에 맞지 않은 무공이었다. 더욱이 천룡무제신기였다면 위타천이 즉각 알아챘을 것이다. 이 내공은 성질이 다르다. 천룡무제신기가 아닌 협제신기로 만든 조화였다.

"보내 주시지요. 이 옥황은 대제를 다시 뵙고 싶지 않습니다."

협제신기의 무형기를 감지한 옥황이 철위강을 내려다보며 말했다.

옥황의 눈에서 푸른색과 비취색이 섞여 나왔다. 무형기, 염력은 상단전의 힘이다. 옥황에겐 철위강의 무형기를 상쇄할 상제력이 있었다.

우우우우웅!

힘과 힘이 엉켜들었다. 보이지 않는 무형기의 충돌에 위타천의 몸 주위로 기이한 울림이 퍼져나갔다.

이어, 위타천은 온몸을 옭아매던 속박이 느슨해짐을 느끼고, 비행능력인 천군행(天軍行)에 힘을 더했다. 옥황과 위타천의 몸이 하늘 위로 쭉쭉 솟구쳐 올랐다.

철위강이 위를 올려보고 있었다.

까마득한 높이였지만 당장 뛰어오르면 백 장 위의 하늘까지도 뛰어오를 수 있을 것만 같았다. 하지만 철위강은 하늘로 올라가지 않았다. 손을 내저어 협제신기의 광주들을 거두어들이고, 그 자리에 선 채 위타천과 옥황의 비행궤적을 쫓아 고개를 돌릴 뿐이다. 깜깜한 밤하늘이 위타천과 옥황의 몸을 삼켰다. 지켜보는 철위강이 무슨 생각을 하고 있는지는 누구도 알 수 없었다.

철위강이 발을 옮겼다.

유광명 쪽을 향해서였다.

유광명은 경천동지의 싸움이 벌어지는 와중에도, 손을 쓰지 않았다. 손 쓸 겨를이 없어 보였다. 전권에서 벗어난 담벼락 쪽에서, 창백한 얼굴의 정소교를 지키고 있는 중이었다.

철위강이 성큼성큼 걸어가 그들 앞에 섰다.

금련부인 정소교의 옆에 앉은 유광명이 고개를 들어 철위강을 올려보았다. 그가 고개를 설레설레 흔들며 말했다.

"어려울 것 같습니다, 사부."

"……."

철위강은 아무 말도 하지 않았다. 표정도 읽을 수 없었다.

정소교는 죽음에 바짝 다가가 있었다. 생기 없는 얼굴엔 식은땀이 축축했다. 가슴에 패인 고랑에서는 핏물이 줄줄 흐르고 있었다. 온 사방이 피바다였다.

침묵으로 내려다보던 철위강이 이윽고 입을 열었다.

"눈을 뜨라."

대제가 내리는 명령이었다. 하지만 정소교는 눈을 뜨지 못했다. 눈꺼풀만 움찔했을 뿐이었다.

결국, 철위강은 방관하지 못했다. 그가 마침내 손을 들어 올렸다.

우우우우웅.

공기가 떨렸다.

정소교의 몸에서 흘러나오던 핏물이 눈에 띄게 줄어들었다. 유광명이 두 눈에 이채를 띄었다. 철위강의 손에서 뿜어 나온 진기가 천룡무제신기가 아니라는 것을 감지한 까닭이었다.

"내가 너를 본 것은, 운혁이 울상이 된 얼굴로 강보에 싸온 갓난아기 때부터였다."

철위강의 목소리가 천천히 내뱉어졌다.

중저음으로 깔리는 그 목소리는 어디에서도 듣기 힘든 사패의 추억이 담겨 있었다.

"운혁은 약했지만 좋은 말벗이었다. 좋은 부인을 얻었는지, 너는 어릴 때부터 고왔다. 특히나 금선이 너를 귀여워했다."

정소교의 눈꺼풀이 계속 떨리고 있었다.

듣고 있는 것 같지는 않았다. 의식이 있을 만한 상태가 아니었다.

"운혁은 무공을 가르치지 않겠다고 하였다. 나는 그러든 말든 관심이 없었다. 사실은 너와 네 아비, 누구에게 얼마나 관심이 있었는지조차 모르겠다."

철위강이 목소리가 이어졌다.

아무런 감정이 실려 있지 않았다. 분명 그렇게 들렸다. 하지만 유광명은 느낄 수 있었다. 그 안에 일말의 후회가 깃들어 있다는 것을 말이다. 그래서 유광명은 놀랐다. 그의 사부는 이렇게 제자가 느낄 만큼의 감정을 드러내는 이가 아니었다. 분노 외의 감정엔 한없이 인색한 이가 그의 사부였다.

"간간이 네가 크는 것을 보았다. 금선이 기어코 데려가 며느리로 삼았다. 운혁이 죽고, 금선이 죽었다. 그때서야 건청과 네 생각이 났다. 운혁의 뜻대로 너에겐 무공을 주지 않았다. 대신 건청에겐 금선의 심득을 가르쳤다."

들으라고 하는 이야기였다.

들어줘야 할 사람은 죽어가고 있었다. 철위강은 서두르지 않았다. 그의 목소리가 전해지고 있는 것을 확신하고 있는 것 같았다.

"천룡회 때는 좋았다. 나는 좋은 것을 좋은지도 몰랐다. 천룡회가 사라지고 나에겐 집이 없었다. 나는 일평생 자식도 없었다. 건청과 네가 있는 이곳에 오면 마음이 편했다. 이제와 생각해 보면 나는 이곳을 출가한 자식들의 집처럼 느꼈던 모양이다."

천룡대제, 철위강의 말이 잠시 멎었다.

이젠 정말 죽음이 임박했다. 정소교의 심장박동이 느려지고 있었다.

"내가 늦었다. 너는 늦은 나를 원망하지 않았을 것이다. 네 마음을 안다. 네가 주는 차는 언제나 좋았다. 네가 주는 옷도 항상 따뜻했다. 너의 죽음은 막지 못했지만, 건청과 설영은 죽지 않았다. 네 목소리가 들린다. 그렇게 부탁하지 않아도 안다. 신마맹을 부수고 복수를 하라며 네 딸을 부추기지 말라는 것도 잘 알아들었다."

목소리를 듣는다고 했다.

유광명이 철위강과 정소교의 얼굴을 한 번씩 돌아보았다.

정소교의 육신은 목소리를 낼 수 있는 상태가 아니었다. 그럼에도 철위강은 대화라도 나누고 있는 듯했다. 유광명이 아는 철위강은 허언을 하거나 감상에 젖은 말을 내뱉는 사람이 아니었다. 이렇게 많은 말을 하는 사람도 아니었다. 그렇다면 정말 정소교의 말을 듣고 있는 것이다. 혼(魂)의 영역이다. 이 역시도 천룡무제신기에는 없는 공능이었다.

"나는 아무런 약속을 하지 못한다. 네 딸을 지켜 달라고 부탁하지 말라. 이 힘은 나조차도 제어가 힘들다. 너는 보았을 것이다. 그때 받지 말았어야 했다. 나는 예전과 다르다. 원하는 대로 모든 것을 부숴버릴 수 없게 되어 버렸다. 이 땅에 내 몸을 붙잡아 놓는 것조차도 이젠 쉽지가 않다."

유광명은 철위강의 말을 이해할 수 없었다.

묻고 싶은 것이 많았다.

철위강에게 묻고 싶은 것도 많았지만, 정소교에게 묻고 싶은 것도 있었다. 철위강이 정말 정소교와 대화를 하고 있다면 철위강의 목소리를 통해서라도 묻고 싶은 마음이었다. 하지만 유광명은 그럴 수 없었다. 사부를 알기 때문이다. 사부는 감정 표현이 서툰 사람이었고, 마지막 순간에 와서야 딸처럼 여겼노라 말하는 중이었다. 강씨 금상을 오가는 와중에도 그 비슷한 말 한 마디 내비친 적이 없었을 것이다. 그런 순간을 방해하는 것은 제자의 도리를 넘어, 사람의 도리가 아니었다.

"너무 걱정하지 말고 편히 가거라. 네 딸을 다시 만나려면 한참을 기다려야 할 터이니."

정소교의 속눈썹이 파르르 떨렸다.

정말이냐 묻는 것 같았다.

"믿어라. 천룡의 말이다."

철위강이 말했다.

그때서야 안심이 된 것일까.

정소교의 입과 코에서 마지막 숨이 내뱉어졌다.

잘게 뛰던 심장이 멈췄다.

현숙하고 지혜로웠던 금련부인, 정소교의 죽음이었다.

*     *     *

역량 이상의 광신마체 발동은 심각한 내상을 동반하곤 했다.

위타천의 뇌인이란 기연을 만났기 때문에 이번에는 다를까 기대 아닌 기대를 했었다.

기대는 기대일 뿐, 예외는 없었다.

후유증은 어김없이 컸다.

기혈이 들끓었다. 지독한 고통이 전신을 강타했다. 단운룡은 그 자리에 가부좌를 틀고 앉아 운기조식을 취할 수밖에 없었다.

"여기서 바로 운기인가. 위험천만이다."

오기룡이 비틀거리며 단운룡의 옆에 붙어 섰다. 단운룡의 몰골은 말이 아니었다. 진기가 얼마나 들끓고 있는지, 운기를 하는 와중에도 파직거리며 방전이 일어날 정도였다.

"빨리 일어나야 할 거야."

듣고는 있는 건지 알 수가 없었다.

단운룡은 위타천과 싸웠던 바로 그곳에 앉아 있었다. 탁 트인 장내의 한가운데란 말이다. 이만큼 노출된 곳에서 운기를 취한다는 것은 말 그대로 위험하기 짝이 없는 일이었다. 위타천이 사라졌다지만 위험은 여전했다. 아직 그들은 완전히 안전해진 상태가 아니었던 것이다.

"적들이 와요. 모두 대비하세요!"

"제길."

나쁜 예감은 절대 틀리지 않는다.

오기륭이 욕지거리를 내뱉으며 의족을 졸라맸다.

무너진 이쪽 담장과 금마원 방향 서문 쪽에서 동자가면 무인들이 달려오는 게 보였다.

모두의 낯빛이 급변했다. 적들의 숫자는 양쪽 다 해봐야 열 명도 되지 않았지만, 이쪽은 제대로 싸울 수 있는 이가 몇 명 없었기 때문이었다.

그나마 멀쩡했던 금륜대원 두 명이 싸울 채비를 했다. 하지만 그들로는 역부족이었다. 강설영이 여은의 손을 뿌리치고 비척비척 일어나 두 주먹을 쥐었다.

"아가씨……!"

여은은 강설영을 말릴 수 없었다. 강설영은 물론이요, 여은 자신도 거들어야 할 판이었다.

운기조식을 하고 있는 단운룡은 물론이요, 부상자 대부분이 동자가면 청목봉 한 대에 황천길로 직행이다.

"힘닿는 데 까진 해 보마."

오기륭이 절룩거리며 앞으로 나섰다.

일합이나 버틸 수 있을지 모르겠다. 내력이나 체력이나, 이미 바닥을 친 지 오래였다.

동자가면 무인 네놈이 오기륭 쪽으로 짓쳐들었다.

텅!

오기륭이 왼발로 땅을 찍고 허리를 틀었다.

발도각이 허공을 갈랐다. 힘과 속도가 턱없이 부족했다. 공력은 무릎까지도 전달되지 않았다.

하지만 다음 순간.

오기륭은 동자 가면 세 놈이 뒤쪽으로 펑! 하고 날아가는 것을 보았다. 발도각은 적을 맞추지도 못했는데, 적들은 하늘을 날아가 먼지를 날리며 땅바닥을 구르고 있었다. 오기륭이 놀란 눈으로 고개를 돌렸다.

퍼엉!

호쾌한 타격음과 함께, 마지막 동자가면 무인이 일 장 밖으로 튕겨나갔다.

"!!"

흩날리는 금발이 가장 먼저 시야에 들어왔다.

색목금발의 거한이다. 다름 아닌 백금산이었다.

뻗쳐 있는 금발은 영락없는 사자의 갈기와도 같았다.

백금산이 씩씩거리며 몸을 돌렸다. 화가 잔뜩 난 맹수였다. 사람이 아닌 거대한 사자를 보는 듯했다.

백금산이 이번에는 강설영 일행 쪽으로 몸을 날릴 때였다.

검은 피부의 건장한 남자가 땅에서 꿈틀 일어났다.

백금산이 멈춰 섰다.

몸을 튕겨 땅을 박차는 이, 흑번쾌였다.

흑번쾌가 번쩍 몸을 날려 강건청과 곽경무를 뛰어넘었다. 그가 달려드는 적들을 순식간에 때려눕혔다.

위험천만, 천만다행이었다.

제때 일어나주지 않았다면 전멸을 각오해야 했을 것이다.

백금산과 흑번쾌는 이곳에 있는 모든 이들처럼 엉망인 모습이었지만, 멀쩡했을 때와 기량 차가 크지 않아 보였다. 위타천에게 그렇게 당했으면서도, 권장 일타에 가면 무인들이 뻥뻥 날아가 땅바닥에 처박히고는, 다시는 일어나지 못했다.

"후우우."

강설영이 깊은 한숨을 내쉬며 주저앉았다. 여은이 재빨리 강설영 옆에 붙어서 옆구리의 상세를 살폈다.

"이제 제발 일어나지 말아요, 아가씨. 큰일 나겠어요."

서쪽 담벼락에서 이번엔 견면 괴인 세 놈이 나타났다.

백금산이 재빨리 오기룡 옆을 지나쳐 그들을 쓰러뜨렸다.

오기룡은 더 이상 할 일이 없었다. 그가 백금산의 뒤통수에 대고 말했다.

"살려줘서 고맙소."

대답을 기대하고 한 말이 아니었다. 목소리도 크지 않았건만, 그걸 또 들었는지, 백금산이 고개도 돌리지 않고 말했다.

"먼저 살려준 건 그쪽 아니오?"

오기룡이 눈썹을 한 번 치켜 올리고는 두 눈에 이채를 띄었다.

위타천에게 당해서 의식을 잃은 줄 알았더니, 완전히 정신을 놓은 것은 아니었던 모양이었다. 오기룡이 피식 웃으며 말했다.

"구명지은에 많은 건 바라지 않겠소. 이왕 살려준 거 끝까지 좀 도와주시오."

이번엔 백금산도 오기륭을 안 돌아볼 수가 없었다.

뻔뻔한 부탁이다. 그러면서도 싫지 않게 들린다. 오기륭이 지닌 특별한 재주였다. 백금산이 답했다.

"안 그래도 그럴 생각이었소."

한 시름 놓은 셈이었다.

오기륭이 '끄응' 하고 단운룡 옆에 털썩 주저앉았다.

목숨 걸고 살려 놓길 정말 잘했다고 생각했다. 위타천과 단운룡이 주위를 초토화시키며 싸우고 있을 때, 백금산과 흑번쾌를 안전한 곳까지 끌어온 게 바로 그였던 것이다. 이런 것을 바라고 한 일은 아니었지만, 결과적으로는 신의 한 수가 된 셈이었다.

"정신을 잃으시면 안 돼요. 운기를 멈추지 말고, 절대 포기하지 마세요."

백금산과 흑번쾌 덕분에, 여은도 하던 일을 계속할 수 있게 되었다. 그녀가 강건청의 가슴을 다시 한번 동여매고, 이번엔 곽경무와 도담을 살피며 말했다.

"어르신은요, 고개를 옆으로 돌려주시고 숨을 잘 쉬는지 봐 주세요. 피가 기도로 넘어가면 안 돼요. 차라리 입 밖으로 흘러내리게 놔두세요. 손 무사님은 여기 도 대주님 쪽으로 와

주세요. 여기와 여기를 좀 눌러주시고요."

백금산과 흑번쾌는 충분히 강했다.

금륜대원들이 굳이 나설 필요조차 없었다. 그보다는 부상자들을 돌보는 것이 시급했다. 금륜대원들은 지체 없이 여은의 지시를 따랐다. 시비인 여은이, 지금은 강씨 금상의 생명줄이라 해도 과언이 아니었다.

"끝도 없이 몰려드는군."

오기룡이 중얼거렸다.

가면 쓴 놈들은 그치지 않고 나타났다.

하지만 그리 위협적이진 않았다. 놈들은 가까이 접근조차할 수 없었다. 달려드는 족족 백금산과 흑번쾌에게 박살을 당했다.

수장급 가면은 한 놈도 없었다.

다들 그놈이 그놈이다.

상대가 될 리 만무했다. 몇십 명 떼로 몰려드는 것도 아니요, 많아봐야 기껏 세네 명씩 달려들고 있다. 아무 생각이 없는 모양새였다. 무공을 그 정도 익혔으면 백금산과 흑번쾌를 어쩌지 못한다는 것을 한눈에 알 수 있었을 텐데, 눈 뜬 장님이라도 된 듯 겁 없이 덤벼들고 있었던 것이다.

'이건 뭐, 부나방도 아니고……'

오기룡은 찌푸린 눈살을 풀 수가 없었다.

놈들은 나타나고, 달려들고, 쓰러졌다.

강씨 금상을 습격한 모든 가면들에게 자살 명령이라도 떨어진 것 같았다. 모조리 죽기 전까지는 멈추지 않을 기세였다.

목표도 단순했다.

놈들은 강건청만 노리고 있었다.

백금산도 여전히 강하긴 하다만 완전히 멀쩡하진 않은 모양인지, 달려드는 견면 괴인들 중 하나를 놓치고 말았다. 오기룡이 다급하게 벌떡 일어났지만, 견면 괴인은 단운룡을 거들떠 보지도 않았다. 놈은 일직선으로 강건청에게 달려들었다. 흑번쾌가 번쩍 달려들어 목 줄기를 꺾어 놓아서 망정이지 하마터면 위험한 상황까지 갈 뻔했다.

목표가 명백해진 이상, 대응도 쉬워졌다. 몇 번 더 적들을 물리치고 나자, 적들의 수는 눈에 띄게 줄어들었다. 겁을 먹거나, 중단 명령이 떨어진 것이 아니라, 절대적인 숫자 자체가 바닥에 이른 것이다. 이제 적들도 전멸에 가깝다. 불길도 더 번지지 않았고, 병장기 소리도 들리지 않았다.

마지막으로 견면 괴인 두 놈을 쓰러뜨렸을 때다.

무너진 서북쪽 담벼락을 통해 한 무리의 무인들이 나타났다. 기세가 만만치 않게 흉흉했다. 선두에 있는 놈은 기형도를 들었고 녹색 비단옷에 행색이 요란했다. 백금산이 막 나서서 막으려는데, 저쪽에서 먼저 병장기를 집어넣으며 헐레벌떡 소리쳐온다.

"상주!"

"소상주도 계십니다!"

뒤쪽에 있던 세 명이 먼저 다급하게 몸을 날려 왔다. 셋 모두 강씨 금상의 옷을 입고 있었다. 백금산은 아직도 금발이 가닥가닥 뻗쳐 있는 것이 도통 분노가 가시질 않는 듯했다. 그래도 금륜대의 복장까지 못 알아볼 정도는 아니다.

"같은 편이외다, 공격하지 마시오."

금륜대원들 뒤로 조심스레 다가오는 이들은 금상이 고용한 낭인들이었다. 방금 전에도 싸움을 치른 듯 낭인들의 병장기에서 붉은 피가 뚝뚝 떨어지고 있었다.

"자넨 함문 아닌가? 자네가 어찌 여기에?"

강건청이 창백한 얼굴로 다급히 달려온 금륜대원에게 물었다. 금륜대원이 답했다.

"마님께서 보내셨습니다. 금련각에서는 상당히 위험했으나 젊은 대협과 한 여협의 도움으로 무사히 빠져나왔습니다."

"자네 얼굴을 보고 가슴이 철렁했네. 무슨 일이 생긴 건가 하고."

"지금은 은월당에 계십니다. 상주님 걱정이 이만저만이 아니십니다."

금륜대원들의 얼굴엔 안도감이 가득했다. 상태는 위중해 보이지만, 그래도 살아 있는 것을 확인한 것이다.

"은월당 쪽이면… 방금 그쪽에서 뭔가 번쩍이는 빛이 보였었습니다만."

곽경무의 용태를 돌보던 금륜대원이 미간을 좁히며 말했다. 다른 이들은 미처 의식하지 못했던 일이었다. 낭인 두 명이 덧붙였다.

"빛은 잘 모르겠는데, 폭음 같은 것도 들렸지, 아마?"

"그건 나도 확실히 들었소. 우리가 이쪽으로 온 후 뭔 일이 생기긴 한 것 같소만……."

강건청의 얼굴이 얼음처럼 굳어졌다.

금륜대원과 낭인들의 가세로 적들의 위협에서 자유로워지나 했더니, 이번엔 정소교의 안위가 걱정이다. 강건청이 다급한 어조로 말했다.

"당장 은월당으로 가야겠네."

"가주, 지금은 이동할 수 있는 상태가 아니십니다."

"아닐세. 당장 가세."

강건청이 벌떡 일어났다. 금륜대원들이 만류하자, 강건청이 성큼 걸음을 옮기며 말했다.

"내 이렇게 걸을 수도 있다네. 조금만 도와주면 될 걸세. 어서 함께 가시게나."

하지만 강건청은 채 다섯 걸음도 떼지 못한 채, 왈칵 피거품을 토해내고 말았다. 자리를 박차고 일어난 강설영이 달려와 그를 부축했다.

"아빠, 이러면 안 돼요."

"가야 한다. 이제 싸움도 끝나지 않았더냐."

"네, 가야죠. 그런데 이렇게는 아니에요. 거동 못 하는 사람들이 많아요. 이들을 이대로 두고 갈 수는 없잖아요."

강설영의 말에 강건청이 퍼뜩 정신을 차리고 주위를 둘러보았다. 신음성을 내뱉으며 누워 있는 이들이 보였다. 의식 없는 곽경무는 신음조차 내지 못하고 있었다.

"가려면 다 같이 가야 하오. 마차 같은 건 없소? 우리 문주도 제 발로 뛰어갈 상황은 아니어서 말이오."

오기륭이 불쑥 끼어들었다. 강건청이 반색을 하며 다급하게 말했다.

"그렇군! 수레를 구해오게! 우리 금상에 널린 것이 수레 아닌가! 쿨럭!"

그의 지시에 금륜대원들이 재빠르게 흩어졌다. 강건청의 말마따나, 금상엔 비단수레가 수도 없이 많았다. 마차를 끌고 오려면 금마원까지 가야 할 뿐 아니라, 비치된 마차들도 이런 부상자들을 몇 명씩 싣고 움직이기엔 공간이 넉넉지 않았다.

끼리리리릭!

잠깐 만에 금륜대원 두 명이 대형 수레 하나를 끌고 왔다. 비단 상자를 산더미처럼 쌓고 다녔던 수레였다.

두두두두!

서문으로 뛰어나간 두 명은 염금원 바로 옆 마구간에서 말까지 세 마리 몰아가지고 나타났다. 곽경무를 먼저 수레에 눕히고 강건청과 강설영이 그 옆에 탔다. 부상자들을 하나하나

올리고 기마에 마구를 얹어 수레와 연결했다. 이동할 채비를 갖춘 것이다.

곤란해진 것은 오기륭이었다. 마차를 찾은 게 그였건만, 막상 탈 것은 앞에 있는데 태울 방법이 마땅치 않았다. 운기조식하는 단운룡을 건드려도 되나 확신이 서지 않았던 까닭이었다.

"아예 못 일어나는 건가?"

오기륭이 물었다.

단운룡은 가타부타 답이 없다. 오기륭이 고개를 설레설레 흔들었다. 모두를 무작정 기다리게 둘 수도 없는지라, 먼저 보내려고 마음먹었을 때였다.

단운룡이 번쩍 눈을 뜨며 말했다.

"가자."

한 마디와 함께 단운룡이 몸을 일으켰다. 정상이 아니라는 것은 한눈에 알 수 있었다. 억지로 운기를 중단한 것이 틀림없었다.

"어이, 괜찮은 거냐?"

"그럴 리가."

단운룡이 대답했다. 솔직한 대답이었다.

그가 수레 쪽으로 걸어갔다. 이를 악물고서 발을 옮기는 것이 발걸음 하나도 떼기가 힘든 듯했다.

"신세 좀 지겠습니다."

단운룡이 수레에 오르며 말했다. 대상은 강건청이었다.

오기륭이 눈썹을 치켜 올렸다. 이 정도로 상대에게 예를 차리는 것을 본 적이 없었던 까닭이었다.

"신세라니 당치 않네. 도리어 내가 감사해야 할 일이지. 자네 덕에 목숨을 구했으니."

강건청이 고개까지 숙이며 말했다.

단운룡이 마주 고개를 숙였다. 오기륭이 기가 찬다는 듯 단운룡을 빤히 쳐다보았다.

"단 공자."

마침내.

강설영 차례가 왔다.

수레가 움직이기 시작했다. 금륜대원들은 수레를 모는 데 능숙했고, 금상의 땅은 관도보다 평탄했다. 그녀가 흔들림 없는 시선으로 단운룡을 보았다.

"정말 와줬네요."

단운룡이 강설영을 마주 보았다.

"와야지."

짧은 대답이었다.

그녀와 그의 눈이 많은 것을 담았다.

"고마워요."

"……."

마지막으로 서로를 보았을 때, 그들 사이엔 걷잡을 수 없는 분노와 격정이 가득했었다.

그들에겐 할 이야기가 많았다.

하지 못했던 이야기, 하고 싶었던 이야기, 하지 않으려 했던 이야기, 그땐 미처 몰랐던 이야기, 그들이 앞으로 해야 할 이야기가 있었다.

지금은 필요 없었다.

말 없이도 괜찮다.

그가 여기에 와서 목숨을 걸고 싸워준 것만으로 됐다. 그녀가 불렀으니 왔을 뿐이다. 그가 와서 소중한 사람들을 살릴 수 있었다. 그녀가 살아난 것으로 충분했다.

두 사람의 시선이 떨어졌다.

누가 먼저라고 할 것도 없었다.

두 사람의 눈은 다른 곳을 향했지만, 아주 오랜 시간을 멀리 돌아 같은 곳을 보게 된 느낌이었다.

무너져 가는 금상의 전경이 그들을 스쳐갔다.

눈에 잘 들어오지 않았다.

다시는 만나지 않겠다고 했건만.

재회는 그처럼 담담했다.

반드시 다시 만나리라는 것을.

그때도 그들은 이미 알고 있었기 때문이었다.

\*　　　　\*　　　　\*

"엄마, 엄마!! 안 돼! 안 돼!!"

강설영이 뛰어갔다.

정소교는 딸의 부름에 답하지 못했다.

충격이었다.

강건청은 수레에서 내려왔지만, 발걸음을 뗄 수가 없었다. 강설영의 비통한 울부짖음에 심장과 몸이 한꺼번에 멈춰버린 까닭이었다.

그것은, 단운룡에게도 만만치 않은 충격이었다.

그는 정소교의 안전을 확신하고 금약당으로 향했다. 금륜 대원들이 있고, 낭인들이 있었으며, 도요화가 있었다.

그런데, 정소교가 죽었다.

"엄마. 엄마……!"

강설영은 울고 있었다.

단운룡은 그녀가 우는 것을 처음 보았다. 그녀는 아이처럼 울었다. 단운룡은 차마 그녀의 우는 모습을 볼 수가 없었다.

충격은 또 있었다.

정소교의 죽음보다 더 컸다.

그는.

다 부서진 은월륜 청동상 고철 더미에 앉아 있었다. 발 하나를 올린 방만한 자세였다.

보는 순간 누구인지 알았다.

사부보다 강할 수도 있는 사람.

이보다 강한 사람은 이 세상에 존재하지 않을 것 같다.

형언할 수 없는 존재감으로 스스로의 이름을 증명한다.

철위강이었다.

"너인가? 그놈 제자가?"

심장을 옥죄어 오는 힘이다. 하지만 단운룡은 그런 힘이 익숙하다.

그는 철위강 못지않은 전설에게 사사했다.

"놈이 아니오. 그분이지."

단운룡의 대답이었다.

철위강이 단운룡의 두 눈을 똑바로 바라보았다.

단운룡은 시선을 피하지 않았다.

철위강이 발하는 힘은 상상 이상으로 엄청났다. 보통 무인이었으면 그 눈빛을 마주 받는 것만도 감당이 안 되었을 것이다. 하지만 단운룡은 보통 무인이 아니었다. 그는 사패의 눈빛을 수도 없이 받아내 온 이였다.

철위강이 자리에서 일어났다.

그가 정소교 쪽을 돌아보았다.

강설영은 울음을 멈추지 못하고 있었다. 강건청이 정소교의 시신 앞에 털썩 무릎을 꿇는 것이 보였다.

철위강이 다시 단운룡에게로 시선을 돌렸다.

"따라와."

철위강이 말했다.

그가 신발을 질질 끌며 서문 쪽으로 먼저 발을 옮겼다.

단운룡은 대답 없이 철위강의 뒤를 따랐다.

서문 앞에 이르러서야, 단운룡은 강설영 쪽을 돌아볼 수 있었다.

그녀가 오열하고 있었다. 그런 모습을 처음 보았다.

강건청은 피까지 토하고 있었다. 외상에 더하여 심신에 지대한 타격을 받은 탓이었다.

"누가, 누가 이랬어요?"

강설영의 목소리를 들었다.

대답해 줄 수 있는 사람은 한 명밖에 없었다. 유광명이 침중한 표정으로 대답했다.

"이랑진군."

굳이 유광명이 말하지 않았더라도 알 수 있었을 것이다. 정소교의 가슴엔 이랑진군 삼첨양인도의 흔적이 세 줄기로 뚜렷하게 남아 있었기 때문이었다.

하얗게 질린 안색으로 눈물을 뚝뚝 흘리는 그녀와 넋이 나간 듯 아무 말도 못 하고 있는 강건청을 뒤로한 채, 단운룡은 철위강을 따라 부서진 은월당 서문의 잔해를 넘었다.

서문 밖은 휑했다.

외원 중에서도 가장 외원이다. 인적은 전혀 없다. 불에 타지 않았는데도 벌써 버려진 장원의 외곽에 들어선 느낌이었다. 광주 선성의 대로로 이어지는 서쪽 외원 길은 어둑하기만 했다.

일행이 보이지 않게 된 지점에 이르러 철위강이 몸을 돌렸다.

그가 말했다.

"덤벼."

단운룡의 두 눈이 크게 뜨였다.

사패란 다들 그런 것일까.

사부 소연신도 그랬지만, 철위강이란 자도 파격 그 자체다. 예상할 수 있는 범위 내에서 행동하는 자가 아니었다.

천룡무제신기가 은은하게 요동치고 있었다. 그냥 하는 소리가 아니란 말이다. 정말로 싸울 생각이란 뜻이었다.

하지만 단운룡은 사패의 말이라 하여 고분고분하게 들어줄 마음이 없었다.

단운룡이 짧게 대답했다.

"싫소."

누구라도 놀랄 만한 일이었다.

천룡의 명에 이처럼 거역하는 이는 흔치 않았을 것이다.

그러나 철위강은 표정 하나 변하지 않았다. 그저 되물었을 뿐이다.

"싫다?"

설명을 요구하는 반문이었다.

단운룡의 이번 대답은 짧지 않았다.

"나는 협제 소연신의 하나 된 제자요. 그렇기에 난 천룡대제인 당신이 조금도 두렵지 않소. 그러나 지금, 나의 육신은 만신창이가 되었고, 나의 내공은 바닥이 난 상태요. 내 어찌 이 몸으로 당신에게 도전을 할 수 있겠소? 온전치 못한 기량으로 사부의 이름을 욕되게 할 수는 없소이다."

이번엔 철위강도 표정 변화가 있었다.

철위강의 눈빛이 사나워졌다. 미간이 좁혀지고, 천룡무제신기가 요동을 쳤다.

그 변화가 뜻하는 것은 아마도, 상극에 대한 뿌리 깊은 불쾌감이었을 것이다.

철위강이 고저 없는 목소리로 말했다.

"덤비지 않겠다면 내가 간다."

그가 단운룡에게로 성큼 발을 옮겼다.

진짜다.

정말로 싸울 셈이다.

사패의 전투 의지란 그 자체로 상상초월의 압력을 지니고 있었다. 그저 한 발 뗐을 뿐인데, 해일이 몰려오는 것 같다. 천룡무제신기의 기파가 단운룡의 전신을 한꺼번에 쓸어버릴 기세로 뿜어 나왔다.

'이렇게 죽는 건가.'

저절로 그런 생각이 들었다.

철위강이 발산하는 천룡무제신기는 지금 몸 상태로 받아낼 수 있는 수준이 아니었다.

한 발만 더 다가와도 무너질 수 있다. 지금 저 일 보만으로도 울컥하며 목구멍에서 피 냄새가 올라올 정도였다.

서쪽 사천이 대지보다도 더 서쪽, 한없이 먼 서쪽의 서역인들이나 신고 다니는 기이한 피혁화를 질질 끌고서, 철위강이 거리를 좁혀왔다.

그때였다. 놀라운 일이 일어난 것은.

두세 걸음이면 내공이 진탕되어 피라도 토할 줄 알았다. 그런데 아니다. 마신 발동으로 비어버린 줄 알았던 광구에서 한 줄기 뇌전이 일어나 망가진 몸을 일깨우기 시작한 것이다.

천룡무제신기가 단운룡의 전신을 덮어 누르며 그의 기혈에 압력을 가해오자, 흩어졌던 광극진기가 천룡기의 침투에 대항하여 분연히 되살아난 것이었다.

마신 발동은 고사하고, 신풍이나 순속조차 펼칠 수 없는 상태였다. 그런데도 버틴다. 그게 천룡무제신기를 만난 광극진기의 저력이다.

철위강이 눈앞에 이르렀다.

발을 내딛고, 주먹을 쥔다. 허리를 틀고 전사력을 얻었다. 천룡무제신기의 소용돌이가 주먹에 실렸다.

단운룡은 그 일 권을 익히 알고 있었다.

강설영의 일 권과 같다.

천룡파황권이었다.

콰아아아아.

파공음이 귀를 먹먹하게 만들었다.

철위강은 진심이다. 저 일 권에 전력을 실었다.

사부 외에 처음 만난 사패란 존재는, 아무래도 단운룡 자신을 이 세상에서 지워버릴 생각인 것 같았다.

'천룡의 정수……!'

세상이 깜깜해진다.

단운룡의 눈에 보이는 것은 철위강의 주먹뿐이다. 아니, 그것은 이미 주먹의 형태가 아니다.

그것은.

천룡(天龍) 그 자체다.

하늘도 허락하지 않았을 법한, 가장 강력한 힘의 총화였다.

단운룡은 할 수 있는 것이 없었다.

초식 상극이라는 극광추도, 파괴력에 있어 타의 추종을 불허하는 광뢰포도, 무적의 위력을 지닌 광혼고도, 펼치지 못했다.

그것은 강설영의 천룡파황권과 달랐다.

천룡파황권이란 그저 형(形)이라는 껍데기일 뿐이다.

단운룡은 맞서지 못할 힘의 결정체를 보았다.

철위강의 주먹이 단운룡의 가슴을 꿰뚫었다.

바로 그 순간, 단운룡은 천룡의 모든 것을 만났다.

천하에서 가장 강하다는, 천룡의 의지가 그의 심장에 새겨진 것이다.

콰앙!

폭음을 들었다.

줄 끊어진 연처럼, 단운룡의 몸이 하늘을 날았다. 천룡무제 신기가 사위를 휩쓸었다.

털썩.

단운룡의 몸이 땅바닥에 떨어졌다.

꿰뚫렸던 것처럼 보였던 그의 가슴은 멀쩡했다.

심장도 멈추지 않았다. 의식도 날아가지 않았다.

단운룡이 땅을 짚고, 몸을 일으켰다. 아까는 그리도 무겁던 몸이 웬일인지 가볍게 느껴졌다. 광극진기 덕분이다. 광극진기 가 솟아나고 있었다. 광구가 아닌 전신 세맥으로부터다. 잠자 고 있던 진기가 광구로 흘러들어 단단하게 뭉쳐들었다. 들끓 던 기혈이 안정되고 있었다.

'이것은 대체……'

영문을 모를 일이었다. 철위강은 분명, 단운룡을 박살 낼 기세였었다. 일 권에 죽었어도 이상하지 않았다. 결국, 마지막 순간에 힘을 거두었단 이야기다. 철위강이 보여준 기질과는 절대로 어울리지 않는 행동이었다.

단운룡이 퍼뜩 고개를 들었다.

철위강은 눈앞에 없었다. 이미 단운룡을 지나쳐 다시 은월 당 쪽으로 걸어가는 중이었다.

철위강이 고개를 돌리지 않은 채 말했다.

"빚은 갚았다."

단운룡의 두 눈이 크게 뜨였다.

천룡대제, 사패의 하나다.

너무나도 큰 이름에 당연한 이치를 생각하지 못했다.

빚이라 함은, 다른 것이 아니다. 그가 강설영의 목숨을 살린 것을 의미함이다. 그것밖에는 빚이라 부를 만한 것이 없었다.

단운룡이 위타천과 싸운 것을 어떻게 알았는지 모르겠지만, 사부와 같은 위치에 올라가 있는 자에게 있어 그런 것은 조금도 어려운 일이 아닐 터였다. 소연신의 제자인 것도 한눈에 알아본 철위강이다.

그래도 이것은 의외다.

사소한 은원 따위는 아무렇지도 않게 여길 줄 알았건만, 꼭 그렇지도 않은 모양이다.

게다가 막상 따지고 보면 갚는다는 말조차도 정상은 아니다. 빚을 갚는 데에는 보상이란 것이 뒤따라야 하는 법이었다.

하지만 이 정도로 구명지은에 대한 보상이라 하기에는 무언가 앞뒤가 맞지 않았다.

'살려줬다 이건가.'

죽일 마음이었으나 마지막엔 손을 거두었으니 목숨을 구해 준 셈이다?

지금 상황에서는 그렇게밖에 해석할 수 없다.

억지다.

의도 자체를 모르겠다. 사부가 들려준 단편적인 몇 마디 외에는 철위강에 대해 제대로 아는 것이 없으니, 더더욱 파악이 되지 않는다.

단운룡이 몸을 세우고, 철위강의 뒤를 따랐다. 철위강의 등은 벌써 저 앞에 있었다.

대체 무슨 이야기냐 묻고 싶었지만 그만두었다.

불러 세운다고 하여 대답해 줄 것 같지도 않았기 때문이었다.

그렇게 단운룡은 은월당 쪽으로 향했다.

철위강으로부터 받은 것이 무엇인지도 모른 채.

마치 그 옛날 철위강이 소연신으로부터 받았던 것이 무엇인지 몰랐던 것처럼.

살아 있는 전설들의 의중은 아직 전설이 되지 못한 자가 헤아릴 수 있는 것이 아니었다.

전설이 남긴, 전설이 될 이야기가 또다시 새롭게 시작되는 순간이었다.


*        *        *


단운룡은 은월당에 이르러 가장 먼저 도요화부터 챙겼다. 오기륭이 그녀 곁에 붙어 있었다. 그녀는 마치 수혈이라도 짚인 것처럼 깊게 잠들어 있었다. 다소 내상을 입은 것 같았지만, 호흡은 안정되어 있었고 큰 외상도 없었다. 어떤 상태인지 확신할 수 없는 만큼 일단은 건들지 않은 채, 그대로 두기로 하였다.

강설영과 강건청이 진정되기까지는 꽤 긴 시간이 필요했다.

철위강은 처음 모습 그대로 부서진 청동 월륜상 앞에 앉아 두 부녀의 오열이 멈출 때까지 잠자코 기다려 주었다. 말 그대로 이해할 수가 없는 존재였다. 신비롭다는 표현은 어울리지 않았다. 말 그대로 불가해 그 자체였다.

게다가 단운룡은 부러진 팔에 부목을 대고 운기를 하면서 또 한 번 이해 불가능의 기사(奇事)를 경험해야 했다. 광극진기가 샘솟듯 일어나며 손상된 기혈을 급속도로 수복하기 시작한 것이다.

단운룡은 본능적으로 알았다. 그것이 전적으로 철위강의 일 권에서 비롯된 일이라는 사실을 말이다. 마치 천룡의 낙인이라도 찍힌 것처럼, 천룡의 진기가 단운룡의 체내에 머물면서 그에 맞설 광극진기를 끊임없이 불러내고 있었다. 회복 속도는 그야말로 놀라울 정도였다. 이대로면 하루도 채 지나지 않아 완전한 상태로 되돌아갈 수 있을 것 같았다.

강설영과 강건청이 그나마 대화라도 가능한 상태가 된 것은 동 틀 무렵이 다 되어서였다. 강설영이 얼룩진 눈물을 닦고 가장 먼저 한 일은 사부인 철위강의 앞에 서는 것이었다. 그녀가 말했다.

"사부님, 저는 힘이 필요해요. 제게 다시 싸울 힘을 주세요."

철위강이 강설영을 보았다.

바라보는 눈빛에는 그 어떤 감정조차 실려 있지 않은 것 같았다.

그가 천천히 대답했다.

"나는 너에게 싸울 힘을 주지 않을 것이다."

일언지하에 거절이다. 강설영에겐 다시없는 절망이었다.

"저는 싸워야 해요. 엄마를, 강씨 금상을 이렇게 만든……."

"네 어머니를 죽인 자는 저기에 있다."

철위강이 강설영의 말을 중간에 잘랐다. 그가 손을 들어 이랑진군의 시신을 가리켰다. 강설영이 이랑진군 쪽을 한 번 바라보더니, 고개를 저으며 말했다.

"저자는 고작 원수들 중 하나일 뿐이잖아요. 진짜 원흉은 신마맹이여요. 신마맹이 엄마를 죽였어요. 저는 그들과 싸워야 해요."

"그리 말하지 말라."

철위강이 강설영의 눈을 똑바로 바라보았다. 강설영은 철위강의 눈을 보고 가슴이 철렁 내려앉는 느낌을 받아야 했다. 철위강이 덧붙여 말했다.

"신마맹이 이곳에 온 것은 나 때문이다. 너는 나와도 싸울 셈이냐?"

강설영의 얼굴이 창백하게 굳어졌다.

강설영은 뭐라고 대답할 말을 찾을 수가 없었다.

말문이 막힌 그녀를 두고 철위강이 다시 입을 열었다.

"돌아서라."

강설영이 다시 눈을 크게 뜨고 철위강을 보았다. 철위강의 얼굴은 언제나와 변함없이 여일했다. 그녀가 힘없이 몸을 돌렸다. 철위강의 손이 그녀의 등에 닿았다.

"네 어미가 나에게 부탁했다. 너를 지켜 달라고. 하지만 나는 그런 약속을 하는 이가 아니다. 네 목숨은 네가 지켜라."

철위강의 손이 빛났다. 고결한 빛이었다.

단운룡은 그 빛에서 익숙함을 느꼈다.

강력한 진기가 강설영에게로 넘어가고 있었다. 단운룡은 그 것을 보며, 철위강의 모습이 변한다고 생각했다. 잔잔한 기운이 줄어들면서 거칠고 광포한 기운이 짙어졌다. 마치 위타천의 기파에 가까워지는 듯한 느낌이었다.

"네 몸 하나 건사하기엔 부족치 않을 힘이다. 그러나 너는 예전처럼 싸우지 못할 것이다."

철위강의 그 말은 마치 예언과도 같았다.

철위강이 강설영의 등에서 손을 뗐다. 강설영이 털썩, 무릎을 꿇고 주저앉았다. 큰 충격이라도 받은 듯했다.

진기를 받아들인 그녀가 가부좌를 틀고 앉았다. 운기를 시도하던 그녀가 얼굴을 굳히고 두 눈을 크게 떴다. 그녀가 즉각 일어나 철위강에게로 몸을 돌리며 말했다.

"구결에 진기가 제대로 반응하지 않아요. 이건… 이건… 천룡무제신기가 아니잖아요."

그녀의 목소리가 떨리고 있었다.

철위강의 말대로 제대로 싸우지 못할 것임을 직감한 것이다.

"천룡무제신기는 더 이상 너의 무공이 아니다."

철위강은 목소리마저도 변해버린 것 같았다.

목소리가 거칠고 단단해졌다.

그는 그 어떤 설명도 덧붙이지 않았다. 철위강이 강설영과 강건청을 한 번씩 돌아보고는, 밝아오는 동쪽 하늘로 시선을 주었다.

그가 말했다.

"나는 이만 가야겠다."

"사부님, 어째서……!"

그것으로 끝이었다.

"사부, 사부님!"

철위강이 동쪽으로 발을 옮기기 시작했다. 누구도 그를 붙잡을 수 없었고, 누구도 그를 막을 수 없었다. 강설영이 그를 쫓아 땅을 박찼다. 하지만 그녀는 더 갈 수 없었다. 그녀를 붙잡아 막은 목소리가 있었기 때문이었다.

"설영아, 그만하여라."

강설영은 기운 없는 아버지의 목소리를 외면할 수 없었다.

철위강의 강인한 뒷모습이 어스름한 새벽빛으로 스며들었다. 마지막 순간, 철위강이 고개를 돌렸다. 찰나에 불과한 순간이었지만, 단운룡은 철위강이 자신을 돌아보았음을 알았다.

그 시선의 의미는 알 수가 없었다.

다만 강설영과 관계가 있으리라는 것만 어렴풋이 느낄 수가 있었다.

강설영이 돌아서서 아버지의 곁으로 왔다.

철위강에겐 그것이 끝이었으나, 그들에겐 끝이 아니었다.

정소교의 시신은 수습조차 못 했다.

강건청이 금륜대원을 불렀다. 관을 구해오라는 강건청의 목소리가 물에 빠진 듯 잠겨 있었다.

\*　　　　　\*　　　　　\*

남은 것이 많았다.

해결해야 할 것이 산더미처럼 쌓여 있었던 것이다.

"시기가 좋지 않은 것을 알고 있습니다. 그렇다고 미룰 수도 없는 일이겠지요."

슬픔과 좌절을 떨쳐낼 수 없다.

하지만 또 누군가는 그 어떤 불행과 죽음 앞에서도 흔들리지 않았다.

"금상주께 묻겠습니다."

그의 목소리가 이어졌다.

"거래. 하시겠습니까?"

천룡상회주.

유광명이 묻고 있었다.

"저희에겐 자산과 인력이 있습니다. 금상을 복구해 드리겠습니다."

유광명의 목소리는 차분하고 신중했다. 절로 신뢰가 가는 목소리다. 상인이 가질 수 있는 최고의 재능이다.

강건청은 혹하지 않았다. 장사하는 이는 조건 없이 움직이지 않는 법이었다. 강건청이 침중한 목소리로 입을 열었다.

"천룡상회에 그럴 힘이 있다는 것은 잘 알고 있네. 하지만 자네가 보듯 지금 우리는 당장 목숨부터 걱정해야 하는 상황일세. 무엇을 어떻게 하라는 말인지 모르겠네."

유광명이 강건청의 두 눈을 직시했다.

그가 말했다.

"금상의 경영권을 넘겨주십시오."

"……!!"

핏기 없는 강건청의 얼굴이 얼음처럼 굳어졌다.

강건청은 유광명의 두 눈을 보며 피가 얼어붙는 두려움을 느껴야 했다. 유광명은 여지없는 천룡의 후예였다.

강건청은 익히 알고 있었다. 천룡이란 인간의 섭리 따위는 가볍게 무시할 수 있는 존재라는 사실을 말이다.

강건청이 지닌 상인의 본능이 말하고 있었다. 유광명은 이 모든 것을 예측하고 있었다고.

유광명은 이미 모든 것을 준비해 둔 것이다. 강씨 금상이

이 지경에 이를 것을 일찍이 알고 있었던 것이 틀림없었다.

"강씨 금상은 잿더미가 되었네. 천룡상회가 금상을 통째로 삼킨다 해도 나는 막을 도리가 없을 것으로 보이네만."

"상주께서는 금상의 심장이십니다. 상주의 인가 없이는 금상의 사업을 온전히 진행할 수 없습니다."

유광명의 말은 정확했다.

금상 산하의 상회들은 강건청이라는 대상(大商) 없이는 뭉치기 힘든 구조로 되어 있었다. 강건청 한 사람에 대한 충성과 신뢰 역시도 상가치고는 대단히 높은 편이었다.

강건청이 유광명의 두 눈을 다시 바라보았다.

"물론 나의 인가가 필요하겠지. 하지만 내가 사라지면 그조차도 필요 없지 않은가?"

강건청은 충분히 날카로웠다.

강건청이 거부할 경우, 금상 산하 상회들은 천룡상회에 쉽사리 협조하지 않을 것이 자명했다. 하지만 강건청이 죽기라도 한다면 이야기는 완전히 달라진다. 인가라는 것도 살아 있을 때에 한해서야 필요하다는 뜻이다. 구심점을 잃은 산하 상회들에서는 천룡상회의 출현이 어둠 속의 빛처럼 여겨질 수도 있을 것이다. 오히려 유광명 입장에서는 일의 진행이 훨씬 더 쉬워질 수 있다는 뜻이었다.

"부인하지 않겠습니다. 하지만 저는 그 정도로 도의(道義)를 모르는 자가 아닙니다."

유광명은 조금도 흔들리지 않았다.

어조는 대담하고, 음성에 실린 힘은 강하기 그지없다. 강건청이 고개를 설레설레 흔들며 말했다.

"자네는 분명, 그분의 제자가 맞군."

"칭찬으로 듣겠습니다."

유광명은 그렇게 말하고는 잠시 말을 멈추었다.

금륜대에서 커다란 관 하나를 들고 온 까닭이었다. 정소교를 위한 관이었다.

스스로 말했듯, 유광명은 이런 순간까지 방해할 만큼 도의 없는 자가 아니었다.

입관은 쏟아지는 눈물과 함께 이루어졌다. 강설영은 나중에 제대로 해드리겠다 하염없이 눈물을 흘리며 화사한 비단으로 정소교의 몸을 감쌌다. 정소교의 몸이 옥판이 대어진 관에 눕혀졌다. 뚜껑이 닫히는 동안 강설영은 끊임없이 한 가지만을 말했다.

"엄마, 미안해요. 미안해."

강건청도 마음은 같았다.

하늘이 무너지는 심정으로 금륜대가 몰아 온 마차에 정소교의 관을 올렸다.

아내가 실린 관을 보며, 강건청은 다시금 넋이 나간 모습이었다.

유광명이 물었다.

"수습이 된 후에 다시 이야기를 나누시겠습니까?"

강건청은 관에서 눈을 떼지 못했다.

강설영이 마차 위로 올라, 정소교의 관 옆에 주저앉았다. 그녀는 두 눈에서 눈물이 뚝뚝 떨어지고 있었다.

강건청이 이내, 고개를 저으며 대답했다.

"아닐세."

그가 말을 이었다.

"당장 이 마차가 어디로 갈지부터 정해야 할 터. 자네 이야기를 끝까지 들어봐야겠네."

"그럼, 결례를 무릅쓰고 말씀드리겠습니다. 금상은 화남(華南) 전체를 통틀어서도 손에 꼽히는 상가입니다. 신마맹 무리의 무도한 만행만 없다면 저희의 지원 없이도 석 달 안에 재기가 가능하셨을 겁니다. 하지만 상주께서는 그들의 표적이 되어 버린 상태입니다. 금상의 전력만으로는 버티기 힘듭니다. 저희가 상주와 이분들의 안전을 보장해 드리겠습니다. 또한 금상을 기반으로 얻어지는 이득의 팔 할을 돌려드리겠습니다."

"팔 할을?"

강건청이 퍼뜩 고개를 돌려 유광명을 돌아보았다.

놀랄 수밖에 없다.

경영권을 달라고 했다.

금상을 통째로 가져가겠다는 말로 들었다.

백번 양보하여 그것까지는 괜찮다고 생각했다.

금상의 주춧돌을 세운 분이 누구셨던가. 천룡회 금선신군이셨다. 천룡상회는 분명 천룡회와 다르다지만, 그들의 요구는 결코 무시할 수 없다. 무시해서는 안 된다. 돌아가신 어른에 대한 도리가 아니었다.

그러나, 이어진 유광명의 제안은 실로 의외였다.

경영권을 달라고 하더니, 이득의 팔 할을 돌려준단다.

팔 할이면 거의 전부다. 실질적인 이득을 포기하겠다는 말이다. 따져보면 금상 쪽에 절대적으로 유리한 거래였다.

"조건이 있겠지?"

"네, 그렇습니다."

유광명이 답했다.

그럴 수밖에 없다. 이것으로는 전혀 균형이 맞지 않았다.

"말해 보게."

"태양백마잠신을 넘겨주십시오."

"뭣……!?"

"소상주가 알고 있을 겁니다."

강건청도 태양백마잠신이 무엇인지는 안다. 딸아이가 말도 안 되는 전설을 쫓겠다며 집을 나간 뒤 가지고 돌아온 기물이 바로 그것이다.

다만 여기서 그 이름이 튀어나올지는 몰랐을 뿐이었다.

강건청이 물었다.

"그것을 왜?"

"천잠보의를 만들기 위해서입니다."

강건청은 벌린 입을 다물 수 없었다.

아내가 비명에 간 것도 더할 나위 없는 충격이다.

천룡의 후예에게 금상 경영권을 넘기라는 말까지 들었다.

그런데, 금상을 넘기라던 놈은 이제 와 한다는 소리가 얼토당토않은 전설에 관한 것이다.

기가 막힐 노릇이었다.

강건청이 강설영을 돌아보았다.

강설영은 아무것도 듣지 못하는 것 같았다. 천잠보의라는 말이 나왔음에도 눈물만 뚝뚝 흘리며 이미 닫혀버린 관 뚜껑만 내려 보고 있었다.

"자, 자네는… 쿨럭."

강건청은 또 한 번 피가래를 토해냈다. 그가 소매로 입가를 닦아내고 이를 악물며 말했다.

"자네, 지금 그것이, 여기서 할 소리인가."

유광명은 미동도 하지 않았다. 그가 반문했다.

"위타천을 보셨지요?"

그의 목소리는 그 어느 때보다 진지했다. 위타천이라는 세 글자가 지닌 위력은 만만치 않았다. 강건청은 절로 말문이 막힐 수밖에 없었다.

"그는 강력한 무공을 지녔으며, 무공만큼 무서운 술법을 지녔습니다. 그런 자는 위타천 하나가 아닙니다. 그와 같은 술법을 지닌 괴력난신들이 여럿입니다. 우리는 그런 자들과 싸워야 합니다. 천잠보의가 있으면 그와 같은 술법을 대부분 무력화시킬 수 있습니다."

"그렇다면 그 천잠보의란 것이……."

"소상주는 허무맹랑한 전설을 쫓고 있었던 것이 아닙니다. 천잠보의가 천하 난세의 향방을 바꿀 것입니다."

유광명이 단호히 말했다.

강건청은 아무런 말도 할 수 없었다.

시간이 멈춘 것처럼, 한없는 침묵이 흘렀다.

한참 동안 그렇게 서 있던 강건청이 깊은 한숨을 내쉬고는 정소교의 관이 실린 마차로 발을 옮겼다.

가혹한 일이었다.

강건청은 저기 누운 정소교의 남편임과 동시에 수많은 목숨을 책임진 가문의 수장이었다. 머릿속은 새하얗게 변했고 가슴 속엔 슬픔만이 가득했으나, 그에겐 결단을 내리고 앞으로의 행보를 결정해야 하는 책임과 의무가 있었다. 그것이 이처럼 용납키 힘든 전설에 관한 것일지라도 말이다.

"설영아, 저쪽 말대로……."

"마음대로 하라고 하세요."

강설영이 강건청의 말을 잘랐다.

울먹이는 목소리였지만, 단호함은 누구 못지않았다. 강건청이 미간을 좁히며 그녀의 말을 받았다.

"하지만 설영아, 그런 기보를 그렇게 주어도 괜찮겠느냐."

"금상 곳곳이 불에 탔어요. 백마잠신이 그 자리에 무사히 있으리라는 보장도 없어요."

강설영은 강건청을 돌아보지 않았다.

그녀의 눈은 정소교의 관에만 머물러 있었다. 강건청이 유광명을 보았다. 유광명이 어쩔 수 없다는 듯 짧은 숨을 내쉬더니, 강건청에게 말했다.

"딸아이의 말마따나, 이토록 화재가 심하여……."

"영물에 대해선 걱정하지 않으셔도 됩니다."

"걱정하지 않아도 된다니?"

"비단충."

"옙!"

한쪽에 있던 녹색비단옷의 낭인이 대답하며 유광명의 앞에 섰다. 그 모습이 몹시도 자연스러웠다.

"드리게."

"아, 상주께 드리……."

"금상주께. 어서."

"아, 알겠습니다."

비단옷의 낭인이 품속에서 백색의 옥갑을 꺼내들었다. 그가 강건청에게 옥갑을 건넸다.

"무례를 용서하십시오."

사과는 유광명이 대신했다.

강건청의 두 눈이 차갑게 식어갔다.

그 옥갑은 분명, 태양백마잠신 두 마리가 들어 있는 옥갑이 분명했다.

이것이 비단충이라는 낭인에게서 나왔다는 이야기는, 비단충이 강설영의 처소를 들어갔다 나왔다는 뜻이 된다. 강설영이 있는 동안 그것을 빼왔을 리는 만무하니, 자리를 비운 사이에 도둑질을 했다는 이야기밖에 되지 않는다.

"자네… 지시였나?"

강건청이 유광명과 비단충을 번갈아 바라보며 물었다.

유광명이 침중한 어조로 답했다.

"천하에 다시없는 영물입니다. 소실(燒失)되어서는 안 될 일이었습니다."

"소실이라 함은… 자네……."

불에 탈 수 있음을 알고 있었다는 말이었다. 처음 느꼈던 것처럼, 유광명은 모든 것을 미리 알고 있었음이다.

강건청이 백마잠신의 옥갑을 강설영에게 내밀었다. 강설영은 받지 않았다. 그녀가 잠긴 목소리로 입술을 뗐다.

"아버지, 천룡상회는… 믿을 수 없어요. 사부도… 사형이란 사람도… 알고도 막지 않았어요. 그래요. 분명 그랬어요. 이렇게 될 것을 알고 있었으면서도."

"……."

유광명은 아무 말도 하지 않았다.

오해다. 아니다.

어떠한 설명도 없었다.

강건청이 두 눈을 질끈 감았다 떴다.

세상은 원래 그런 것이다.

누구의 탓도 할 수 없다.

유광명의 진의는 알 수가 없지만, 강건청은 유광명의 별빛 같은 두 눈에서 작지 않은 자책감을 엿볼 수 있었다.

이 젊은 천룡이 무엇을 획책했든, 단지 그것만으로 아내를 잃게 된 것은 아니라고 생각했다. 진정한 원흉이 누구라 말할 수 있을까. 철위강의 말처럼, 천룡일맥을 원망해야 하는가.

"나 역시도… 이 아이의 마음과 같다네. 허나……"

강건청이 쿨럭, 하고 피 섞인 기침을 했다. 그가 힘겨운 한 숨을 내쉬고는 말을 이었다.

"금상의 경영권은 가져가게. 내 직인은 금약당에 있었으니, 불타 없어졌거나 행여 망가지지 않았더라도 찾기가 힘들 걸 세. 내 금상 산하의 상인들에게 서신을 넣어 두겠네. 다들 내 필체를 알고 있으니, 당장 얼굴을 비추지 않아도 협조를 얻는 데는 문제가 없을 것일세."

"그렇다면… 태양백마잠신은……."

"가져가요."

대답은 강설영이 했다.

"……!!"

유광명은 적잖이 놀랐다. 자포자기로 한 말이겠지만, 이 상황에서도 쉽게 넘겨줄 줄은 몰랐던 까닭이었다.

놀란 그를 돌아보지도 않은 채, 강설영이 말을 이었다.

울음기는 없었다. 담담한 목소리였다.

"내가… 그런 것에 정신을 쏟지 않고, 금상의 일에 집중했었더라면……. 그 시간에 무공이라도 더 연마했었더라면……. 모든 것이 바뀔 수도 있었겠지요. 나는… 더 이상, 그것을 보고 싶지 않아요. 천잠보의에 대해 말하고 싶지 않아요."

강건청은 그녀의 목소리에서 깊고도 깊은 자괴감을 읽을 수 있었다.

그러지 말라 위로하고 싶었지만, 그러지 않았다. 아비의 위로가 더 큰 죄책감으로 느껴질 수 있을 것이기 때문이었다.

강건청은 그녀에게 아무 말도 하지 않은 채, 백마잠신의 옥갑을 유광명에게로 건넸다.

유광명이 그 옥갑을 조심스레 받아들었다. 너무나도 큰 대가를 치르고 말았다. 작은 목갑이 천근의 무게로 그의 손에 올려졌다.

"이곳은 아직 안전하지 않습니다. 이동을 서둘러야……."

"아빠."

"그래."

아버지와 딸이다. 이심전심으로 서로의 마음을 알았다.

"우리는 자네와 함께 가지 않을 걸세. 천룡상회에 우리 목숨을 의탁하지 않겠네."

"두 분은 신마맹의 표적이 되었습니다. 위험을 물리치기 어려우실 겁니다."

"걱정 말게. 자네는 이미 원하는 걸 얻지 않았던가?"

유광명의 표정이 처음으로 굳어졌다.

유광명은 신뢰를 잃은 것이다.

치러야 했던 대가 중에 가장 큰 대가였다. 모든 것을 잃어도 사람의 신뢰까지 잃어선 안 됐다. 그럴 만한 가치가 있는 영물이어야만 했다.

"달리 계획이라도 있으신 겁니까?"

유광명이 조심스레 물었다. 강건청이 대답 대신 강설영을 돌아보았다.

천천히, 강설영이 고개를 들었다.

그녀가 몸을 돌렸다. 눈물은 어느새 멈춰 있었다.

창백한 얼굴로 한 사람을 찾았다.

그녀의 눈이 그와 마주쳤다.

그녀가 관을 쓰다듬으며 말했다.

"믿을 사람이 단 공자밖에 없네요. 단 공자, 저와 어머니를, 저와 아버지를 지켜주실 수 있나요?"

"물론이다."

단운룡이 담담한 목소리로 대답했다.

엷은 미소도, 넘치는 자신감도 없었다.

그래도 강설영은 믿었다.

믿음이 깨졌기에 다시 보지 않겠다 했었다. 다시 만난 지금
은 아니다.

그때도 그랬을 것이다. 그녀가 보지 못했을 뿐이다.

오직 단운룡만이.

그때부터 지금껏, 어쩌면 앞으로도 오랫동안.

그녀가 믿을 수 있고, 그녀를 지켜줄 수 있는, 단 한 사람일
지도 모르는 일이었다.


\*            \*            \*


그들은 곧바로 선성 광주를 벗어났다.

유광명은 흑번쾌를 붙여 주었다. 일행은 거절하지 못했다.
적들의 추격이 있을 경우에 제대로 싸울 수 있는 이가 터무니
없이 부족했던 까닭이었다.

광주를 출발한 지 삼 일째가 되어 흑번쾌는 돌려보냈다. 도
요화가 정신을 차리고 오기룡이 어느 정도 무공을 되찾았을
때였다. 흑번쾌의 동행은 여러모로 부담이었다. 눈에 띄는 것
은 말할 것도 없었다. 단운룡도 이제 음속까지는 무리 없이
발동할 수 있을 만큼 회복된 상태였다.

목적지는 다른 곳이 될 수 없었다.

의협비룡회가 있는 적벽이었다.

이동은 쉽지 않았다. 마차를 빨리 달리기엔 곽경무와 강건청의 상세가 너무나도 좋지 않았다. 강설영도 상태가 나쁘기는 마찬가지였다. 뒤늦게 열이 펄펄 끓었다.

신마맹의 추격을 신경 쓰며 중간중간 고명한 의원들에 들렀다. 지관을 찾아 정소교의 시신을 염하고 관을 완전히 봉했다. 어느 하나도 간단치 않았다. 모두 다 흔적을 남길 수밖에 없는 일이었다. 도담이 자리에서 일어나서 다행이었다. 적들에게 추격의 여지를 주지 않으려니 입막음에, 증거 처리에, 해야 할 일이 한둘이 아니었다. 도담은 그런 것에 능했다. 그렇다 해도 만만치 않은 여정임엔 틀림이 없었다.

우여곡절 끝에 호광성까지 넘어왔다.

사불급설(駟不及舌)이란 말을 실감했다. 네 마리 말이 끄는 마차도 사람의 혀는 따라가지 못한다는 말이었다. 강씨 금상에 대한 소문이 그들의 뒤를 쫓아온 것이다. 소문의 골자는 이러했다. 강씨 금상에서 큰 혈사가 일어났는데, 관아의 대응이 늦어 피해가 막심했다는 이야기였다. 허무맹랑한 괴소문이 바로 그 뒤를 따라왔다.

포정사사 우참의의 침소에 얼굴이 금색인 요괴가 나타났더라.

백성들의 꿈속에 옥황상제가 나타나 집 밖으로 나가지 말 것을 명했다더라.

추관저에 있는 정용들이 간밤에 똑같은 꿈을 꾸어 바깥으로 나갈 수가 없었다더라.

괴소문도 그런 괴소문이 없었다. 하지만 일행에겐 허무맹랑한 괴소문으로 들리지 않았다.

금상주는 행방불명이라 하였고, 평소 관계가 긴밀했던 광동 이씨 가문이 함께 휘말려 가문의 무인들을 대거 잃었다는 풍문이 돌았다. 가면 쓴 괴인들의 이야기도 간간이 들렸다. 금상의 성세를 못마땅해한 경쟁 상가들과 그동안 부딪쳤던 여러 가문 문파들이 일으킨 사건이란 말은, 사람들이 듣기에 그나마 설득력이 있는 편이었다. 사실은 모든 혈사의 주범이 광동 이씨 가문이라는, 반전의 음모론을 펼치는 자들도 있었지만 동의하는 자들은 많지 않았다. 우포정사와 그 아래 좌참정의 권력 대립으로 인한 참사라는, 뜬금없는 정치적 암계를 들먹이는 자들도 보였다.

진실이 뭐가 되었든, 이미 벌어진 일이었고, 돌이킬 수 없는 일이었다.

일행은 소문을 신경 쓰지 않았다. 남들이 뭐라 하든, 지금 그들에겐 중요한 일이 될 수 없었기 때문이었다.

하지만.

아래에서 올라온 소문이야 무시할 수 있었지만, 위에서 내려온 소문은 무시할 수 없었다. 사마난추(駟馬難追)라, 금상 혈사에 이어 적벽 혈사에 대한 이야기가 바람을 타고 그들에게 이른 것이다.

"일단 내가 먼저 가보마."

오기룡이 기마에 올랐다.

오기룡은 단운룡만큼이나 마음이 급했다.

소문은 다른 것이 아니었다.

의협회라는 신생 문파가 하루아침에 초토화 되었단다.

올 것이 왔다고 생각했다.

오기룡이 바람처럼 말을 달려 관도 저편으로 사라져 버린 후에도, 단운룡은 좀처럼 평정심을 유지하기 힘들어했다. 그 동안 느껴 온 불길한 예감의 실체를 마침내 발 없는 말로 확인하게 된 것이었다.

오기룡과는 우수(宇水)에서 다시 만나기로 했다. 적벽의 상황을 확인하고 오기룡이 다시 돌아와 합류키로 했던 것이다.

"상황이 보통 심각한 것이 아닙니다."

단운룡은 오기룡 대신 양무의와 만났다.

장소도 우수에 훨씬 못 미친 문현(文縣)에서였다. 오기룡이 적벽에 당도하자마자 출발하여 단운룡 일행의 경로에 정확히 맞추어 나타난 것이다.

역시나 양무의의 능력은 대단했다. 은밀하게 움직이고 있는 일행을 이렇게 찾아내는 것은 쉬운 일이 아닐 터였다. 그러나 단운룡 일행은 양무의에게 감탄할 겨를이 없었다. 양무의가 가져온 비보(悲報)는 그들로서도 감당키가 쉽지 않았던 까닭이다.

"대협께서는 오지 못하셨습니다. 흑산군사와 도협이 당했습니다."

대협이라 함은 오기륭을 말함이다.

흑산군사와 도협은 오기륭과 참룡방 시절부터 함께했던 이들이었다. 오기륭에겐 보통 충격이 아닐 터였다. 무덤 앞에 꿇어앉아 비석을 부여잡고 있을 모습이 눈에 선했다.

"일반 문도들이 많이 죽었습니다. 그리고… 태자후가……."

양무의는 말끝을 흐렸다.

단운룡은 한동안 말이 없었다.

부릅뜬 두 눈에서 광기 어린 분노를 뿜어낼 뿐이었다.

"흥수는?"

이윽고, 단운룡이 물었다.

"신마맹주 염라마신입니다."

단운룡은 놀라지 않았다.

금상에 처음 당도했을 때도 느꼈던 바다. 적벽에서 떠나온 것이 그리도 불안하더니 결국은 사달이 나고 만 것이다.

"다른 이들은 괜찮나?"

"궁 노사가 치명상을 입고… 의식 불명입니다. 회복 가능성은… 높지 않아 보입니다. 다른 이들은 내외상이 심하긴 해도, 생명에 지장이 있을 정도는 아닙니다."

"어떻게 물리쳤지?"

"주군의 사부이신 협제께 도움을 청했습니다."

"사부가 왔어?"

"예."

"염라마신은 죽었나?"

"죽지 않고 도주했습니다."

단운룡은 그 이상 묻지 않았다.

어떻게 양무의가 협제를 데려올 수 있었는지, 두 절대자의 싸움이 어떠했는지도 들으려 하지 않았다.

"법왕 공선께서도 함께 오셨습니다. 예상 밖의 구명지은(求命之恩)을 입었습니다."

공선의 이름도 단운룡에겐 큰 놀라움이 아니었다.

신마맹주, 협제, 공선. 그리고 철위강.

드디어 그 영역이다.

단운룡은 자신도 모르는 사이, 전설이 활보하는 세계에 들어와 있었던 것이다.

양무의가 말을 이었다.

"문도들은 일단 가령현에 대피시켜 놓은 상태입니다. 우 군사가 지휘 중입니다."

단운룡이 입을 열었다.

"계획대로 진행해."

"알겠습니다."

양무의가 즉각 답했다.

적습은 사실 기정사실이나 다름이 없었다.

이름부터 의협문이었으니, 개파와 동시에 위험에 노출된 격이었다.

적들이 쳐들어왔을 때, 사실 문제가 되는 것은 핵심 고수들이 아니었다. 일반 문도들이 가장 위험했다.

의협문은 역사와 전통이 없는 신생문파였다. 당연히 문도들의 무공도 그리 높을 수가 없었다. 자칫하면 학살에 가까운 피해를 입을 수 있다는 뜻이었다.

적들의 힘이 감당 못 할 수준이라 일차적으로 도주를 감행하게 되었다면, 그 다음엔 안전한 곳을 찾아 이차적인 공격에 대비해야 하는 것이 필연적인 수순이었다.

양무의, 우목, 선찬의 삼대 군사들은 이에 대해 이전부터 세워 둔 계획이 있었다. 단운룡은 그 계획의 실행을 지시하고 있는 것이었다.

"바로 이동하시겠습니까?"

"아니, 우린 일단 적벽으로 간다."

"적벽은 지금 위험합니다."

"위험하면 위험하지 않게 만들어."

단운룡이 말했다. 명령이었다.

양무의의 눈에 강렬한 빛이 스쳤다.

주군이 가는 곳에 위험을 제거한다. 그게 군사의 일이다. 양무의가 답했다.

"눈길을 돌려보겠습니다. 적벽엔 오래 머무르시면 안 됩니다."

"하루면 충분해."

양무의가 고개를 끄덕이고는 함께 온 백가화에게 눈짓했다. 백가화가 곧바로 마차를 준비했다.

"적벽에서 뵙겠습니다."

양무의는 지체 없이 사라졌다. 신마맹의 시선을 돌리기 위한 신산귀모가 그의 머릿속에 하나 가득 떠오르고 있을 터였다.


일행이 적벽에 당도한 것은 태양이 중천에 떴을 때였다.

사람들은 그들을 주목하지 않았다.

적벽 사람들의 관심은 온통 무림맹의 회동에 쏠려 있었다. 악양에서 열린 무림맹을 통해 철기맹에 대한 총공격이 결의되었다고 하였다.

"철기맹이 대체 어떤 문파기에 이 난리래?"

"화산파랑 무당파를 동시에 건드렸다더니, 결국 무림맹이 나서는구만."

"헌데 자네도 그 이야기 들었나? 이번에 저 위에서 벌어진 의협문 혈사 말이야."

"그래, 그래 의협문이 왜?"

"살아남은 고수들이 몽땅 무림맹을 찾아갔다는구만?"

"무림맹으로?"

"그래. 의협문에 그 난리를 낸 것도 철기맹 사건과 무관하지 않다면서 무림맹에 도움을 청한다더군!"

단운룡은 꽤나 그럴듯한 소문들을 한쪽 귀로 흘러넘기며 적벽의 의협문 총단으로 향했다.

　정문은 반쪽만 남아 있었다. 절반은 바스러져 흔적도 남지 않았고, 나머지 절반도 당장 내려앉을 듯 힘없이 기울어져 있었다.

　"이건……."

　초토화란 말이 과장이 아니었다.

　일이 벌어진 지 한참이 지난 후에도 불길한 어둠이 내려앉아 있는 것 같았다. 태양이 중천에서 그들을 내리쬐고 있는데도, 부서진 전각 사이엔 시커먼 죽음이 늘러 붙어 있는 느낌이었다.

　"단 공자, 혹시 나 때문에……."

　강설영이 단운룡의 뒤에서 떨리는 입술을 뗐다. 그녀는 여전히 슬픔을 떨쳐내지 못했지만, 심리적 파탄에서 어느 정도는 회복된 상태였다.

　"소상주 때문이 아냐."

　"그래도 단 공자가 여기에 있었다면 이곳도……."

　그녀도 의협문에 무슨 일이 벌어졌는지는 충분히 들어 왔다. 당연히 자책감을 가질 수밖에 없다. 그녀가 그를 부르지 않았다면, 이곳도 이 지경이 되지 않았을지 모른다. 그녀는 진심으로 그렇게 생각했다.

　"이미 벌어진 일이다. 그리고 내가 여기에 있었다고 한들,

결과가 크게 달라지지는 않았을 것이다."

단운룡은 판단은 냉정했다.

그는 더 이상 자신감만으로 세상을 보지 않았다. 위타천 덕분이다. 단운룡은 이제 스스로의 한계가 어디까지인지 정확히 알고 있었다. 그것은 마신을 발동할 수 있는가, 광핵을 움직일 수 있는가의 문제가 아니었다. 그는 위타천을 이길 수 없었다. 마찬가지로 신마맹주인 염라마신에게도 이길 수 없었을 것이다.

어쩌면 그가 강씨 금상에 간 것이 오히려 다행이었는지 모른다. 단운룡 본인이 염라마신과 조우하고 말고를 떠나서, 그가 이곳에 있었더라면 양무의도 협제 소연신을 급하게 찾지 않았을 가능성이 농후했다. 단운룡의 부재가 양무의의 경각심을 키운 셈이다. 그 덕분에 소연신이 올 수 있었고, 공선이 올 수 있었다. 강설영이 단운룡에게 보낸 서신 덕분이다. 조금 더 과장을 더하자면, 그녀 덕에 그들은 문주를 잃지 않을 수 있었고, 막야혼과 관승을 살릴 수 있었으며, 이미 죽었던 궁무예의 숨을 붙여놓을 수 있었다는 이야기였다.

"…단 공자답지 않아요, 그런 말."

강설영이 입술을 깨물며 말했다.

그녀는 언제나 자신만만했던 단운룡만을 기억하고 있었다.

이전의 단운룡이라면, 자기가 이곳에 있었으면 모든 것이 달라졌을 것이라 당연한 듯 말했어야 했다. 그만큼 단운룡의 말은 낯설기만 했다. 마치 그녀를 위한 배려처럼 들릴 정도였다.

그녀가 단운룡을 다시 보았다.

주위를 둘러보는 단운룡은 담담해 보였다.

이렇게 무너진 의협문의 전경이 막상 그에겐 충격으로 다가오지 않는 것 같았다.

끼리리릭.

백가화와 함께, 철운거에 앉은 양무의가 홀연히 나타났다. 양무의는 단운룡이 말하지 않아도 그가 무엇을 찾는지 정확하게 알고 있었다. 양무의가 말했다.

"이쪽입니다."

단운룡이 양무의를 따라 발을 옮겼다. 모두가 말없이 단운룡의 뒤를 따랐다.

양무의가 총단 뒤쪽의 언덕으로 그들을 이끌었다.

강바람이 먼저 그들을 맞이했다.

풍광이 일품인 곳이었다. 붉은 절벽과 장강의 물줄기가 내려다보이는 언덕 끝에는 새로 만들어진 봉분이 수십 개나 늘어서 있었다.

깃발이 꽂힌 무덤이 가장 먼저 눈에 띄었다.

단운룡이 그 앞에 섰다.

태자후의 묘였다.

단운룡이 주먹을 쥐었다. 깃발을 보면 항상 태자후보다 까마득한 기억 속 친우의 이름이 먼저 떠올랐다.

'반조…….'

이제는 반조만이 아니다. 깃발을 좋아하던 반조만큼이나 태자후의 이름이 단운룡의 머릿속을 맴돌게 될 것이다.

그가 이번엔 흑산군사 선찬의 묘를 보았다. 그의 묘 앞에는 검은색 방편산이 놓여 있었다.

선찬과의 인연은 단운룡에게도 각별했다. 단운룡을 오원에서 중원으로 데려온 사람이 바로 흑산군사 선찬이다. 그와 관승이 힘으로 붙잡아 끌고 오지 않았더라면, 단운룡의 운명은 지금과 크게 달라졌을 것이다. 가벼이 넘길 수 있는 죽음이 아니었다.

"염라마신 짓이라고."

단운룡이 입을 열었다.

"예."

무덤의 숫자는 많았다. 태자후와 선찬뿐 아니라, 도협을 비롯한 여기 있는 모두의 죽음이 가볍지 않았다. 결국은 의협문에게, 단운룡에게 맡겨졌던 목숨이기 때문이었다.

사람이 죽는 것은 익숙한 일이었다.

힘들여 쌓아올린 울타리가 무너져 버린 광경도 단운룡에겐 본디 일상과도 같았다.

하지만 이제 더 이상은 아니다. 아니어야 했다. 어린 시절 겪었던 일을 여기서 또 겪을 수는 없었다.

"죽여야지. 그놈."

단운룡이 손을 뻗어 태자후의 깃대를 쥐었다.

갈기갈기 찢어진 깃발 줄기를 따라 조각난 비룡의 꿈이 춤을 추었다.

단운룡이 깃대를 뽑아 올려, 태자후처럼 어깨에 얹었다.

그가 양무의를 바라보았다.

"사부는?"

"사라지셨습니다."

예상했던 대답이다. 어차피 기대도 하지 않았다.

"진달은 살았나?"

"네."

"불러와."

"협제께서 어디 계신지 알아보라 할까요?"

"사부는 됐어."

"달리 찾으실 사람이라도 있으신 겁니까?"

"두 명."

"말씀하십시오."

단운룡이 먼 하늘을 보았다. 그가 말했다.

"먼저 공야천성."

공야천성, 검도천신마. 입정의협살문 제일 살수의 이름이다.

양무의의 두 눈이 기광을 띠었다.

단운룡이 이번엔 태자후의 무덤으로 시선을 돌렸다.

단운룡이 덧붙였다.

"그리고, 황금비룡번 태양풍."

\* \* \*

"이곳으로 하자."

"네?"

"나중에 광주로 옮기더라도, 이곳에 묘(廟)를 쓰는 것이 좋겠다."

"하지만……!"

"나는 이미 결정을 내렸다."

강건청의 결심은 확고했다. 부녀의 관계가 돈독하긴 해도, 가문의 대소사를 결정하는 것은 전적으로 강건청의 몫이었다. 강건청이 마음을 정한 것은 강설영도 어찌할 방법이 없었다. 얼굴이 굳어진 강설영에게 강건청이 덧붙여 말했다.

"언제까지 저대로 함께 다닐 수도 없는 것 아니겠느냐."

그의 말이 옳았다.

제아무리 이름 있는 지관이 염을 했더라도 시신의 부패를 완전히 막을 수는 없는 일이었다. 이미 한계는 넘었다. 벌레들이 꼬이지 않은 것만으로도 다행이었다.

정소교의 관을 내려 의협문의 무덤 옆에 묻었다.

풍광만큼은 선성의 금가 선산(先山) 못지않았다. 하지만 금상에서 제대로 된 장례(葬禮)를 치를 때만큼의 호화로움은 기대할 수 없었다.

의협문 문도들의 도움으로 장례를 위한 물품을 마련했다. 근처의 도관에서 행실이 선하다는 도사를 데려와 간소하게 의식을 마쳤다. 지전을 태울 때는 이미 날이 어두워질 대로 어두워져 있었다. 강설영의 얼굴이 다시 한번 눈물로 뒤덮였다.

"나중에 제대로 해드릴게요, 엄마. 이렇게 해드려서 미안해요."

강설영은 반드시 선성으로 모시고 가겠다 몇 번이나 약속했다. 여은은 물론이요, 도담과 금륜대원들의 얼굴에도 눈물이 맺혔다.

장례는 밤이 깊어서야 끝났다.

땅 위엔 깊은 어둠이 내렸지만 달빛은 밝았다. 장강 물줄기에 비친 달빛이 물결을 따라 일렁이고 있었다.

"의협문에서 잘 보살피겠습니다."

양무의가 강건청에게 말했다.

강건청은 깊이 상심한 얼굴이었다. 양무의가 다시 말했다.

"의협문의 군사를 맡고 있는 사람입니다. 성은 양, 이름은 무의를 씁니다."

위로처럼 한 말이었고, 효력도 있었다.

강건청은 며칠 전 문현에서도 양무의를 본 적이 있었다. 그때는 미처 알아보지 못했다. 철운거에 앉아 있는 것을 보고서도 누구인지 몰랐다. 그만큼 심신이 피폐해진 상태였다.

강건청이 다시금 양무의를 보았다.

무덤이 즐비하고 전각들이 부서져 있는 것이 누가 봐도 패망한 문파의 전경이었지만, 양무의의 얼굴에선 낭패감을 조금도 찾아볼 수 없었다.

강건청 본인도 탐을 냈었던 인재였다. 이제 와 직접 대면한 인상은 과연 비범함 그 자체라 할 만했다. 절대적으로 신뢰할 수 있는 사람이란 느낌을 받을 수 있었다.

"믿어 보겠네."

강건청이 대답했다.

문파의 꼴이 이러한데도, 무덤터는 너무나도 깨끗하게 정돈되어 있었다. 대충 매장한 것이 아니라 시간을 쓰고 공을 들여 만들어진 무덤들이었다.

결코 쉬운 일이 아니었다. 아니, 애초에 이곳에 전사자들의 무덤을 만든다는 발상 자체가 놀랍다고 해야 했다. 어지간한 대담함과 실행력 없이는 상상조차 어려운 일이었던 까닭이다.

강건청도 정소교의 장례조차 제대로 치르지 못한 채 강씨 금상에서 빠져나와야만 했었다. 추가적인 습격 가능성 때문이다. 여기라고 다를 것은 없다. 언제든 놈들이 다시 찾아올 수 있다. 그야말로 목숨을 걸고서 시신을 수습하고 문도들을 묻었다는 말이 된다. 향화가 곳곳에 피워져 있는 것을 보면, 장례도 소홀히 하지 않은 것을 알 수 있었다. 실로 보통 일이 아니다. 사소한 일에도 목숨을 바칠 수 있는 문도들이 필요한 일이었다.

강건청은 처를 묻은 무덤터를 돌아보며, 의협문이란 문파의 잠재력을 느낄 수 있었다.

문도들의 충성도가 높아서든, 양무의의 용인술이 좋아서든, 아니면 문주라는 단운룡의 존재감이 남달라서든, 정소교를 묻은 결정에 후회는 없을 것 같았다. 언제 다시 오더라도 이 모습 그대로의 무덤을 볼 수 있으리라는 예감이 들었다.

육신은 땅에 묻었지만, 아내의 영혼은 가슴에 담았다. 슬픔이 물밀듯 밀려들었다.

강건청이 고개를 떨구고, 정소교의 비석을 쓰다듬었다.

눈물을 삼키고 마음을 다잡았다. 가만히 서서 비석을 만져보자니, 간밤에 급히도 깎아 만든 것치고는 석재의 질도 좋았고 석재에 새겨진 '현처(賢妻) 현모(賢母) 정소교(鄭素巧)'라는 필치도 범상치 않았다.

강건청 본인이 주문한 일이 아니었다. 그럴 정신조차 없었다.

모든 것이 단운룡 덕분임을 알았다. 비석 문구를 단운룡이 직접 써서 탁본으로 새긴 것은 몰랐지만, 문파의 일이란 본디 문주의 결정 없이 이루어지지 않는 법이었다. 감사를 표해야 마땅한 일이었다.

"자네에게 큰 신세를 졌네."

"그렇지 않습니다. 안전하게 지켜드린다 했는데 저희도 상황이 이렇습니다. 하지만, 앞으로는 다를 겁니다."

단운룡은 밤이 깊도록 그들 곁에 있었다. 당당하고, 든든했다.

"지금껏 안전하게 잘 왔지 않은가. 그러면 된 거지. 이곳에 이대로 있기는 어려울 텐데, 어디 생각해 둔 곳이라도 있나?"

"운남으로 갑니다."

"운남?"

"거기서는 누구도 우리를 건드리지 못합니다. 몸부터 잘 챙기십시오. 여정이 깁니다."


단운룡 일행은 동이 트자마자 적벽을 벗어났다.

커다란 마차 세 대가 더해졌다. 그것만으로도 한결 여유가 생겼다. 일행은 심신이 크게 지친 상태였다. 아직도 정신을 차리지 못한 곽경무도 있었다. 부상자들을 가장 크고 쾌적한 마차에 옮겼다. 의협문 무인들 이십여 명이 출발을 도왔다. 그들은 행동에 절도가 있고 일처리가 빨랐다. 믿음직스럽기가 천군만마와도 같았다.

마차들은 거침없이 나아갔다.

마차를 모는 의협문 문도들은 시시각각으로 양무의의 지시를 받았다.

관도를 따라 달리고 있자면, 준마를 타고 저편에서 날듯이 달려와 양무의의 지시를 받고 다시 반대편으로 사라지는 무인들이 한낮에도 몇 명씩이나 있었다.

일행 앞에 거친 땅이 나타나면 튼튼한 바퀴를 실은 수레가 나타나 마차들을 정비했고, 일행 앞에 강물이 나타나면 어디선가 의협문 무인들이 나타나 이미 구해진 쾌속선으로 그들을 안내했다. 강을 건너면 새 마차들이 포구 앞에 떡하니 대기하고 있었다. 번거로운 일을 겪을 필요가 조금도 없었다.

사소한 것 하나도 지체 없이 완벽하게 짜여 있었다. 일행은 예상보다 빨리 호광의 경계를 넘어 귀주 땅에 들어서게 되었다.

귀주의 남쪽 산지를 따라 마차를 몰았다. 귀주엔 '삼척의 평지도 없다'라는 말이 있을 만큼 지형이 좋지 않았다. 험지의 연속이었지만 마차는 막힘없이 잘도 움직였다. 길이 없을 것 같은 곳에도 길이 있었다. 천하의 지형에 해박하다고 자부했던 강건청이나 도담조차도 놀라움을 감추지 못할 정도였다.

주민들끼리는 중현(中縣)이라 부르는 마을에서, 일행은 반가운 이들과 만날 수 있었다.

마을은 사실 엄밀히 말해 현(縣)이라 할 만한 곳이 아니었다. 중촌이라 불러야 옳을 정도의 규모다. 묘족(苗族)과 한족이 섞여 사는 산기슭 마을로 인심이 후하고 얼굴이 밝았다.

마을 곳곳에는 의협문 무인들이 진을 치고 있었다. 숫자는 백여 명에 달했고 풍기는 기세 또한 예사롭지 않았지만, 촌민들은 조금도 그들을 두려워하지 않았다. 열흘 전 이곳에 도착한 이래, 사소한 문제 하나 일으키지 않고 촌민들과 잘 어울려 왔던 것이 그 이유였다.

멀쩡한 우목과 장익이 마을 입구로 바람처럼 달려 나와 일행을 맞이했다. 한참 전에 운남으로 먼저 출발했지만 부상자들 때문에 빨리 이동할 수 없었다 하였다. 말하자면 단운룡 일행에게 따라잡힌 셈이다. 막야흔, 엽단평, 왕호저, 관승, 효마, 궁무예, 모두가 거기에 있었다. 단운룡이 가장 먼저 만난 것은 역시나 막야흔이었다.

막야흔이 마을 입구로 건들건들 걸어 나오고 있었다.

"왔소?"

"괜찮나?"

"죽다 살았소."

막야흔은 여전했다. 말 그대로 죽었다 살아난 주제에, 겉보기엔 가장 멀쩡해 보였다.

"문주."

엽단평이 막야흔을 따라 나와 목례했다. 단운룡이 고개를 끄덕여 엽단평의 인사를 받았다. 엽단평은 왼팔에 부목을 대고 있었다. 내상이 아직도 남아 있는 듯 혈색이 과히 좋지 않았다. 죽립은 벗었지만, 눈을 가린 천은 아직도 풀지 않고 있었다.

단운룡은 막, 엽 두 사람과 함께 마을 한쪽에 있는 장원으로 들어갔다. 지금은 아무도 살지 않는 장원이라 마을 측에서 의협문에 내줬다는데, 문도들이 본당을 어찌나 잘 정돈을 해 두었는지, 지은 지가 얼마 되지 않은 새 건물 같았다.

"왔냐."

장원 입구에서 오기륭을 만났다. 형제들을 잃은 울분이 가시지 않은 듯, 낯빛이 어두웠다. 무공이라도 연마하고 있었는지, 투로를 밟은 발자국들이 장원 마당 곳곳에 선명히 남아 있었다.

"이쪽이다."

장원으로 들어와 중앙에 있는 전각으로 들어섰다.

오기륭이 단운룡을 한쪽 방으로 이끌었다. 커다란 침상을 두 개 들여놓은 방이었다.

한쪽 침상에는 왕호저가 누워 있었다. 왕호저의 상태는 썩 좋아 보이지 않았다. 단운룡을 본 그가 침상에서 일어나려 했다. 오기륭이 성큼 나아가 왕호저의 어깨를 눌렀다. 왕호저는 오기륭의 힘을 이기지 못했다. 오기륭이 단운룡에게 고개를 돌리며 말했다.

"이 놈이 허리를 다쳐서 말이지."

"그래도, 형님, 자빠져 있어서야 되겠습니까. 문주가 왔구만요."

왕호저가 고개를 설레설레 저으며 말했다.

염라마신에게 일격을 당해 담벼락에 처박히며 허리를 제법 크게 다쳤다고 하였다. 격렬한 무공 수련은커녕, 가부좌 좌공도 힘들 정도란다. 내공 연마조차도 누워서 운기하는 와공(臥功) 위주로 해야 할 판이었다.

"그런 괴물이 없었소. 뭐, 제대로 싸워보지도 못하고 당했소이다."

왕호저는 염라마신과 정면에서 마주치고도 살아남은, 첫 번째 무인이라 할 수 있었다. 일격에 당했다며 부끄럽다 했지만, 죽지 않은 것만으로도 천만다행이었다.

옆방으로 넘어왔다.

방에는 관승이 있었다. 대추같이 붉은 얼굴은 예전과 똑같았다.

관승이 의자에서 일어나며 단운룡을 향해 포권을 했다. 그래도 문주라고 항상 예를 갖춘다. 당당한 협객의 표본 같은 남자였다. 단운룡이 가볍게 목례하며 관승의 인사를 받았다. 관승이 걸걸한 목소리로 말했다.

"문주에게 심려를 끼쳤군."

단운룡은 웃지 않았다. 그가 툭 던지듯 입술을 뗐다.

"누가 누구 걱정을 해?"

말이야 막 하는 것 같지만 그 안엔 오기룡에게 하는 것과 똑같은 정감이 흐르고 있었다. 관승과의 인연도 보통 긴 것이 아닌 까닭이었다. 선찬이 오원에서 단운룡을 끌고 오는 와중에 처음으로 보았으니, 철모르던 어린 시절부터 인연을 쌓아온 셈이었다.

"그렇게 강하던가?"

관승에겐 물어볼 것이 많았다.

염라마신과 가장 오래 싸운 사람이기도 하거니와 염라마신에게 죽임을 당하고도 되살아난 경험까지 있다. 무엇보다 관승은 태자후의 최후를 직접 본, 몇 안 되는 생존자 중 하나였다.

"경지를 논하기조차 어렵다. 그런 무공은 생전 처음 보았어. 마도(魔道)라 해야 할지, 패도(覇道)라 해야 할지. 앞에 서는 것만으로도 무공 전개가 어려울 정도더군. 무공만 고강한 것이 아니다. 이 관모가 술법에 대해서는 문외한이지만, 술법 경지도 무공만큼이나 높아 보였다. 특히나 그 눈! 눈을 조심해야 한다. 눈을 마주치는 것만으로 심맥이 멎어 버렸다. 덜컥, 하고는 그것으로 끝이었다. 그 다음은 기억이 나질 않아. 인간이 할 수 없는 일을 그야말로 아무렇지 않게 이루어내는 자였다."

관승의 어조는 담담했다.

죽음을 선사했던 상대에 대해 말하면서도 흔들림이 없었다. 죽었다 살아나며 도리어 깨달음이라도 얻은 듯했다.

"태자후는?"

단운룡이 물었다.

"태자후… 태자후… 태자후……."

관승은 단운룡의 질문에 그의 이름을 세 번이나 한숨처럼 내뱉었다.

관승이 천천히 말을 이었다.

"강골호한이란 것은 익히 알고 있었다만, 그 이상도 이하도 아니라 생각했었지. 내가 틀렸다. 태자후는 종사(宗師)였다. 협객이란 자를 숱하게 보았어도, 그런 협객은 다시 못 볼 것이다. 대협객, 일대종사. 그게 내가 본 그의 마지막 모습이었다."

단운룡의 가슴이 뜨겁게 달아올랐다.

태자후의 마지막 순간을 소상히 듣고 싶었다.

무슨 무공에 어떻게 당했는지. 마지막으로 남긴 말은 무엇이었는지. 전부 다 물어보려 했었다.

하지만, 지금은 그런 마음이 들지 않는다. 그건 나중에 들어도 된다.

지금 관승의 몇 마디로 충분하다.

그의 목소리엔 진심이 실려 있었다. 태자후가 그 누구보다 멋지게, 장렬히 죽었음을 알았다. 그러면 된 거다. 나머지는 단운룡의 몫이다. 그의 죽음을 헛되지 않게 하려면 단운룡이 염라마신을 죽여야 한다. 그게 태자후의 죽음에 대한 보답이었다.

관승의 방에서 나와 맞은편의 방으로 들어갔다.

효마의 방이었다. 효마의 상태가 가장 좋지 않았다.

침상에 누워 있는 모습부터가 어색하다. 피투성이 붕대가 침상 곁에 수북했다. 방 안엔 탕약 냄새가 넘실거리고 있었다.

"늦게도 나타나는군."

눈도 뜨지 않은 채, 효마가 입을 열었다. 독기 서린 목소리라도 들으니 그나마 안심이 된다. 단운룡이 불쑥, 있는 그대로의 심정을 꺼내 놓았다.

"살아 있어서 다행이다."

단운룡의 말에 효마의 표정이 확 구겨졌다. 그가 단운룡의 말을 받았다.

"뚫린 입이라고 잘도 지껄인다! 잘 들어라. 그런 말도 안 되는 것에게는 싸우겠다 덤비는 게 아니야! 그건 죽음 그 자체다. 무슨 수로 이기겠다는 말이냐!"

"이제부터 알아봐야지."

단운룡이 답했다. 효마가 이를 갈았다.

"너, 그러다 죽는다."

"네놈도 살아왔다. 나 또한 죽지 않는다."

단운룡의 대꾸에 말문이 막힌 듯, 효마는 더 이상 독설을 이어나가지 못했다.

단운룡이 다시 입을 열었다.

"그놈이 신마맹주, 천하제일을 넘볼 수 있는 자다. 이름부터가 염라지. 염라란 중원에서 지옥신을 일컫는 이름이다. 네가 싸운 놈이 그런 놈이다. 그와 싸우고도 목숨이 붙어 있는 사람은, 천하를 다 뒤져도 여기 있는 이들 외엔 거의 찾아볼 수조차 없을 거다."

"천하제일… 이라고?"

"그놈과 맞상대할 수 있는 사람은 온 천하에 몇 명 없을 것이다. 어떤가? 싸워보니까 도저히 안 되겠던가? 덤비지도 못

할 상대다? 그건 너 같은 남자가 할 말이 아니다."

효마가 이를 악물고 두 눈을 질끈 감았다.

단운룡이 말을 이었다.

"라고족 말을 기억한다. '지금은 굶주리더라도 사냥철은 반드시 오게 되어 있다' 라 했지. 그놈도 마찬가지다. 감당이 되지 않을 만큼 커다란 사냥감일 뿐이다. 중원의 정점에 오르려면 말도 안 되는 거라도 사냥해 올 수 있어야 할 거 아닌가."

"사냥? 그걸?"

"그래. 사냥."

"미친놈. 꼴도 보기 싫으니 꺼져라."

효마가 거친 음성으로 말했다.

단운룡이 몸을 돌렸다. 그가 방문을 열며 마지막으로 덧붙였다.

"생각해 봐라. 지금 네 모습이, 그 옛날 대산의 모습과 얼마나 다른가."

단운룡은 대답을 듣지 않고 성큼 문밖으로 나섰다.

등 뒤로 일렁이는 분노를 느낄 수 있었다. 자리에서 일어날 수만 있다면 벌떡 일어나 창이라도 휘두를 기세였다.

"그래, 그거다. 그게 라고족이지."

단운룡이 문을 닫았다.

효마의 분노는 닫힌 문을 넘어, 온 건물까지 집어삼킬 듯 광포하게 뿜어 나오고 있었다.

효마가 효마다운 모습을 찾았다.

이제 마지막이다.

궁무예를 만날 때였다.

안쪽 문을 열고 몸을 밀어 넣었다.

탕약 냄새가 코를 찔러왔다. 볕이 잘 드는 침상 한가운데, 백발성성한 궁무예가 누워 있었다. 수척하기가 해골과 같았다.

"노괴."

궁무예의 상태에 대해서는 양무의에게 이미 들은 바가 있었다. 그래도 직접 보는 것은 단운룡에게도 충격일 수밖에 없었다.

궁무예는 단운룡을 제외하곤, 명실공이 의협문 최고수라 할 수 있었다.

그런 그가, 시체처럼 변해 버렸다. 쌕쌕거리며 숨을 쉬고 있는데, 불러 봐도 아무런 반응이 없었다. 눈도 뜨지 않고, 움찔거리지도 않았다. 말 그대로 숨만 붙어 있는 상태였다.

"노사한테는 알렸나?"

단운룡이 물었다.

뒤에서 양무의가 답했다.

"전령은 보내 놨습니다만. 북경에 가 있다 하였으니, 아직 연락이 닿지는 못했을 겁니다."

노사라 함은 궁무예의 동생 궁무결을 뜻함이다. 남경도 아닌 머나 먼 북경에 있단다. 역마살이 심하기로는 형제가 똑같이 닮은 모양이었다.

"생기(生氣)가 너무 약해. 이대로는 오래 못 버티겠는데."

"백방으로 의원을 수소문하고 있습니다."

단운룡은 더 묻지 않았다. 양무의를 믿었기 때문이다. 그가 말하지 않아도 알아서 최선의 방편을 내고 있을 터였다.

단운룡이 궁무예의 앞으로 한 발 더 다가갔다.

그가 결국 고개를 떨구고, 나직한 목소리로 말했다.

"미안해, 노괴."

사실은 모두에게 하고 싶었던 말이었다.

망신창이가 된 몸으로 여기에 모인 이들은, 다른 누구도 아닌 그 자신이 문파로 엮어낸 사람들이었다.

그가 끌어들인 사람들이다.

그가 끌어들인 모두가 죽음과 싸우고 있을 때, 정작 그는 거기에 없었다.

도협이 목숨을 바쳤다.

선찬이 목숨을 바쳤다.

태자후가 목숨을 바쳤다.

죽어서는 안 될 이들이었다.

단운룡 자신이 해야 할 일이었다.

그는 문주였다.

그가 모두를 위해 목숨을 바쳤어야 했다.

해골처럼 변해버린 궁무예의 얼굴을 내려다보았다.

책임을 통감했다.

단운룡이 눈을 감았다.

그는 분노하지 않았다. 염라마신을 향한 살기를 일으키지도 않았다.

단운룡의 기파는 파직거리는 전격을 내뿜는 대신, 흘러가는 구름처럼 고요하게 일렁이고 있었다.

관승의 이야기를 듣고, 태자후가 죽는 순간을 머릿속에 그렸다.

궁무예의 얼굴을 보며, 자신이 누구인지 진정으로 깨달았다.

그는 일파의 문주다.

일파의 문주는 문주에 걸맞은 자격을 갖추어야 했다.

그가 꾸린 문파도 마찬가지다.

그 자리에 없었다고 자책만 할 것이 아니라, 그 자리에 그가 없어도 누구 하나 함부로 건들지 못할 만큼 강력한 문파를 일구어 놓았어야 했다.

단운룡이 고개를 들었다.

이제 다시 시작이다.

그 끝에는 신마맹주 염라마신이 있다.

염라마신을 죽일 때까지 그는 멈추지 않을 것이다.

살문의 유업과, 단운룡의 의지가 그의 가슴 속에 한 줄기 빛으로 자리 잡는 순간이었다.

　　　　　*　　　　　*　　　　　*

　운남으로의 여정은 말 그대로 대이주와 같았다.

　일행의 규모가 너무 커졌기에 일행을 분산시키기로 했다. 단운룡이 중현에 도착하기 전에도 이미 의협문 문도 오십여 명을 오원으로 보낸 상태라고 했다.

　부상 없이 멀쩡하게 속도를 낼 수 있는 이들을 선발대로 꾸렸다.

　의협문 일반 문도들도 절반을 잘라 오십여 명을 선발대에 편성했다. 오기룡을 중심으로 관승, 도강을 그들과 함께 묶었다. 지휘는 우목이 했다.

　선발대가 먼저 출발하기 직전, 단운룡이 도강의 어깨를 잡고 말했다.

　"반드시 복수할 것이다."

　나직한 목소리에 도강이 고개를 굳게 끄덕였다.

　문주의 다짐은 강력한 약속이 되었다.

　도강의 등에는 칼이 두 자루가 매달려 있었다. 한 자루는 도강 본인의 것, 다른 한 자루는 죽은 도협의 것이었다.

　선발대는 지체 없이 중현을 떴다.

　마을 전체가 절반으로 뚝 잘려나간 것 같은 느낌이 들었다.

　후발대는 규모가 조금 더 컸다.

　상태가 심각한 왕호저, 효마, 궁무예는 이동이 쉽지 않았다.

마차와 수레가 몇 대씩 필요했다. 이틀에 걸쳐 만반의 준비를 했다. 관도를 꽉 채우고 이동하는 모습이 마치 거대한 상단을 보는 것 같았다.

적들은 용케 나타나지 않았다.

수많은 의협문 문도들이 양무의의 지시를 받으며 분주하게 길을 오갔다. 이편저편에서 불쑥불쑥 나타나 새로운 소식을 전하고 명령을 받들었다. 대부분이 의협문 여의각 대원들이었다. 그들이 곧 양무의의 손과 발이었다. 양무의의 눈과 귀는 천리에 달해 있었다.

"철기맹과 같은 군소문파가 무당과 화산을 공격했다……. 어불성설입니다. 철기맹의 배후에 팔황 권속의 하나인 성혈교가 있는 것으로 여겨집니다. 이 귀주 일대가 바로 성혈교의 영역이지요. 물론, 이곳은 위험합니다. 그러나 성혈교 입장에서 구파 무림맹과의 싸움은 작은 일이 아닙니다. 등하불명의 이치를 차치하고서라도, 지금 이들은 저희에게 신경 쓸 겨를이 없을 겁니다."

말이야 그렇다 해도, 성혈교 영역을 버젓이 가로지른다는 것은 쉬운 선택이 아니었다.

양무의의 대담함이 다시 한번 드러나는 대목이었다.

"성혈교와 신마맹은 물론 입장이 다릅니다. 성혈교는 이제 곧 무림에 악명을 떨치겠지만, 신마맹은 아직도 강호에서는 잘 알려지지 않은 암중세력일 뿐입니다. 성혈교와 달리 신마맹은 우릴 추격하는 데 큰 제약이 없습니다. 그런데도 당장은 뒤에 붙을 조짐이 보이질 않습니다. 제가 뿌려놓은 교란책도 있지만, 아무래도 우리를 도와주는 의외의 조력자가 있는 모양입니다."

"조력자?"

"적벽 주변과 귀주 동부 일대에서 몇 건의 싸움이 있었다는 보고입니다. 싸움이 벌어진 지점은 우리가 이동해 온 경로와 가깝습니다. 제대로 된 추격 경로라 봐도 무방합니다. 가면을 쓴 괴인들과 출신 성분을 알 수 없는 무인들 간의 충돌이 있었다는데, 목격자들 말에 의하면 돈에 고용된 낭인들로 보였답니다."

"낭인들이라면……!"

단운룡의 머릿속에 순간적으로 한 사람의 얼굴이 스쳤다.

천룡상회주 유광명이다.

강씨 금상에서도 그랬다. 유광명은 행색도 요란하던 녹색비단옷의 낭인과 일찍부터 연결되어 있었다. 터무니없는 비약일지 몰라도, 예감처럼 스친 이 느낌은 그동안 틀린 적이 없다. 양무의는 거기에 보태어 단운룡의 느낌이 맞았다는 것을 확인까지 해 주었다.

"낭인들의 회합지인 그 지역 적신당을 통해 알아보니, 천룡상회의 이름이 나왔습니다. 낭인들의 움직임이 상당히 조직적입니다. 신마맹의 이목을 제대로 흐리고 있습니다. 덕분에 여의각도 한결 운신이 쉬워졌습니다."

"이제 와서 뒤를 봐주겠다는 건가. 이상한 놈이로군."

단운룡은 유광명을 이해할 수 없었다.

유광명은 금련부인이 사망한 그 시점에 금상 복구에 관한 뒤처리를 모조리 도맡아 갔다. 그것부터가 이상했다. 유광명은 금상주 강건청의 말마따나, 그 사태를 예상하고 있었던 것이 분명해 보였다. 그 정도 예상 능력이 있다면, 훨씬 더 부드럽고 자연스럽게 금상의 경영권을 가져갈 수 있는 방법도 분명히 있었을 것이다.

그런데도 굳이 금상주의 신뢰를 잃으면서까지 도의적인 악역을 자처했다. 백마잠신이란 영물에 관한 것도 그렇다. 유광명은 이미 비단충이란 낭인을 통해 백마잠신을 안전히 확보한 상태였다. 굳이 밝혀서 모양새를 해치고 오명을 뒤집어쓰게 되었다. 불필요한 악수를 연이어 두었다는 뜻이었다.

"천룡대제를 직접 보셨다고 들었습니다. 독대까지 하셨다던데, 어땠습니까?"

양무의가 불쑥 단운룡의 상념을 깼다.

시점 한번 절묘한 질문이었다. 단운룡이 고개를 들어 양무의를 바라보았다. 양무의가 빙긋이 미소를 지었다. 알고 물은 것인지 절로 궁금해졌다. 그의 질문 속에 유광명에 대한 해답이 있었기 때문이었다.

"가늠이 안 되는 자더군."

유광명도 그와 같았다.

천룡일맥은 협(俠)의 일맥이 아니다. 단운룡의 기준으로 보면 이해할 수 없는 것이 당연했다. 협객의 상상력으로는 천룡일맥의 진의를 알 수 있을 리가 없었다.

"금상에 천룡대제가 나타났다는 이야기를 듣고 다행이라 생각했습니다. 저는 염라마신의 괴력을 직접 보았습니다. 냉정히 말씀드리자면 지금의 문주는 염라마신을 절대로 이길 수 없습니다. 협제께서 오셨기에 염라마신을 물리칠 수는 있었지만, 염라마신은 그분께서 지니고 있는 무공에 대해 속속들이 파악하고 있는 것으로 보였습니다. 형이 다르고 투로가 다르며, 심지어 내공까지도 다르지만, 문주의 무(武)는 결국 그분의 무공을 근원으로 하고 있습니다. 그것은 필경 염라마신과의 싸움에 있어 약점으로 작용할 것이 분명합니다. 염라마신은 협제를 알지만, 우리는 염라마신에 대해 잘 모르기 때문입니다. 하지만 사패가 하나 더 있다면 이야기가 달라집니다. 염라마신을 이기기 위해서는 힘의 열세를 한순간이라도 극복할 수 있는 열쇠가 필요합니다. 그런 점에서 천룡대제와의 만남은 득(得)이 될 것이 분명합니다."

양무의가 차분히 말을 맺었다.

대부분이 옳은 말이었다. 단운룡은 양무의가 지닌 무(武)의 재능을 익히 알고 있었다. 다리를 제대로 못 쓰기에 직접 몸으로 구사하기가 어려워서 그렇지, 몸만 멀쩡했으면 누구 못지않은 고수가 되었을 것이 틀림없었다.

'하지만……'

양무의는 단운룡이 철위강과 독대하며 무언가 큰 깨달음을 얻었을 거라 기대한 듯했지만, 단운룡이 느끼는 것은 양무의의 기대와 달랐다.

천룡대제의 일 권을 떠올려 보았다.

아침에 일어나면 기억나지 않는 꿈처럼, 그 순간을 완전히 그려낼 수가 없었다.

기이한 일이었다.

단운룡은 그 어떤 무공이든, 한 번만 보면 거의 완벽하게 재현할 수 있는 능력이 있었다. 철위강의 일 권은 달랐다.

재현이나 흉내는커녕, 투로와 움직임을 기억해내는 것조차 불완전했다. 철위강과 만난 적이 있었나 싶을 정도였다.

그 일 권을 통해 얻은 것은, 그의 중단에 새겨진 미세한 천룡기(天龍氣)뿐이었다. 광구의 회복에 도움을 주었던 그 천룡기는 시간이 지날수록 희미해져, 이제는 얼룩 같은 흔적으로만 남아 있는 상태였다.

그런 마당에 뭔가 대단한 깨달음이란 것이 있을 리 만무했다.

천룡기로 단운룡의 회복에 도움을 준 것도 우연히 맞아 떨어진 것이라는 생각이 앞서는 상황이었다. 단운룡이 직접 독대한 철위강은 그처럼 세심한 손속을 보여줄 자가 절대로 아니었던 까닭이었다.

"득이 될지는 두고 봐야겠지."

단운룡은 판단을 미루기로 했다.

처음 말했던 대로, 천룡이란 가늠 자체가 어려운 이름이었다.

천룡일맥 모두가 그렇다.

강설영, 유광명, 위타천.

누구의 존재도 가볍지 않았다. 그 위에 있는 철위강은 말할
것도 없었다.

"위타천과도 싸웠다고 들었습니다. 다시 만날 때의 대책은
어떻습니까?"

"없어. 지금으로선."

양무의가 두 눈에 이채를 띠었다.

단운룡이 이렇게 말하는 것을 처음 들었기 때문이었다.

"그렇게 강했습니까?"

"최고였다."

단운룡은 가감 없이 말했다.

상대방을 진정 이기기 위해서는 상대를 인정하는 것에서부
터 시작해야 한다. 양무의는 단운룡의 눈빛에서 두려움이 아
닌 당당함을 읽었다.

단운룡이 이제 와 보여주는 당당함은 근거 없는 자신감과
달랐다. 그렇기에 더 신뢰가 간다. 양무의의 표정이 한결 밝아
졌다.

"신마맹 최고위 전력은 하나하나가 만만치 않다는 말이로

군요. 준비가 쉽지 않겠습니다."

양무의가 거기까지 말했을 때였다.

말발굽 소리가 다급하게 들려왔다.

마차 문이 열리고 훅, 하고 바람이 몰려들었다. 이어서 들려온 한 사람의 목소리가 두 사람의 대화를 단칼에 끊어 놓았다.

"문주, 나와 봐. 요화가 이상해."

막야흔이었다.

단운룡의 눈이 번쩍이는 빛을 발했다.

신마맹 사대 고수 네 명의 이름이 머릿속을 스쳤다.

제전대성, 위타천, 염라마신. 그리고 옥황상제.

옥황과 제대로 맞닥뜨린 이는 오로지 도요화뿐이었다.

단운룡이 마차 밖으로 몸을 내밀었다.

막야흔의 명령에 그들이 탄 마차가 속도를 줄였다. 뒤쪽을 보니, 마차 한 대가 길가에 멈춰서 있었다. 도요화가 타고 있던 마차였다.

단운룡이 훌쩍 몸을 날렸다. 백가화가 마차 창문으로 고개를 내미는 것이 보였다. 먼저 가라 손짓하고는 멈춰선 마차 옆에 내려섰다.

마차 문이 열렸다. 먼저 눈이 마주친 것은 도요화가 아닌 강설영이었다.

여자끼리 함께 마차를 타고 있었던 것이다.

강설영과 눈이 마주친 단운룡은 웬일인지 어색함을 느끼며 시선을 돌려야 했다. 강설영도 그랬다. 그녀가 전에 없이 조심스러운 어조로 말했다.

"어젯밤부터 조금씩 그러더니, 오늘 갑자기 심해졌어요."

단운룡이 애써 눈을 돌린 마차 안쪽엔, 도요화가 웅크리고 앉아 있었다. 등에 멘 전고를 품속에 꼭 끌어안은 상태였다.

"무슨 일이야?"

단운룡이 물었다.

도요화는 고개조차 들지 않았다. 단운룡이 몸을 낮춰 도요화의 얼굴을 보았다. 도요화의 두 눈에선 보랏빛 광망이 사납게 뿜어 나오고 있었다.

"목소리, 목소리가 들려요."

아무 말도 안 할 줄 알았더니, 기어가는 목소리로 대답한다. 단운룡이 다시 물었다.

"무슨 목소리?"

도요화가 이를 악물었다.

귀에 들리는 무언가를 듣고 따라하듯, 느릿느릿 말을 이었다.

"거부하지 말거라. 천신의 힘을 받아들여야 할 운명을 타고 났으니……."

한 마디 한 마디가 괴롭게 들렸다.

그녀가 말했다.

"머리가 아파요. 이 목소리가 머리에서 떠나질 않아……."

그녀가 머리를 감싸 쥐었다. 온몸을 부들부들 떨고 있었다.

"뭐야? 왜 이러는 거래?"

그새 따라온 막야흔이 눈살을 찌푸리며 물었다.

정신 사납게 물어오는 막야흔의 목소리엔 진심 어린 걱정이 묻어 있었다.

"문주, 저거 왜 그래? 이유가 뭐야?"

단운룡은 직감적으로 그 이유를 알 수 있었다.

그가 혼잣말처럼 말했다.

"옥황."

"뭐? 옥황? 염라대왕에 옥황상제에! 이 개새끼들!"

막야흔은 역시나 막야흔이다. 대뜸 욕부터 내뱉는다.

옥황의 짓이 분명했다.

천신이나 운명 운운하는 말만으로도 짐작이 가능하다.

생각하면 생각할수록 답은 그것밖에 없다는 확신이 들었다.

"그 목소리가 누구 목소리지? 대답할 수 있나?"

단운룡이 도요화에게 물었다.

도요화가 고개를 절레절레 흔들었다.

"잘 모르겠어요. 머릿속에서 계속 울려요. 힘이 조절이 안 돼. 어떻게 해야 할지 모르겠어요."

그녀의 음성이 떨리고 있었다. 단운룡은 순간 가슴이 덜컥 내려앉는 것을 느꼈다. 옆에 있던 막야흔과 강설영도 마찬가지다. 강설영의 낯빛이 창백하게 변했다. 막야흔의 얼굴엔 혼란과 걱정이 가득했다. 감정(感情)의 전이(轉移)다. 음마(音魔)의 힘이 목소리에까지 미치고 있는 것이었다.

"운기를 해 봐. 마음을 가라앉히고. 전에 하던 것처럼."

단운룡이 도요화를 독려했다. 하지만 그녀는 그의 말처럼 하지 못했다. 몸의 떨림이 더 커졌다. 말 한 마디 내뱉는 것도 두려운지, 이를 악물고 있었다.

"조절할 수 있어. 그것은 네 힘이다. 다른 누가 준 것이 아닌."

단운룡이 재차 말했다. 도요화는 힘겨워했다. 얼마나 힘이 들어갔는지, 머리를 감싼 손마디가 하얗게 변하고 있었다.

보다 못한 막야혼이 불쑥 끼어들어 말했다.

"왜 그렇게 힘들어하는 거냐! 느그 집에서 깽판을 쳤던 놈들 중에, 이랑진군이란 개새끼도 있었다면서! 그 북으로 빵! 하고 한 방 후려친 걸로다가, 그 개새끼 목숨이 날아간 거라는데. 그 개새끼, 그 정도면 원수 하나 제대로 갚아준 거 아녀?"

막야혼은 어째 죽었다 살아난 뒤로 말투가 더 지저분해진 것 같았다.

그래도, 어인 일인지 단운룡이 달래는 것보다 훨씬 더 반응이 극적이다. 도요화의 떨림이 눈에 띄게 줄어들었다.

"말이라고 함부로… 으윽……!"

그녀가 한마디 하다가 두 눈을 질끈 감았다.

막야혼이 뒤질세라 막말을 퍼부었다.

"옥황인가 뭔가 하는 그 씨벌놈 때문이면, 그냥 씨발, 무시해 버려! 뭐라 씨부렸건 뭔 상관인데! 여기까지 잡으러 올 것도 아니고! 그 씨벌놈이랑 마주친 놈들은 싸그리 다 뒈졌다는데 살아남은 것이 어디냐. 게다가 원수진 놈도 시원하게 한 방 갈겨줬음 된 거지! 땅바닥을 기어 다니다 비참하게 뒈졌다는데!"

"그만해……!"

도요화가 이를 악물고 말했다.

막야흔은 어디서 그렇게 이야기를 들었는지, 모르는 게 없었다. 둔한 놈치고는 의외의 일이었다. 이랑진군이 어떻게 죽었는지에 대해 아는 이는 일행 전부를 통틀어도 몇 명 되지 않았다. 이랑진군이 입은 치명상에 대하여 유광명이 몇 마디 하는 것을, 옆에 있던 금륜대원 두 명이 어쩌다가 엿듣게 되었을 뿐이다. 출처라고 해 봤자 그 둘뿐이라는 말이다. 도요화와 관련된 일이기에 여기저기 캐묻고 다니기라도 한 것 같았다.

"문주도 마찬가지요. 마냥 참으라, 조절해 보라만 하면 어찌 되겠소? 대저 사람이란, 화가 나면 물건을 부수고, 눈물이 나면 엉엉 울어야지 마음이 편해지는 거요. 그러니까 끙끙대지 말고 내지르란 말야. 그렇게 속으로만 징징대면……."

"그만하라고!!"

쩌렁! 하고, 터져 나온다.

단운룡을 비롯한 강설영과 막야흔의 몸이 일순간에 멈추었다. 어자석에서 기마들을 달래던 의협문 문도가 석상처럼 얼어붙었다. 마차 앞에 묶인 네 마리 말들도 **뻣뻣하게** 굳어지더니, 두 마리가 픽 하고 꼬꾸라졌다. 서 있단 마차가 휘청 흔들렸다.

"어이쿠……!"

기가 막힐 노릇이었다.

막야혼이 얼굴을 찌푸리며 한 발 물러났다. 그의 코에서 선혈이 주르륵 흘러내렸다. 시정잡배처럼 행동하다 내상까지 입은 것이다.

더 기가 막힌 것은 도요화가 막야혼 덕분에 어느 정도 안정을 찾았다는 사실이었다. 고통이 아까보다 한결 가신 듯했다. 두 눈에서 새어 나오던 보랏빛 광망도 옅어졌다. 몸의 떨림도 확연하게 줄어들고 있었다.

"미안해요. 견디기가 어렵네요."

그녀가 긴 한숨을 내쉬며 고개를 들었다. 이제야 똑바로 쳐다볼 수 있다. 그녀가 고개를 저으며 말을 이었다.

"아직도 멈추지 않아요. 계속 들려요. 맞아요. 이건 옥황의 목소리예요. 그자의 힘은 육성에 있음이 분명해요. 목소리로 섭혼술(攝魂術)과 같은 힘을 내는 것 같아요. 잠시라도 방심하면 그자의 명령에 따라야 할 것만 같은 기분이 들어요. 결국 천신의 힘을 받아들이고 가면을 써야 하는 건가라는 의문이 생길 정도죠. 그게 제 머릿속에 남아서 점점 자라나고 있는 것을 느껴요."

단운룡은 도요화의 말을 들으며, 신마맹의 비밀 하나를 알게 되었다.

처음부터 이상하다고 생각했다.

신마맹은 도고악당의 혈겁을 저지르며 도요화의 혈육을 둘이나 죽였다. 그런 일을 저질러 놓고도 도요화를 신마맹의 일원으로 받아들이겠다는 야욕을 보였다.

세상에 그 어느 누구가 불공대천지수의 문파로 순순히 들어갈 수가 있겠는가.

불가능을 가능으로 바꾸는 무언가가 있는 것이다.

섭혼술이 되었든 이능이 되었든, 천도(天道)를 거스를 수 있는 사술(邪術)이 존재함이었다.

"이놈 말마따나 밖으로 뱉어내든, 진기도인으로 견뎌내든, 조금만 더 버텨 봐. 방법을 찾아볼게. 사술을 극복하고 끝끝내 가면을 거부한 이가 없지는 않을 테니까."

단운룡이 다짐하듯 말했다.

산 넘어 산이었다.

신마맹 최고수 네 명이 남긴 충격은 그처럼 결코 작지 않았다. 의협문이 넘어서야 할 신마맹 네 개의 봉우리는 지극히 험준하고 높기만 했던 것이다.


평지 없는 귀주 땅을 벗어나 마침내 일산유사계(一山有四季) 십리부동천(十里不同天)이라는 운남의 대지에 이르렀다. 운남의 날씨는 그 말처럼 변화가 막측했다. 고개 들어 건너보는 하늘 저

편은 십 리 안쪽과 백 리 바깥이 눈에 띄도록 다른 모습을 하고 있었다.

한바탕 비가 내리고, 하늘이 둥글게 뚫렸다. 저쪽 하늘엔 아직도 먹구름이 가득하다. 머리 위로는 밝은 해가 내리쬐고 있었다.

마차들은 하염없이 나아갔다.

목적지는 다름 아닌 오원이었다.

적들의 추격은 없었다. 있었다 해도, 직접 마주치는 일은 발생하지 않았다. 여의각 대원들을 최대한 가동하여 교란책을 벌인 결과였다.

비바람이 가볍게 지나간 한낮에, 대원 하나가 준마를 타고 일행의 뒤를 따라붙었다. 그가 양무의의 마차로 다가와 하나의 죽간을 들이밀었다. 양무의가 죽간을 읽어보고는 곧바로 세필을 꺼내 짤막한 서신을 썼다. 서신을 건네받은 대원은 지체 없이 사라졌다.

이어, 양무의가 단운룡에게 말했다.

"경로를 좀 바꿔야 할 것 같습니다."

단운룡은 대답 없이 고개를 끄덕였다.

이유조차 묻지 않았다. 양무의가 그래야 한다면 그리하면 되는 것이다. 단운룡은 그의 판단을 전적으로 믿었다.

양무의가 즉각 선두에 지시하여 말머리를 움직였다. 마차들이 관도를 벗어났다.

한참을 나아갔다.

왼쪽으로는 드넓은 습지가 펼쳐졌고, 오른쪽으로는 깊이 우거진 숲이 자리했다.

녹음(綠陰)이 갈수록 짙어졌다. 지대도 점점 높아져갔다.

산봉우리가 가까워졌다.

마차는 계속 산을 향해 움직였다. 마차가 산기슭에 닿았다.

단운룡의 두 눈에 이채가 떠올랐다.

산의 이름을 알고 있었기 때문이었다.

애뢰산이라고 했었다.

안개 속에 감추어진 산세는 구름 사이 삐쭉 솟은 봉우리보다 열 배는 험했다. 산기슭에도 인적이 드물다. 숲 속에는 듣도 보도 못한 산짐승들이 우글거리고, 수백 년 오래된 수목들이 온 골짜기에 가득했다. 애뢰산은 그처럼 절산이었다

단운룡의 감회는 특히 남달랐다.

까마득한 옛날 오기룡과 함께 구룡보의 추격을 피하여 숨어들었던 산이었다. 새벽안개 그윽했던 골짜기와 발 딛기도 힘들었던 숲길을 어제처럼 기억하고 있었다.

고생하며 넘었던 산을, 마차에 몸을 맡긴 채로 멀리멀리 돌아 지났다.

애뢰산을 뒤로하자, 또 하나의 과거가 단운룡 앞에 펼쳐졌다.

구룡보의 분타가 자리 잡고 있어 한 걸음 한 걸음이 긴장의 연속이었던 곳이었다.

신평현이었다.

"오셨습니까."

신평현 중앙대로에 접어들기 무섭게, 피부가 보기 좋게 그을린, 강인한 인상의 무인들이 달려 나와 일행을 맞이했다.

그 옛날엔 구룡보를 피하면서 신경을 곤두세웠던 곳이었지만 지금은 그 반대였다.

여기서부터는 안심해도 된다.

무인들은 아창족과 포랑족 전사들이었다.

구룡보 신평 분타주 목정인이 청성파 적하진인에게 무릎 꿇은 이래, 다른 어떠한 문파도 세를 키울 수 없었다.

도시 전체를 휘어잡은 이들이 따로 있었던 까닭이다.

단운룡 일행은 무인들의 안내를 받아, 현에서 가장 큰 장원으로 향했다. 곳곳에 안광이 형형한 무인들이 포진해 있었다. 대부분이 경포족과 납서족 무인들이다. 웃옷을 가볍게 입은 화니족 무인들도 간간이 눈에 띄었다.

그렇다.

신평은 그들의 땅이었다.

오원 무인들이 장악한 지 오래인, 그들의 영역이었던 것이다.

신평현의 의원은 실력이 좋은 편이라 했다.

단운룡은 의원의 얼굴도 생생하게 기억하고 있었다. 오기룡의 풍토병을 모사열이라 한눈에 알아봤던 노의원이었다. 그때도 백발이 성성했다. 지금은 더했다.

"쯧쯔……. 너무 망가졌는데."

의원이 혀를 끌끌 찼다.

의원의 손마디엔 주름살이 가득했다. 눈과 귀가 어두워졌는지, 환자 상태를 볼라 치면 얼굴이 닿을 정도로 가까이 다가가야 했다. 얼핏 보기엔 그때와 똑같아 보였지만, 허리는 구부정해졌고 움직임도 굼떴다. 용케 의원 일을 계속한다 싶었다.

"오래가기 힘들겠어."

노의원의 앞에 앉은 것은 강건청이었다.

궁무예를 제외한 모든 이들이 회복세에 들어서고 있었다. 강건청도 겉보기엔 그랬다. 강설영 앞에서는 특히나 멀쩡한 척 아픈 티를 내지 않았다.

하지만 실상은 보이는 것과 달랐다. 조금만 움직여도 쉽게 숨이 찼고, 기침도 잦았다. 기침을 심하게 했다 싶으면 꼭 피가 비쳤다. 밤에는 좀처럼 깊이 잠들지 못했다. 고열에 시달리는 일도 하루 이틀이 아니었다.

"폐장이 회복 불가의 손상을 입었네. 내 자네라면 관부터 짜 놓고 볼 거여. 쯧쯔쯔."

노의원은 농담인지 진담인지 구분도 안 될 말을 아무렇지 않게 내뱉었다.

강건청은 놀라지 않았다. 몸 상태가 정상이 아니라는 것은 익히 알고 있었다. 몸뿐이 아니라 마음도 회복이 안 된다. 정소교의 빈자리가 하루하루 느껴지는 것도 상세를 악화시키는 커다란 원인이 되고 있었다.

'내 당신을 당장에라도 보러 가고 싶소만……'

약방문을 써 준다느니 무슨 음식을 조심하라느니 카랑카랑한 목소리가 귓전을 울렸다. 강건청은 제대로 듣지 못했다. 한번 마음이 약해지고 나니, 만사가 고통스럽기만 했다. 강설영이 아니었더라면 진즉에 자결이라도 했을지 몰랐다.

"아빠!"

저쪽에서 강설영이 달려오고 있었다.

노의원에게 꾸벅 인사하고 급히 일어나 딸아이를 보았다. 다행히도 강설영은 노의원이 하는 말을 듣지 못한 것 같았다. 그녀는 근래에 본 적이 없는 밝은 표정을 짓고 있었다.

"곽 노대가 일어났어요! 어서 와 봐요!"

강설영이 강건청의 팔을 잡아끌었다.

기뻐 마땅해야 할 일이었지만, 강건청은 전과 같지 않았다.

"곽 노대가, 일어났다고?"

"그래요. 아빠, 진짜 곽 노대는 못 말려요. 목소리도 잘 안 나오면서 아빠 괜찮냐고 물어보더라고요."

"그래. 정신을 차렸다니 다행이로구나."

강건청이 담담하게 말하며 강설영의 뒤를 따랐다.

'정말 다행이오. 내가 없어질지언정. 곽 노대라도 있어서.'

딸의 뒷모습을 보았다. 덧붙이고 싶었던 말은 목구멍으로 삼커 넘겨야만 했다.


＊　　　　＊　　　　＊


"궁노사께서 오셨습니다."

다른 사람이면 몰라도, 이번엔 단운룡이 직접 나가야 했다.

단운룡은 바로 궁무예가 누워 있는 의원으로 향했다. 의원 앞엔 군마(軍馬)가 여덟 필이나 붙어 있는 팔두마차가 서 있었다. 지금 막 도착한 것인지 흙먼지가 자욱했다.

급히 내원으로 달려가 궁무예가 누운 방으로 들어갔다.

방 한가운데 철탑처럼, 석상처럼, 굳어져 있는 노인을 보았다. 기골이 장대하고 기운이 강성한 노궁사다. 궁무예의 형제, 궁무결이었다.

"이건, 모두가 자네 탓일세."

궁무결의 목소리엔 은은한 분노가 실려 있었다.

단운룡은 즉각 대답하지 못했다. 뭐라 답할 말이 없었다.

궁무예는 피골이 상접하여 도저히 눈 뜨고 봐 줄 수가 없는 상태였기 때문이었다.

연초에 찌들고 백발이 산발이라 얼핏 봐선 볼품없는 노인네 같았지만, 실제로는 궁무결 못지않은 체격과 젊은 사람 이상의 강건한 육체를 지녔던 그였다.

지금은 전혀 아니다.

근육은 쪼그라든 지 오래요, 주름진 눈가는 퀭하게 움푹 들어가 있다. 바싹 말라 반쯤 벌어진 입에서는 벌써부터 송장 냄새가 올라오고 있을 정도였다. 숨을 쉬고 있는 것 자체가 용한 모습이었다.

"되돌려 놓을 거요."

단운룡이 말했다. 궁무결이 딱 잘라 말했다.

"아니. 자네 힘은 필요 없네."

그는 진심으로 화가 난 듯했다. 궁무결은 단운룡과 눈조차 마주치지 않으려 했다. 그가 뒤를 돌아 방문을 열고 한 사람을 불렀다.

"선사, 이쪽이오."

이제 보니 일행이 있었던 모양이다. 한 남자가 방으로 들어왔다.

"용태가 말이 아니로고."

남자는 얼굴이 붉었다. 관승만큼은 아니어도, 거의 비슷한 색깔이었다. 얼굴 생김은 둥글둥글하고 머리카락은 짧았다. 수염은 깨끗이 깎은 상태로, 입과 눈 주위엔 잔주름이 많았다. 가장 특이한 것은 눈앞에 붙은 두 개의 유리알이었다. 금속 테두리로 귀에 얹어 놓았는데, 단운룡도 사부를 따라다니며 두어 번밖에 보지 못한 기물(器物)이었다. 다름 아닌 애체(愛逮)라는 물건이다. 나빠진 시력(視力)을 보완하기 위해 쓴다고 하였다.

정확한 나이는 짐작이 어려웠지만 환갑 근처라면 믿겠다.

승려복과 비슷한 옷을 입었지만, 막상 가사(袈裟)라 하기엔 소매나 옷고름이 평상복에 가까웠다. 차림은 독특하고 기도는 비범했다. 파계승이라고 하면 딱 어울릴 것 같은 행색이었다.

선사라 불린 이는 단운룡에게 관심이 없었다. 그의 눈엔 오로지 환자밖에 보이지 않는 듯했다. 그가 곧바로 궁무예에게 다가가 맥부터 짚었다.

"오호, 이것 봐라……?"

그의 두 눈에 기광이 맺혔다. 그가 손을 뻗어 이불을 홱 젖히더니, 이곳저곳 혈도들을 짚어보기 시작했다.

끼리리릭.

잠자코 보고 있으려는데, 뒤쪽에서 익숙한 금속성이 들려왔다. 양무의의 철운거가 낸 소리였다. 덜컥, 하고 문을 넘어 철운거가 단운룡 옆에 섰다. 뒤에는 언제나처럼 백가화가 함께하고 있었다.

"해명선사랍니다. 북경에 이름 난 신의(神醫)입니다."

애초에 경로를 신평으로 바꾼 것도 궁무결 때문이라 했다. 궁무예의 변고를 듣자마자, 궁무결이 훌륭한 의원을 대동하여 쫓아온다기에, 오원까지 가지 않고 신평에서 기다리기로 했던 것이다.

해명선사란 이는 궁무예의 상태를 보는 데 시간을 한참 썼다. 눈꺼풀을 까뒤집어 보기도 하고 입을 벌려보기도 했으며, 가슴에 귀를 대보는가 싶더니, 몸을 통째로 뒤집어 옷을 들추고 등줄기와 엉덩이 주변까지 살펴보았다.

마지막으로 코와 귀의 냄새를 맡아보고는, 해명선사가 몸을 돌렸다. 궁무결이 물었다.

"괜찮습니까?"

"자넨 저게 괜찮아 보이나?"

해명선사가 아무렇지 않게 되물었다. 아무래도 겉보기보다 훨씬 더 연배가 높은 모양이었다. 대뜸 하대를 하는데, 받아들이는 궁무결이 훨씬 더 조심스러워 보였다.

"그럼 어찌……."

"못 먹어서 그래."

해명선사가 그렇게 한마디 툭 던지고는 성큼 발을 옮겨 문밖으로 나가버렸다. 갑작스런 퇴장에 궁무결은 당황한 표정을 감추지 못했다. 단운룡과 양무의조차도 어찌할 바를 몰랐다. 어색한 침묵이 흘렀다. 백가화가 나가보려는데, 해명선사가 불쑥 다시 안으로 들어왔다. 왼손엔 제법 큰 행낭이, 오른손엔 생전 처음 보는 이상한 물건이 들려 있었다.

"물."

해명선사가 뒤를 향해 한 마디 했다.

뒤따라 들어온 것은 여은이었다. 바깥에서 해명선사에게 지시라도 받았는지, 찰랑찰랑 물이 담긴 커다란 대접을 들고 있었다.

해명선사의 손에 들린 물건은 엄지손가락 굵기의 대롱이었다. 대롱의 길이는 사람의 팔뚝보다도 길었고, 색깔은 사람의 피부색과 비슷했다. 무엇으로 만들었는지 형태가 곧게 유지되지 않고 이리저리 부드럽게 휘는 성질을 지니고 있었다.

그가 대롱을 들어 물에 적셨다. 그러고는 가지고 온 행낭에서 길쭉한 금속 막대기를 꺼내더니 흐물거리는 대롱 안에 끼워 넣었다. 해명선사가 금속 막대기가 끼워진 대롱을 이리저리 만지면서 형태를 잡았다. 금속막대기는 연철(軟鐵)이라도 되는지, 그가 힘을 주는 대로 유연하게 휘어졌다.

"됐다. 이리 와 보거라."

해명선사의 손에 들린 대롱은 낫처럼 완만하게 굽어진 모양이 되어 있었다. 그가 여은을 불러 궁무예의 머리맡으로 보냈다.

"턱을 잡아다오."

단운룡과 양무의는 상상조차 할 수 없었던 기사(奇事)를 두 눈으로 목도해야 했다.

"이건 말이지, 내 통명관이라 이름을 붙인 놈이네."

여은이 궁무예의 턱을 잡아 벌리자, 해명선사가 굽어진 대롱을 궁무예의 입으로 쑥 집어넣었다. 해명선사가 한 손으로 목덜미를 잡고는 대롱을 입 안으로 슬슬 밀어 넣기 시작했다.

"자, 삼키시오. 꿀꺽, 삼켜 보시오."

물론 궁무예는 해명선사의 목소리를 들을 수 없었다. 목구멍 어딘가에 걸리기라도 한 듯, 대롱이 잘 들어가지 않았다.

"턱을 한 번 봐 보게."

여은이 손을 놓고 물러났다. 의술을 배웠다는 그녀도 해명
선사가 하는 것은 듣도 보도 못했다. 무엇을 위한 것인지조차
도 짐작할 수 없었다.

"꿀꺽, 좋아! 들어갔다!"

해명선사의 손이 빨라졌다. 대롱이 입을 통해 목구멍으로
술술 들어갔다. 한참 밀어 넣는데 거의 사람 팔뚝 길이만큼은
들어간 것 같았다. 금속 막대는 처음 방향을 잡는 데만 필요
한 기구였는지, 입에서 더 들어가지 않았다.

"이제 한 자 반……. 세 치만 더……. 됐군."

대롱을 쭉 밀어 넣고 깊이를 보았다. 해명선사가 왼손으로
대롱을 잡고, 금속 막대를 조심스럽게 뽑아냈다. 대롱이 궁무
예의 입가에 축 늘어졌다.

"이게 어딨더라……."

해명선사가 다시 행낭을 뒤졌다. 행낭에 들어갔다 나온 손
에는 또다시 처음 보는 물건이 들려 있었다.

"이것은 일종의 여두(濾斗: 깔대기)라 보면 돼. 통명관(通命管)
과 이렇게 연결하면 음식을 넣어줄 수가 있지."

해명선사가 여두라고 꺼낸 물건은 병졸들의 전건(戰巾)처럼
뾰족한 원뿔 형태를 하고 있었다. 그가 여두의 뾰족한 부분을
대롱 끝에 연결하여 위로 올렸다.

"찻잔에 물."

해명선사가 여은에게 말했다. 여은은 짧은 지시에도 눈치 빠르게 대응했다. 아까 대접과 함께 챙겨왔던 찻잔에 물을 채워 해명선사에게 건넸다. 해명선사가 여두의 넓은 부분에 물을 부었다. 물이 대롱을 따라 궁무예의 입으로 들어갔다.

물은 궁무예의 입가로 새지 않았다. 여은이 탄성을 내뱉으며 말했다.

"아! 관을 따라 물이 위장(胃腸)으로 직접 들어가는 거로군요!"

"잘 배웠군."

해명선사가 고개를 끄덕이며 말했다. 그가 궁무예의 상체를 들고 밑에 목침과 이불을 받쳐 넣었다. 궁무예의 몸이 반쯤 앉은 자세가 되었다.

"이렇게 상체를 세우면 역류(逆流)까지 방지할 수 있지."

신의(神醫)라더니, 놀랍기 짝이 없는 의술이다.

해명선사의 말이 이어졌다.

"고강한 내가고수라도, 먹지 않으면 죽음을 면치 못해. 물에 타든, 맷돌로 갈든, 통명관을 타고 흐를 수 있도록 만들어서 하루 세끼 음식을 챙겨주도록 하게."

"선사. 회복은 가능하겠소이까?"

궁무결이 물었다.

해명선사가 대답했다.

"어려울 걸세."

궁무결의 표정이 굳어졌다. 단운룡 또한 그랬다.

"선사의 의술로 어떻게……."

"내 보통 사람이라면 절대 회복하지 못할 거라 말했을 것이네. 나이도 많고, 못된 약재(藥材)에 오랫동안 노출되어 있었어. 공력이 출중하여 이만큼이나마 살아 있는 거지, 아니었음 진즉에 죽었을 것이야."

"그럼 저 상태로 눈도 뜨지 못한 채 살아야 하는 겁니까?"

"아니지."

"……?"

"더 나빠질 거야."

해명선사는 단호했다. 궁무결의 표정이 일그러져도 아랑곳하지 않았다.

"기침도 제대로 못 하고 가래를 뱉어내지도 못해. 폐장이 먼저 망가질 걸세. 오래 누워 있으면 등과 엉덩이 피부가 짓물러 탁기가 쌓이고 창병(瘡病)이 생긴다네. 헛된 기대 따윈 하지 말라는 이야기일세. 살아난 것을 다행으로 여겨야 할 상황이야."

"하지만 저래서야 사는 게 사는 게 아니지 않습니까?"

"못 보겠으면 언제든 목숨을 끊으면 되지. 사람 죽이는 것은 자네들 강호인들이 가장 잘 하는 일 아니었나?"

궁무결은 아무 말도 하지 못했다.

해명선사는 본디 강호인들을 별반 좋아하지 않았다. 궁무결도 익히 알고 있는 사실이었다. 그나마 신궁(神弓)이란 명성이 황실과 민간에 정대하여 이렇게 먼 곳까지 발걸음을 해 온 것이지, 다른 경우 같았으면 어지간한 명문대파의 명숙이라 해도 눈 하나 깜짝하지 않았을 그였다.

"요상에 재주 있는 내가고수가 있다면 도인(導引)과 주천(週天)을 통해 종종 외기라도 충만히 채워 주도록 하게. 원인은 심장(心腸)에 있으나 음(陰)이 성하지 않고 양(陽) 또한 크게 모자람이 없네. 허무맹랑한 이야기지만 마치 심장이 한 번 멎었다가 되살아난 듯싶군. 이런 궐증(厥症)은 혼궐(混厥)에 가깝지만, 탕약으로는 어찌할 수 있는 병증이 아닐세. 사람의 의술로는 어쩔 수 없다는 이야기지. 그야말로 하늘의 보살핌이 필요한 형편이네. 허나, 기적이란 것도 살려둬야 바랄 수 있는 게지, 죽어버리면 하늘에 빌어야 무에 소용이 있겠는가. 내 당장 포기하라고 말하고 싶었다만, 몸속에 흐르는 외기(外氣)를 살펴보니 그렇게는 못 하겠네. 지극히 강성하고 순정한 진기가 상단전을 보호하고 있어. 천운이 따른다면 눈이라도 뜰 수 있을까 모를 일이지."

그나마 위안이 된다.

천운이라도 바랄 수 있는 것이 어딘가.

궁무결의 표정이 다소 풀어지자, 해명선사가 우려 섞인 목소리로 다시 말했다.

"내 분명히 이야기했네. 헛된 기대는 말라고. 행여 눈을 뜨더라도 자네를 알아보지 못할 가능성이 높네. 시궐(尸厥)이라 아예 말조차 하지 못하거나 말을 할지언정 정신이 나가 광중(狂

症)을 보일 수도 있지. 예전처럼 무공을 펼치지 못하는 것은 물론이요, 일어나 앉는 것조차 불가능하지 싶네."

해명선사의 말은 거기까지였다.

모두가 충분히 알아들었다. 인력(人力)으로는 그것이 한계라는 말이다. 그래도 누구 하나 포기할 생각은 없었다. 이 방에 있는 모두가 그랬다.

그뿐이 아니었다.

양무의는 한 발 더 나아갔다.

그가 무겁게 내려앉은 침묵을 뚫고, 해명선사에게 물었다.

"염치 불고하고 여쭙겠습니다. 혹시, 다른 환자(患者)들도 봐 주실 수 없겠습니까?"

궁무결이 고개를 홱 돌려 그를 돌아보았다.

당연한 이야기지만 궁무결의 얼굴엔 탐탁지 않은 기색이 역력했다. 양무의는 아랑곳하지 않았다. 그가 빠르게 말을 이었다.

"선사께서도 익히 알고 계시듯, 저희는 사람을 해치는 무도한 강호인들이 맞습니다. 감히 부탁드립니다. 은혜를 베풀어 주신다면, 저희가 지닌 힘을 사람을 죽이는 것보다, 살리는 일에 쓰도록 애쓰겠습니다. 제 목숨을 걸고 맹세하겠습니다."

양무의가 고개를 숙이고 포권을 했다.

해명선사가 눈살을 찌푸리며 양무의를 보더니, 불쑥 물었다.

"환자라 함은, 자네 다리 이야기인가?"

양무의는 고개를 들지 않았다. 포권을 취하고 머리 숙인 자세 그대로 대답했다.

"제 다리는 고치지 못합니다. 저는 괜찮습니다. 다친 이들이 많이 있습니다. 부디, 힘을 빌려 주십시오."

"내 자네의 맹세를 믿지 않네. 자네들이 아픈 것은 자네들의 업보일세. 남들의 몸을 다치게 하니 자네들 골육도 성해서는 안 될 일이지. 나는 자네들, 강호인들을 이 세상이 지닌 가장 큰 병증(病症)이라 생각하는 사람일세. 환부는 도려내야 하는 법인지라. 민초들의 걱정 없는 삶을 위하여 칼 밥을 먹는 자네들 모두가 이 땅에서 사라졌으면 좋겠네."

해명선사의 목소리는 냉엄하기 짝이 없었다.

그가 몸을 돌려 방문을 열었다.

양무의는 그를 잡지 못했다. 누구도 그를 멈춰 세울 수 없었다.

"하지만, 나까지 자네들과 똑같은 사람이 될 수는 없지."

멈춰 선 것은 해명선사 스스로였다.

"환자들이 어디 있는지나 알려 주게."

그가 마지막으로 덧붙였다.


일행은 다시 오원으로의 발길을 재촉했다. 신평에서 머문 지 보름째였다.

해명선사는 신의(神醫)가 분명했다. 그는 왕호저를 가뿐히 걷게 만들었고, 온몸이 넝마와 같았던 효마를 간단하게 일으켜 세웠다.

도요화를 본 해명선사는 의술의 영역이 아님을 분명히 했다. 상단과 중단의 조화가 깨져 있으나, 해명선사가 지닌 의술(醫術)로 고칠 만한 것은 아니라 하였다. 그러면서도 타고난 선천기가 상단전에 왕성하니, 심혼을 청명케 하는 도가기공의 대가를 찾아가 보는 것이 어떻겠냐는, 일리 있는 처방까지 내려주었다.

강건청을 본 해명선사는 즉각 행낭부터 풀었다. 사천당문에서 얻어왔다는 생사간(生死間)이란 약을 써서 강건청을 잠들게 하고는, 뾰족한 대롱 하나를 강건청의 갈빗대 사이에 박아 사혈(死血)을 뽑아냈다. 대롱 밖으로 검은 피가 줄줄 흘러나왔다. 사혈의 색깔은 지극히 탁했고, 냄새 또한 고약했다. 가슴 안에 저런 게 고여 있으면 누구라도 목숨이 성치 않겠다 싶었다.

깨어난 강건청에게 해명선사는 말했다.

"외상보단 내상이 문제이며, 폐상(肺傷)보단 심상(心傷)이 심각하오."

해명선사가 말한 심상은 심장이 아니라 마음의 상처를 뜻했다. 망가진 폐만 해도 회복이 불가능한 데다가, 심화(心火)가 지대하여 육신을 해하고 있으므로 마음을 다스리는 것이 우선이라고 하였다. 사혈을 뽑아냄으로써 급한 불은 껐지만 해명선사의 표정은 과히 좋지 못했다. 오래 살기는 힘들어 보였지만 해명선사는 굳이 입 밖에 소리 내어 말하지 않았다. 살아갈 의지와 희망이라도 있어야 몇 달이라도 더 살지, 스스로 죽음을 받아들이는 순간부터 남은 수명이 더 짧아지리라는 것을, 너무나도 잘 알고 있기 때문이었다.

해명선사는 이어 강설영과 곽경무를 보았다.

그는 강설영과 곽경무의 상세를 보며 놀란 표정을 감추지 못했다. 당장에라도 북경으로 돌아갈 기세였던 그가 보름이나 눌러앉은 것도 두 사람 때문이라 하였다.

그는 두 사람에게 똑같이 말했다.

"이렇게 그냥 회복될 상처가 절대로 아니었다."

강설영은 나타태자 이군명의 건곤권에 내장이 상했다. 내장이 그처럼 다치면 패혈(敗血)이 전신을 침범하여 삽시간에 죽음에 이를 수 있으므로 탕약만으로는 치료가 불가능하며 개복하여 끊어진 내장을 이어주지 않으면 회복이 어렵다고 하였다. 하지만 강설영은 제대로 된 탕약을 먹지도 않았거니와, 개복을 하여 내장을 잇는다는 등의 듣기에도 끔찍한 치료는 상상조차 해 본 적이 없었다. 그럼에도 강설영은 거의 멀쩡해진 상태였다. 살갗까지 다 아물었고, 흉터조차 거의 남지 않았을 정도였다.

곽경무는 더했다.

곽경무는 강건청과 거의 같은 정도의 치명상을 입은 상태였다. 이랑진군 이진명의 삼첨양인도에 가슴이 꿰뚫렸기 때문이었다. 전신 내력을 쥐어짜 싸웠기에 내기(內氣)가 극도로 허해졌고, 화상(火傷)이 심한 데다가 폐장까지 상해서 용태가 심하기로는 강건청에 비할 바가 아니었다. 당장 그때 죽었어도 이상하지 않았을 것이었다. 아니, 정상적인 이치대로라면 그때 죽었어야 옳았다.

"내 본디 만년하수오니, 공청석유니 하는 신물(神物)들은 호사가들이 만들어낸 헛소리라 말해 왔던 사람이네. 고관대작들을 상대하다 보면 그런 영물에 그릇된 탐욕을 부리는 이들을 많이 만나게 되지. 물론 나도 영약이란 물건들을 본 적이 있다네. 허나, 영약이란 것은 하늘이 허락한 자에게만 전해지는 것이며, 어떤 유명한 영약이라 해도 만병통치의 영험함을 가지지는 못하는 법일세. 영약으로도 다스리지 못하는 병이 있게 마련이며, 죽은 자, 죽어야 할 자를 살리는 영약이란 세상에 없을 거라고, 있어서도 안 된다고 여겨 왔었지."

해명선사는 그 다음 말을 쉽게 내뱉지 못했다.

"이때까지는 분명 그랬네. 두 사람에겐 내 의술이 필요치 않아. 시일이 걸리기야 하겠지만, 이 사람도 곧 자리를 털고 일어날 걸세."

해명선사는 곽경무를 가리키며 그리 말했다.

의술이 필요하지 않을 거라면서도, 해명선사는 계속하여 두 사람의 몸 상태를 살폈다. 해명선사는 강호인이 싫다 하였지만 내공심법에 조예가 깊었으며 공력 또한 심후했다. 단순히 맥을 짚는 것만으로도 진기의 흐름을 기막히게 꿰뚫어 보았다.

결국 해명선사는 물었다. 강설영과 둘만 있을 때였다.

"대체 어디서 구한 영약이지?"

강설영도 대답은 쉽게 하지 못했다. 그녀가 망설이자, 해명선사가 다시 물었다.

"대답하기 곤란한 일인가?"

"말한다 해도 믿지 못하실 거예요."

"믿지 못한다라……. 나는 내 손에 짚이는 것을 믿는 사람일세. 소저의 내장은 끊어졌다가 다시 붙은 것이 분명해. 내기(內氣)의 흐름이 그러하네. 기혈(氣穴)이 끊겼다가 이어지고 있는 것을 확인할 수 있었지. 지금 이 순간에도 다시 붙은 기혈들이 점차 자리를 잡아가고 있을 걸세. 몇 달 후에 봤으면, 소저의 내장이 끊어졌었다는 사실조차 몰랐을 것이 틀림없네. 대체 어떤 영약이 있어 이런 효과를 보일 수 있는지 몹시 궁금하다는 게 내 솔직한 마음일세. 내 일찍이 이런 건 본 적이 없다네."

강설영이 한숨을 길게 내쉬고 대답했다.

"곤륜산에서 서왕모를 만났어요. 복숭아를 하나 얻어먹었지요."

"서왕모? 소저가 먹었다는 것이 설마하니, 신선과(神仙果) 반도(蟠桃)라 말하는 겐가?"

"네. 비슷한 거겠죠."

"허허허. 허허허허."

해명선사는 그녀의 말을 듣고는 신평현에 온 이래 처음으로 웃음소리를 냈다. 어처구니없다는 표정으로 웃지만, 그 웃음소리엔 왠지 모를 허망함이 담겨 있었다.

해명선사의 웃음소리가 잦아들었다.

강설영이 다시 한번 망설였다. 그녀가 이내, 입술을 한 번 깨물고 입을 열었다.

"그게 전설 속의 반도이든 아니든, 제가 이렇게 멀쩡해진 것이, 곽 노대가 살아날 수 있었던 것이, 그때 먹은 영약 때문인 것은 확실하겠죠?"

"내 여태 말했지 않은가. 소저의 내공은 놀라운 데가 있으나, 내 아직 내공만으로 잘린 내장을 붙인다는 이야기는 들어본 적이 없네. 내 이처럼 웃은 것은 소저의 이야기가 우스워서가 아닐세. 서왕모의 신선과라도 되어야 이런 일이 가능하겠다 싶어서였네. 그래, 내 결론은 그걸세. 영약의 효험이 아니고는 설명할 길이 없네."

"그렇다면 한 가지만 더 여쭤볼게요. 영약의 기운이 제 기혈을 흐르고 있다면, 제 피에도 영약의 효과가 있지 않을까요? 제 피를 다른 사람에게 먹이면……."

"부(否)."

해명선사는 단칼에 강설영의 말을 끊었다.

"단지활혈(斷脂活血), 자신의 피를 받아서 병든 부모에게 먹였다는 효행(孝行)의 고사라도 읽은 모양이구만. 소저의 아버지에게 먹일 생각이라면, 그 마음 씀씀이는 무척 고아하나 효과는 소저의 생각과 같지 않을 것이네. 병든 이의 병세가 나아진 것은 피를 먹어서가 아닐세. 손가락을 잘라 피를 바칠 정도의 정성이라면 누구라도 자리를 털고 일어나겠지. 영약을 먹은 소저의 피가 보혈(寶血)이냐고 묻는 거라면, 나는 아니라고 답하겠네. 영약의 기운은 단순히 피에만 녹아 있는 것이 아닐걸세. 어딘가에 정체되어 있을 수도 있고, 전신에 퍼져 있을 수도 있네. 소저가 소저의 피를 한 사발 받는다 해도, 거기에 신선과의 기운이 얼마나 담겨 있을지는 모르는 일이지. 게다가 그 기운이 다른 사람에게 넘어간다 한들, 얼마만큼의 효력을 발휘할 수 있을지도 알 수 없는 일이네. 똑같이 좋은 쪽으로 작용한다는 보장도 없겠지. 물론, 나도 장담은 할 수 없네. 한 번도 본 적이 없으니 말일세. 만에 하나 소저의 피가 영약의 기운이 담긴 보혈이라면 의원인 나부터 얻어가고 싶은 마음이라네. 허나, 그건 안 될 일일세. 생혈(生血)이든 사혈(死血)이든, 사람의 피는 사람이 먹는 게 아니라 하였네. 내 분명히 말하는데, 허튼 생각은 절대 하지 말게나."

강설영은 어쩔 수 없이 고개를 끄덕일 수밖에 없었다.

그녀는 무기력한 자신이 싫었다.

천룡무제신기가 없는 그녀는 예전처럼 운기할 수도, 무공을 펼칠 수도 없었다. 사부가 준 내공은 천룡무제신기의 구결에 따라 움직이지 않았다. 통제 불능의 진기였다.

그녀는 누구에게도 도움이 되지 않았다. 아픈 아버지에게도, 이제 막 정신을 차린 곽경무에게도 해 줄 수 있는 일이 없었다. 아무것도 할 수 없는 그녀보단 의술이라도 익힌 여은이 더 나았다.

강건청이나 곽경무나 그녀가 무작정 피를 받아간들, 그리고 그것이 영약이라 한들 순순히 받아먹을 사람들도 아니었다. 그래도 그녀는 조금이나마 쓸모 있는 사람이 되고 싶었다. 그뿐이었다.

해명선사는 열흘 동안 부상자들을 보살폈다. 강설영을 볼 때마다 이상한 생각 하지 말라며 아픈 사람 곁이나 지켜 달라 말했다. 말투는 냉정해도 정이 깊은 사람이었다. 보면 볼수록 천생 의원이란 생각이 들었다.

해명선사는 떠나면서 이렇게 말했다.

"의술을 연마하면 연마할수록, 사람의 운명이란 의술이 아닌 하늘에 달려 있다 느끼게 된다 했지. 내 여기 와서 새삼 그 사실을 깨닫고 가네."

해명선사는 궁무결과 함께 떠나며, 궁무예까지 데리고 갔다.

단운룡은 궁무결을 막지 못했다.

궁무예가 그렇게 된 것은 단운룡 책임이었다. 궁무예가 자의로 따라왔다 해도, 궁무예가 의협문에 정을 붙이고 태상봉공의 자리를 맡았다 해도 달라질 것은 없었다. 결과적으로 이 지경에 이르렀으니, 끝까지 보살펴야 옳았고 단운룡은 당연히 그러려 했다. 누구에게 넘겨줄 생각 따윈 추호도 없었다.

하지만 단운룡은 고집을 부릴 수가 없었다.

통명관이 가장 문제였다.

음식을 공급하는 통명관은 환저(玃狙)의 방광으로 만든 물건이라는데, 쉽게 망가져 오래 유지할 수가 없다고 하였다. 최소한 닷새에서 열흘 사이에 새것으로 갈아줘야 한다는 이야기였다. 매번 목구멍에 집어넣는 것도 만만치는 않아 보였다.

다른 것은 단운룡 측에서도 얼마든지 해결할 수 있었다.

사실 통명관도 못 할 바는 없었다.

환저란 동물이 필요하다면 백 마리라도 잡아올 수 있었다.

만들기 어렵다는 것도 배우면 그만이요, 집어넣는 기술도 익히면 그만이었다.

열흘이 아니라 하루라도 관계없었다. 대소변 수발이라도 몇 년이든 얼마든지 들어줄 요량이었다.

궁무결의 의지가 결정적이었다.

궁무결은 궁무예의 하나뿐인 혈육이었다. 문파도 문파지만, 혈연을 넘어서기란 쉽지 않은 일이었다.

게다가, 오원은 오지(奧地) 중의 오지였다. 습하고 더운 데다가 우기(雨期)까지 있었다. 환자에게 좋은 환경일 리 만무했다. 청백신의도 더 이상 없는 마당에 해명선사 같은 의원을 찾는 것은 쉬운 일이 될 수가 없었다. 상태가 갑자기 악화되면 대응할 길이 없다는 뜻이기도 했다.

궁무결이 데려가겠다 말하는 것이 당연했다. 단운룡이 곁에 두겠다고 막을 만한 여지가 없었다.

"듣는 거 알고 있어. 포기하면 안 돼. 나도 포기하지 않을
테니."

단운룡은 궁무예의 침상을 직접 들어 옮겼다.

궁무예는 침상째로 마차에 실렸다. 마치 죽은 사람을 데려
가는 상여(喪輿)와 같다고 생각했다. 그러지 않게 만들겠다 다
시 한번 다짐했다.

그렇게 단운룡은 궁무예를 보냈다.

신평현을 떠나 오원으로 갔다.

다시 보는 오원은 적벽과 달랐다.

오원은 더욱더 강해져 있었다. 도시(都市)화, 요새(要塞)화가
이루어진 오원이었다. 하늘엔 군기가 넘실대고, 대지엔 풍요가
깃들었다. 위대한 전사들이 그 안에 있었다.

의협이 힘을 기를 곳이었다.

약속의 땅에 돌아온 것이다.


＊　　　　＊　　　　＊


단운룡의 귀환 소식은 오원 전체를 흥분케 했다.

마차는 일원요새까지 멈추지 않았다. 일원요새 앞의 연무
장은 이미 오원의 전사들로 꽉 차 있었다. 전사들은 계속하여
몰려들었다. 초림, 무구고원, 녹풍원, 남왕궁의 사대 외지에 흩

어졌던 전사들까지 배웅을 나왔다.

먼저 와 있던 의협문 문도들의 얼굴엔 놀란 기색이 역력했다. 전사들의 수가 엄청났다. 키가 작고 왜소한 이들이 많았지만, 누구 하나도 만만해 보이지 않았다. 운남의 기반이 탄탄하다는 것은 익히 알고 있었지만, 이 정도일 줄은 몰랐던 의협문 문도들이었다.

마차가 연무장 앞에 섰다.

전사들이 숨을 죽였다.

마차 문이 열리고 단운룡이 내려섰다.

처처처척!

누가 먼저랄 것도 없었다.

전사들이 일제히 한쪽 무릎을 꿇고 예를 취했다. 이천 명에 달하는 전사들이 무릎을 꿇었다. 전사들만이 아니었다. 저잣거리에서 물건을 팔던 포랑족 사냥꾼부터, 밭에 나가던 화니족 아낙네들, 아이들에게 옛이야기 들려주던 납서족 글 선생까지 모조리 몰려들어 단운룡의 귀환을 반겼다.

단운룡이 그들을 한 번 돌아보았다.

모두가 숨을 죽였다.

단운룡을 모르는 이는 아무도 없었다.

그는 이 오원을 그들에게 되찾아 준 사람이었다.

살아 있는 전설이었다.

신(神)이었다.

"그만 일어나."

단운룡이 말했다.

처처처처척!

신의 말을 거역할 이는 아무도 없었다.

무릎을 꿇었던 이들이 일제히 몸을 일으켰다.

대저, 신이라 함은, 모습을 보이지 않을 때 더 큰 힘을 지니게 되는 법이었다.

중원에 나가 있던 세월 동안 단운룡의 전설은 바위처럼 단단해졌고, 단운룡의 존재는 산처럼 거대해졌다. 단운룡의 말이라면 죽음이라도 불사할 각오가 되어 있었다. 그들 모두가 그랬다.

"다시 오니 좋군."

단운룡이 한마디 덧붙였다.

그의 말은 전설의 기쁨이요, 신의 흡족함이었다.

오오오오오!

함성 소리의 시작은 경포족과 아창족 전사들부터였다. 그들이 내지르는 함성이 일원요새 연무장을 넘어 오원 전체로 번져나갔다.

경이로운 광경이었다.

왜 함성을 지르는지도 모르면서 다들 그렇게 소리를 질렀다. 그냥 저절로 우러나오는 환호성이었다. 신의 재림(再臨)과도 같았다.

와아아아아아아!

함성 소리는 한참 동안 멈출 줄을 몰랐다.

마차에서 내린 강설영과 강건청은 어리둥절한 표정을 감추지 못했다. 이 상황을 이해할 수 없었기 때문이었다. 이제 막 거동을 시작한 곽경무와 여은도 마찬가지였다.

"우리 문주는 대체……."

"왕(王)이라도 되는 겁니까?"

의협문 문도들도 예외는 아니었다.

그들은 오히려 더 놀랐다.

의협문 문도들은 사실, 여기까지 오는 동안 적지 않은 불안감을 감내해야 했었다. 청운의 꿈을 안고 들어온 문파가 단한 명의 고수의 습격에 아수라장이 되었고, 누가 봐도 막강해 보였던 태자후가 죽었을 뿐 아니라, 발도각주와 청천각주를 비롯한 주축 고수들 대부분이 침상 신세를 지어야만 했었다. 제아무리 충성심이 투철한 문도들이라도, 두려움을 느낄 수밖에 없었을 것이다.

진짜 문주가 단운룡이란 사실도, 그들은 얼마 전에야 알았다. 단운룡의 이름은 생소했다. 강호에 이름 난 명숙도 아니요, 세간에 소문이 파다한 청년 고수도 아니었다. 그동안 양무의와 우목이 심어 준 믿음이 아니었다면, 쓰러져도 금세 자리를 박차고 일어난 발도각주와 청천각주에 대한 충성심이 아니었다면, 진즉에 도망쳐도 이상하지 않을 상황이었다.

그러는 와중, 마침내 그들은, 그들이 모시던 의협문 문주를 보게 되었다.

놀라움이 먼저였다. 그 다음엔 다행이라 생각했다.

의협문주 단운룡은 모습을 드러냄과 동시에 오원이란 도시 전체를 열광케 했다. 전사들의 함성 소리는 거짓이 아니었다. 광신의 무리처럼 보일 정도였다. 그 한가운데 서 있던 의협문 문도들은 누구 하나 예외 없이 짜릿한 전율을 느낄 수밖에 없었다. 아무것도 모르는 그들이 봐도 단운룡의 존재감은 비범 그 이상이었다. 문도들 몇몇이 홀린 듯 함성 소리에 동참했다. 그리고 종국에는 너 나 할 것 없이 주먹을 치켜들고 소리를 지르게 되었다. 안도감와 기대감이 한데 섞인 함성이었다.

일원요새의 회의장에서 단운룡은 그리운 얼굴들을 보았다. 허유와 마건위였다. 허유는 기운이 충만해 보였지만, 마건위는 이제 완연히 늙은 얼굴을 하고 있었다.

"중원행은 어땠지?"

허유가 물었다. 늑대라고 불렸던 허유는 얼굴 그 어디에서 도 음험함을 찾아볼 수 없었다. 지도자로서의 품격이 늑대의 집요함을 모조리 덮어버린 상태였다. 심계가 예전보다 더 깊어 졌다는 뜻이기도 했다.

"썩 좋지 않았어."

단운룡은 더 설명하지 않았다. 몰라서 물은 허유가 아니었다. 허유와 마건위는 이미 의협문의 사정을 훤히 알고 있을 터였다.

"오원은?"

"다 좋다."

단운룡의 질문엔, 마건위가 답했다.

야심가였던 마건위는 기운이 쇠해 있었다. 이유는 간단했다. 무공을 완전히 회복하지 못한 것이 첫째요, 타오르던 야망이 사라져 버린 것이 둘째다. 독사 같던 눈빛에선 독기가 다 빠졌다. 다 내려놓고 쉬고 싶다는 얼굴을 하고 있었다. 강호인으로 말하자면 은거, 내지는 금분세수의 때가 가까워 온 것이다.

"조금만 더 수고해 줘."

단운룡이 마건위를 똑바로 바라보며 말했다. 마건위가 비틀린 웃음을 지었다. 어딘지 모르게 비열해 보였던 웃음도, 이제는 거부감보다 친근감이 앞설 정도였다.

"지금까진 좋았지만 앞으로는 또 모른다. 관(官)에서 민감하게 이곳을 살피고 있다. 황실이 나설지도 몰라. 게다가 남쪽의 동향도 심상치 않다."

"남쪽이면, 대월?"

"대월은 지금 호(胡)라는 자가 왕위에 올라 병사들을 규합하고 있는 중이다. 그냥 병사들이라면 큰 위협이 되지 않을지 모르지만, 이 호왕이란 자도 야심이 만만치 않은 자더군. 남왕궁을 정리하며 숨겨져 있던 맹획의 문서고(文書庫)를 발견했는데, 몇몇 문서에 따르면 맹획과 교류하며 귀비산과 귀비신단의 제조법까지 손에 넣은 것으로 보인다. 호왕은 일찍이 왕위에 오르기 전부터 맹획과 손을 잡고 중원을 도모했던 모양인데, 환관 정태감이 지휘한 제국 해군의 대원정 때 대월국 해안에 상륙하여 막강한 무력시위를 보인 이래, 한 발 물러선 채 힘을 비축하고 있는 것으로 여겨진다. 맹획군 잔당들도 상당수 대월로 넘어간 상태고, 운남에는 우리밖에 남지 않았으니, 해볼 만하다고 느끼고 있을지도 모르지."

"좋지는 않지만 나쁘지도 않군."

단운룡이 말했다.

허유가 미간을 좁혔다. 단운룡은 일언반구의 말도 더하지 않았지만, 행간에 감춰진 뜻을 몰라보기엔 그들의 지모가 너무나도 출중했던 것이다.

"네놈, 설마."

"설마가 아니지. 싸우지 않고 성장하는 무인은 없으니까."

"차라리 잘됐다는 말로 들리는군! 다시 한번 오원을 전쟁터로 만들 셈이냐?"

"여기까지 쳐들어올 수나 있을까."

"애초에 우리 싸움이 아니다. 이런 경우엔 황군을 유도해서 막아내는 것이 옳아. 황실도 이젠 안정기에 접어든 상태다. 운남 관아도 재정비가 한참이다. 국경 방비가 가능한 여력이 갖추어지고 있는 마당에 굳이 우리 피를 흘릴 이유가 없다."

"정론(正論)이다. 하지만 황군이 이 지역을 헤집고 다니면 우리도 곤란해져."

"부(否)! 초림 동광산(銅鑛山)의 은폐는 완벽에 가깝다. 마승의 타가식 마장(馬場)은 언제든 이동이 가능하며, 남왕궁의 재보 처리도 흔적 없이 끝난 상태다. 관에서 어지간히 파고들어도 절대 알아채지 못할 것이다. 더군다나 황군이 남쪽에서 전쟁을 벌이면, 오원을 전략기지로 쓸 수밖에 없겠지. 중간 위치에 있는 우리는 취할 수 있는 이득이 어마어마할 것이다."

"그런가?"

단운룡이 허유를 보고 마건위를 보았다.

두 사람의 지모에 어울리지 않는 오판이다. 단운룡은 그 오판의 이유를 잘 알고 있었다. 그 오랜 세월 동안 두 사람은 맹획, 타가와 힘겹게 싸우며, 제대로 된 관군의 지원을 한 번도 받아본 적이 없었다. 맹획은 그렇다 치더라도, 타가군과 싸우며 흘린 피는 본디, 그들이 흘려야 할 피가 아니라 대명제국 관군들이 흘렸어야 할 피였다. 그들로서는 충분한 한(恨)일 수밖에 없다. 그래서 더욱 그들에게 떠넘기고 싶은 것이다. 운남 관군이 뒤늦게 정비되고 있다 하니, 세외 세력의 준동에 관군들로 맞서길 바라는 것도 지극히 당연한 일이라 할 수 있었다.

단운룡이 말을 이었다.

"오원에 있을 때, 관군들은 하나같이 무능력해 보였지. 아마 두 사람이 느끼는 관이란, 황실이란 그렇게 의지도 능력도 없는 놈들처럼만 여겨질 것이다. 허나, 내가 중원에서 본 황실은 그렇지 않았어. 황실은 만만치 않다. 그리고 오원은 너무 강해졌다. 황실에서 보기엔 호왕이나 오원이나 똑같이 위협적일 수 있다는 말이다. 우리가 끌어들이면 황군은 여기 오원을 향해 창끝을 겨눌지도 몰라. 그땐 어떻게 할 거지? 그냥 터전을 내줄 셈인가?"

단운룡이 다시 한번 허유와 마건위를 돌아보았다.

이번에는 허유가 마건위를 보았다. 마건위도 허유를 보았다.

허유가 먼저 말했다.

"물론 그때는 물어뜯는다. 황실이라도."

마건위가 덧붙였다.

"모조리 죽여야지."

두 사람은 변했다.

그래도 늑대와 뱀은 늑대와 뱀이다.

"누구든 싸움을 걸어오면 싸워줘야 되는 법. 일단은 지켜보자고."

단운룡이 말을 맺었다.

\*          \*          \*

시간은 정신없이 흘렀다.

할 일이 많았다.

의협문 문도들이 거주할 곳을 만들어 주고, 무공 수련을 위해 연무장을 쓰게 했다. 오원 사람들은 단운룡이 데려온 이들은 모두가 한 식구라며 이방인을 향한 그 어떠한 텃세도 부리지 않았다.

단운룡은 이어, 신마맹과의 전투 경험이 있는 이들을 불러모았다. 신마맹 고위 전력에 대한 분석을 위해서였다. 이전처럼 아무것도 모른 채 당할 수는 없는 일이었다.

막야흔과 엽단평을 비롯한 생존자들에게 염라마신에 대한 이야기를 다시 한번 자세히 들었다. 염라마신의 무공, 염라마신의 이능, 한 번 심장이 멈추었던 막야흔과 관승이 되살아나기까지, 하나하나 작은 것도 놓치지 않았다. 도요화에겐 옥황에 대한 이야기를 들었다. 말 한 마디에 금륜대원들과 낭인들이 쓰러져 죽었다는 대목은 누구에게나 작지 않은 충격이었다. 일반 문도들은 가까이도 가지 못한다는 뜻이다. 언제든 대량학살이 가능하다는 말로 들렸다.

단운룡 본인에겐 위타천과 싸운 경험이 있었다. 그 경험도 가감 없이 꺼내 놓았다.

강설영도 불렀다. 신마맹과 부딪쳐 본 이를 꼽자면 강설영도 빼놓을 수 없었던 까닭이었다. 따져보면 누구 못지않게 많이 싸워본 이였다. 강설영은 위타천과 싸우기 전, 나타태자의 가면과 싸웠다고 하였다. 또한 나타태자 가면의 주인이 이군명이었더라는 말로 이군명을 알고 있던 모두에게 놀라움을 안겨 주었다. 이랑진군의 정체가 이군명의 형인 이진명이란 것은 강건청이 말해 주었다. 더 놀랄 것도 없었다. 또한 강설영은 이군명과의 마지막 대화를 떠올리며 또 하나 가면의 정체를 꺼내 놓았다.

"이씨 가문 대공자인 이진명은 사실 대공자가 아닌 이공자였대요. 위로 형제가 하나 더 있었다는 거죠. 원래 대공자로 태어난 그는 구척이 넘는 거인으로 컸었대요. 구척 거인에 신마맹 가면이라면, 떠오르는 이름이 하나 있지요?"

"탁탑천왕!"

"그러고 보면, 참으로 악연이네요. 이씨 가문과는."

강설영은 더 이상 정소교를 떠올리며 눈물짓지 않았다. 광동 이가를 말하면서도 담담함을 잃지 않았다. 슬픔이란 감정을 점차 극복해가고 있음이었다. 단운룡은 그런 그녀를 보며 복잡한 감정에 휩싸였다. 그녀의 담담함이 그의 가슴을 안타깝게 찔렀다. 그러면서도 한편으로는 묘한 안도감 같은 것을 느껴야 했다.

탁탑천왕, 이랑진군, 나타태자로 이어지는 삼형제가 모두 신마맹 가면을 썼다. 이씨 가문 전체가 신마맹의 주구였단 뜻이다. 특히나 이랑진군은 정소교를 죽인 직접적인 원흉이었다. 금상혈사 때 이랑진군은 죽어버렸고, 이랑진군의 사인(死因)을 꼽자면 강설영의 천룡파황권을 빼놓을 수 없을 것이다. 어쩌면 도요화의 마지막 일격보다 더 큰 치명상일 수 있었다. 이랑진군의 시신을 누가 수습해 갔을지는 모를 일이겠지만, 신마맹이 확인을 했다면 강설영의 흔적 또한 충분히 찾아낼 수 있었을 것이다. 나타태자의 생사는 알 수가 없다고 하였으나, 만에 하나 죽지 않았다고 하였을 때, 이군명과 강설영은 서로가 서로의 혈육을 해한, 극악의 불공대천지수가 되는 셈이었다.

'이 와중에……'

단운룡은 더 이상 정신을 흐트러뜨리는 그 감정을 무시할 수가 없었다. 예전부터 이미 알고 있었지만, 애써 없는 셈 치기로 했던 감정이었다.

강설영이 어머니를 잃었음에, 그 슬픔을 똑같이 안타까워하면서도, 그녀가 이군명과 완전한 원수가 되었음에 안도감을 느낀다.

단운룡은 비로소…….

그것이 연정(戀情)임을 알았다.

그러나, 단운룡은 때가 아님을 또한 잘 알고 있었다.

그는 지금, 힘을 길러야 했고, 그에 앞서 힘을 기를 준비를 해야 했다. 그 자신뿐 아니라 다른 모두의 힘을 함께 길러야 할 때였다.


＊　　　　＊　　　　＊


"찾았습니다."

추군마 진달이 오원에 나타난 것은 오원에 당도한 지 한 달이 다 된 날이었다.

"무산(巫山), 등룡봉(登龍峰)으로 오시랍니다."

"사천인가."

무산은 사천 땅에 있다. 사천 도강언과도 지척은 아니지만 아주 멀지는 않다. 입정의협살문의 몇 안 되는 생존자라더니, 결국 사부의 활동 범위와 크게 벗어나지 않았다는 이야기다.

단운룡은 곧바로 떠날 채비를 했다.

신마맹 고위층의 전력을 분석한 결과, 지금 의협문의 힘으로는 십 년이 걸려도 따라잡지 못한다는 결론이 났다. 그걸 단축시키기 위해서라도 반드시 만나볼 필요가 있었다. 최소한 적들이 지닌 절대적 이능에 대한 방어책이라도 알아내야 했다.

단운룡은 태자후의 깃발을 등에 졌다.

그러고는 태자후에게 붙여 줬던 일곱 문도들을 불렀다.

"함께 간다."

"존명!"

그들이 이구동성으로 답했다. 찢어진 황금비룡번이지만, 단운룡이 지고 있으니 태자후가 다시 살아온 것처럼 든든했다. 그들 모두가 비룡이 새겨진 깃발을 등에 메고 있었다.

타가군 종마법으로 육성한 전투기마에 일곱 무인이 올랐다.

마차는 두 대를 준비했다. 한 대엔 단운룡이 탔고, 다른 한 대엔 도요화를 태웠다. 도요화는 이능 제어에 큰 어려움을 겪고 있었다. 하루 중 절반 이상을 주화입마나 다름없는 상태로 보냈다. 막야흔이 옆에 붙어 궁시렁 대다가 폭주하는 도요화에게 내상을 입은 이래, 북과 북채는 아예 멀리 두었다.

더 이상 그대로 두면 안 된다는 사실을 통감했다. 적어도 여기엔 도요화에게 도움이 될 사람이 아무도 없었다.

"누가 뭐래도 따라가야겠어."

막야흔이 기어코 도요화의 마차에 기어들어갔다가 단숨에 쫓겨 나왔다. 막야흔은 쌍욕을 내뱉으며 씩씩거리다가, 벌컥 의협문 문도를 밀쳐내고 직접 어자석에 올랐다. 막야흔이 사두마차 고삐를 한 번 잡아보더니, 제대로 몰 줄 모르겠다며 밀쳐낸 문도를 다시 일으켜 앉히고는 어자석 옆에 끼어 앉았다.

단운룡은 막지 않았다. 어차피, 막야흔도 염라에게 죽었다 살아난 이후부터 내공 운기에 곤욕을 겪고 있는 상태였다. 단운룡이 오래전 심어주었던 광극진기가 강성해지면서 마천신기의 흐름에 간섭을 일으키기 시작한 것이다.

단운룡은 마지막으로 강설영을 찾았다.

"무산에 간다. 혹시 함께 갈 생각 없나?"

강설영이 단운룡을 올려보았다. 강설영은 화려한 비단옷 대신, 차분한 납서족 마의를 입고 있었다. 그런 옷도 잘 어울렸다. 연지 하나 바르지 않은 맨얼굴에 피부가 물처럼 투명했다.

"아버지 건강이 편치 않아요. 제가 곁에 있어야 해요."

대답하는 목소리가 한결 밝았다.

단운룡이 함께 가자 말한 것으로 기분이 한결 나아진 듯했다. 단운룡이 무산으로 떠난다는 사실은 오가는 의협문 문도들을 통해 벌써 알고 있었다. 아무런 이야기도 없이 떠날 줄 알았더니 직접 찾아와서 같이 가자고 묻는다. 따라가고 싶다는 말이 불쑥 나오려는 것을 어렵게 집어 삼켰다.

'기다리고 있을게요.'

그 말도 차마 하지 못했다. 단운룡도 두 번 묻지 않았다. 강건청의 용태가 썩 좋지 않음을 잘 알고 있었기 때문이었다.

"약재든 의원이든 최대한 신경 써서 구해달라고 다시 한번 이야기해 놓을게."

"아니에요. 지금도 충분해요."

그 말은 거짓이 아니었다.

단운룡은 물심양면, 의협문을 정비하는 와중에도 강건청과 그녀가 편히 지낼 수 있도록 모든 조치를 취해주고 있었다. 닷새에 한 번씩 의협문 마차로 실어와 강건청을 봐주는 의원도 충분히 믿을 만한 사람이었다. 적어도 이 일대에서는, 어쩌면 운남 전체에서도 몇 손가락 안에 꼽는 의원인 것이 틀림없어 보였다.

"고마워요."

강설영이 덧붙여 말했다.

단운룡이 고개를 끄덕이고 몸을 돌렸다.

함께 가자고 다시 한번 물어볼 핑계는 얼마든지 있었다. 예컨대 그녀의 무공 회복을 위한 실마리를 찾기 위해서라든지, 강씨 금상의 현재 상황을 알아보기 위함이라든지.

그답지 않게 머뭇거리며 돌아서는 모습이, 그 스스로에게, 그리고 그녀에게 애틋한 여운을 남겼다.

마차 두 대가 오원을 벗어났다.

입정의협살문, 그 오랜 이름과의 만남이 단운룡을 기다리고 있었다.

天蠶飛龍袍
제50장 비룡(飛龍)

비룡제의 무공에 대해서는 항상 논란의 여지가 많았다.

협제 소연신의 적통이 맞냐는 의심부터, 실제 기량의 수준, 무공의 성향, 파괴력, 모든 부분에서 사람들의 견해가 달라지는 양상을 보였다.

무공에 관한 논쟁은 젊은 나이에 명성을 날리게 된 고수들의 숙명과도 같은 일이라고 하지만, 비룡제의 경우는 다소 과한 감이 없지 않았다.

원인은 여러 가지가 있을 수 있다.

비룡제는 강하다.

틀림없는 사실이다.

그러나, 비룡제는 전 중원에 걸친 난세의 격전 중에서 기복이 심한 모습을 보여줄 때가 많았다. 기질적인 존재감이야 놀라운 수준이지만, 겉으로 드러나는 무공 기량은 존재감만 못했던 경우를 종종 보여준다고 하였다. 덕분에 상대방의 방심을 이끌어내기에 용이했다는 해석도 있었으나, 막상 전투 중에는 전혀 다른 수준의 무공을 보여주는 일이 비일비재했다고 전해진다.

혹자는 비룡제의 무(武)를 일컬어 격발형 무공을 지녔다라고 표현하기도 했다. 특수한 순간에 무공 수위가 급격히 높아지는 현상을 말함이다. 이러한 순간적인 격차는 양날의 검과 같아서, 미처 대비하지 못했거나 순간적으로 높아진 기량에 대응할 만한 무공을 지니지 못한 자는 쉽게 무너뜨릴 수 있지만, 전반적인 무력이 높고 탄탄한 자들에겐 큰 힘을 발휘하지 못할 가능성이 상존한다고 볼 수 있다. 높아졌던 무공이 본래의 기량으로 돌아오는 시점에선 역공을 당할 수 있다는 사실 또한 약점으로 지적된 바 있다.

허나 많은 사람들이 간과하는 부분이 있다.

일반적으로 알려져 있기를 비룡제는, 일대일로 특화된 근접 박투형 순속의 무공을 지녔다고 하였다. 하지만 비룡제의 과거를 훑어보면, 일대다, 다대다의 난전에 대한 경험이 더 많은 것을 알 수 있다. 대규모 전투의 경험이 풍부할 뿐 아니라, 논란이 많은 무공 또한 일대다 격전에서도 효용성이 낮지 않다는 것이다.

특히나 흔치 않은 경우로 재차 확인이 필요한 부분이지만, 의협비룡회 개파 이후 신마맹과의 몇몇 전투에서 박투술이 아닌, 병장기술을 보여줬다는 목격담이 있다. 확인된 병장기는 독특하게도 기병(奇兵)인 태번(太幡)으로, 구척 철깃대에 깃발의 길이만 가히 일 장에 달한다는, 중병 중의 중병이었다. 깃발의 색은 녹색이며 바람결을 따라 황금색 비룡이 새겨져 있다 하였다. 의협비룡문의 상징으로, 의협비룡회 분타에서 쉽게 찾아볼 수 있는 바로 그 깃발을 말함이다.

대저 번술이란 일반적인 창봉술과 달라서, 검도장창 과부월극, 여러 병장기에 두루 능해야만 숙달이 가능하다고 알려져 있다. 비룡제의 번술 경지가 어느 정도인지는 알 수 없으나, 의협비룡회의 칠대기수들 이상이자, 그 수장이라 볼 때 비룡제역시 여러 장병술에 능할 것이란 해석이 나올 수 있을 것이다.

한백무림서 미완
한백의 일기 중에서

"**세**월이 참 빨라. 그렇지 않나?"

"자네 말이 맞네."

두 사람은 많이 변했다. 친우였단 말이 어색할 만큼 오랫동안 왕래하지 못했다. 오원에서 처음 다시 만났을 땐, 서로의 얼굴을 일순간 알아보지 못했을 정도였다.

허유가 다시 물었다.

"오늘은 좀 괜찮은가?"

강건청이 답했다.

"나쁘지는 않네. 어제보다는."

말은 그렇게 해도, 강건청의 안색은 과히 좋지 않았다. 허유는 그런 강건청을 보며 다시 한번 세월의 부침을 실감해야 했다.

십수 년 만의 재회는 생각보다 담담했었다. 극적이기엔 두 사람 모두 다 너무나 나이를 들어버렸기 때문이었다. 변한 것은 그들뿐이 아니었다. 오기룡과의 재회조차도 요란하지 않았다. 허유는 일찍이 참룡방주라는 이름을 들은 적이 있었다. 끝내 구룡보가 무너졌다는 소식도 들었다. 이제 와서야 다시 만난 오기룡에게선 종사의 풍모가 묻어나고 있었다. 그 옛날 이곳에 쫓겨 왔을 때의 그가 아니었다. 모두가 예전과는 달랐다.

웬일인지 웃음이 나왔다. 쓰디 쓴 고소(苦笑)였다. 허유는 가슴속에서 흘러나오는 감상을 굳이 막으려 하지 않았다. 오래된 친우의 옆이었다. 그럴 필요가 없었다.

허유가 한쪽의 탁자에서 찻잔을 챙겼다. 물어물어 화니족 약초꾼들에게 금경초 찻잎을 얻어왔다. 찻잎을 찻잔에 넣고 직접 뜨거운 물을 따라 찻물을 우려냈다.

"이거나 좀 들어보게. 기침에는 이것만 한 게 없다더군."

찻잔에선 김이 모락모락 올라오고 있었다. 향이 깊고 따스했다. 강건청은 사양치 않았다. 친우의 마음을 기꺼이 받아들었다.

"고맙네."

강건청은 침상에서 나오지도 못했다. 그가 앉은 채로 찻잔을 입술에 대는 사이, 허유는 의자 하나를 침상 앞으로 끌고 와 앉았다. 허유는 등받이에 몸을 기댄 채로 강건청이 찻잔을 홀짝이는 것을 아무 말 없이 지켜보았다. 그 모습이 무척이나 자연스러웠다.

그럴 만도 했다. 조용했던 재회 이래, 허유는 거의 매일 같이 강건청의 처소를 찾고 있었던 까닭이었다.

차를 마시던 강건청이 흘끗 허유를 보고 짧게 물었다.

"자네는? 안 마시나?"

"난 괜찮네, 아픈 사람은 자네 아닌가."

허유가 가볍게 손을 흔들며 대답했다.

강건청은 더 권하지 않았다.

강건청이 잠시 고개를 숙이고 있다가, 이내 다시 입을 열었다. 창백한 얼굴엔 망설임이 묻어 나오고 있었다.

"쿨럭. 어디서부터 말해야 할지 모르겠군. 오늘 말일세……. 내 그자를 보았네."

"그자? 누구를 말하는 겐가?"

"딸아이가 이만했을 때, 이곳에 온 적이 있었지."

강건청이 손을 들어 아무것도 없는 허공에 두었다. 그때를 회상하는 듯, 손으로 어린아이의 머리를 쓰다듬는 시늉까지 했다.

"그래, 그땐 정말 이만했지. 정말 작았는데."

강건청이 다시 허유를 돌아보았다. 허유의 미간이 가볍게 좁혀졌다. 허유는 머리가 비상한 남자였다. 강건청이 무슨 말을 하려는지, 눈치챈 것이다.

"오늘은 몸 상태가 괜찮은 편이기도 하고 날씨도 좋았던 지라, 곽 노대와 함께 볕을 쬐러 나갔었네. 옛날이야기나 하며 소일하고 있는데, 길 저편으로 한 노인이 지나가더군. 젊은 친구들의 깍듯한 호위를 받고 있었지. 옆에 있던 포랑족 젊은이에게 누구냐 물었더니, 오히려 놀라며 모르시냐고 되묻더군. 이름은 마건위로, 이곳에선 자네만큼이나 존경받는 지도자라고 했네."

허유는 잠자코 듣고만 있었다. 강건청의 어조는 처음처럼 담담하기만 했다.

"오래된 일이었지. 자네도 기억이 날 걸세. 내 이곳에 올 당시, 원군의 잔당으로 여겨지는 자들에게 습격을 당했던 적이 있었네. 나와 곽 노대는 사람 만나는 것을 업(業)으로 하는 이들일세. 굳이 업 운운하지 않더라도 몰살을 생각했던 절체절명의 순간에, 적들의 수괴를 잊을 수야 없는 일일 거야. 당시엔 복면을 하고 있긴 했다만, 오늘 본 마건위는 그때 습격자들의 우두머리가 분명했다네. 곽 노대는 당장 불러 세워 확인하겠다 화를 냈지만, 일단은 그러지 말고 기다려 보라 했지. 따로 알아보는 것이야 어렵지 않겠지만, 이왕이면 자네의 설명을 직접 듣고 싶어서 말일세."

허유는 강건청의 시선을 피하지 않았다. 강건청의 눈빛은 잔잔한 호수와도 같았다. 허유는 좀처럼 입을 떼지 못했다. 그가 이윽고, 천천히 입술을 뗐다.

"내, 그때의 일을 자네에게 설명하려면, 사과부터 하는 것이 수순이겠지. 미안하단 말을 먼저 해야겠네. 진심으로 미안하게 생각하고 있다네."

허유는 그렇게 말하고, 잠시 말을 멈추었다.

강건청의 눈빛은 조금도 흔들리지 않았다. 허유를 나무라는 기색은 어디에도 없었다. 허유가 다시 입술을 뗐다.

"이제 와서 뭘 숨기겠나. 난 자네에게 거짓말을 했네. 처음부터 작당하고 벌인 짓은 아니지만, 진상을 알고서도 난 자네에게 말하지 않았네. 사실 그때 나는 자네를 속이고도 아무런 양심의 가책조차 느끼지 못했네. 지금은 아닐세. 그땐 대체 무슨 생각을 했나 싶어. 이토록 늦게, 자네가 이런 모습으로 나타난 것을 보고서야 가책을 느끼는 내 자신이 참으로 부끄럽네. 그래도 내 진심으로 사과하지. 전부 다 내 잘못일세. 이렇게 자네의 용서를 구하네."

강건청이 기력이 쇠했어도, 상인의 눈까지 멀진 않았다. 그가 본 허유는 진심 그 자체였다. 그 옛날에도 좀처럼 속을 알수가 없었던 친구가, 속내를 온전히 드러내고 있었다. 이토록자주 찾아와 말벗이 되어주는 것도 어쩌면 말 못 한 미안함의 표현이었는지도 몰랐다. 사과하기에 앞서 행동으로 먼저 보여주고 있었던 것이다.

강건청이 진중한 목소리로 말했다.

"다 지나간 일 아닌가. 그렇게 사과할 필요 없네. 마건위란 자도 예전과 많이 달라졌더군. 내 눈엔 손 한쪽 잃은 것만 보였다만, 곽 노대가 보기엔 무공까지 잃은 것 같다고 했네. 오래전 일일세. 추궁을 하고 은원을 따지기엔 그자도 대가는 충분히 치른 것으로 보였네. 게다가 따지고 보면 난 이곳에 신세를 지고 있는 병든 손님에 불과하지 않나. 그자가 이곳의 지도자와 같다면, 손님 된 자로서 주인을 핍박하는 것은 도리가 아니겠지. 지난 일로 괜한 분란을 만들고 싶지 않은 마음이네."

분명한 용서였다. 하지만 허유는 전혀 흡족해하지 않았다. 그가 도리어 눈살을 찌푸리며 말했다.

"내 자네를 광동을 주름잡는 거상으로 알았네만, 자네 셈은 참으로 이상하군. 저 늙은 뱀이 어디서 손발을 잃었든, 그것은 자네와의 은원과 아무런 상관없는 일일세. 게다가, 자네는 그냥 손님이 아니라네. 자네는 운룡이 데려온 사람이네. 이곳의 진정한 지도자는 나도, 마건위도 아닐세. 운룡이 바로 이곳의 젊은 왕일세. 특히나 자네 딸은 젊은 왕의 정인(情人)이니 자네는 그야말로 최고의 국빈(國賓)과 같다네. 자네가 왕에게 한 마디만 하면 마건위는 남은 손목 하나도 내놓아야 할 걸세."

"손목이라니 당치 않네. 아니, 그보다 정인(情人)이라니, 그게 무슨 소린가. 설영이와 단 공자는 그런 사이가 아니라네."

"이 사람이, 상인이면서 사람 볼 줄을 그리 모르나. 자네 딸은 이미 이곳에서 황비(皇妃)와도 같은 대접을 받고 있네. 그녀가 황비이니, 자넨 국구(國舅: 왕비의 아버지)가 되는 셈일세.

거부(巨富)인지라 이런 호사가 익숙한 모양이네만, 이곳에선 자네처럼 지내는 것이 흔치 않은 사치일세."

"황비니 국구니, 어찌도 그렇게 과한 이야기를 하는가. 그런 것이 아니라니까."

"자넨, 정말 아무것도 모르는군."

허유가 고개를 설레설레 저었다.

그가 천천히 입을 열었다.

"그러니까… 자네가 중원으로 돌아가고……."

오원에서 있었던 십수 년 전란의 시대에 대한 이야기는 그렇게 시작되었다. 오원 몰락의 암흑기부터, 단운룡의 귀환, 의협문 문도들의 활약, 맹획과 타가의 몰락으로 이어진 무용담은 해가 지고 어둠이 깔릴 때가 되어서야 끝이 났다. 어찌나 흥미진진했던지, 병세와 피로까지도 까마득히 잊을 수 있었을 정도였다.

"단 공자는 어찌 그토록 젊은 나이에……."

강건청은 벌린 입을 다물지 못했다.

마차에서 내리던 순간을 떠올렸다.

모두가 단운룡에게 무릎을 꿇던 광경이 비로소 이해가 되었다.

"운남에선 둘도 없는 영웅왕이지. 자네 딸도 혼기(婚期)가 다 찬 나이인데, 중원을 다 뒤져도 그만한 사윗감은 흔치 않네. 내 이 나이에 중원을 도모할 야심 따윈 조금도 없다만, 나

역시 의협문이란 문파에 반쯤은 발을 걸쳐 놓은 상태라 봐도 무방할 걸세. 자네가 처한 상황이나, 중원의 정세, 신마맹이라는 악적 무리들에 대해서도 어느 정도 알고 있다는 말이네. 자네가 딸과 함께 심산유곡에 깊이 숨어 살 것이 아니라면, 놈들에게 맞설 수 있을 만한 세력을 등에 업어야 할 걸세. 그런 면에선 보자면 여기만 한 혼처(婚處)도 달리 없을 것이야."

"……."

강건청은 아무 말도 하지 못했다. 당장 대답할 만한 일도 아니었다. 허유가 자리에서 일어나며 말했다.

"시간이 늦었군. 내 예전의 일에 대해서는 다시 한번 사과하겠네. 정말 미안하이. 보상할 수 있는 일이라면 내 무엇이든 할 걸세. 그러니 말만 하게. 무엇이든 다 구해주겠네."

"아닐세. 보상이라니 당치 않아."

"내 자네의 병세에 대해서도 잘 알고 있네. 행여나 자네가 잘못되기라도 하면, 자네 딸은 험한 세상에 홀로 남겨지게 될 걸세. 혼사에 대해서도 한 번쯤 생각해 보게. 자네는 셈이 밝은 사람이니, 옳은 판단을 내릴 것이라 믿네."

허유가 그와 어울리지 않는 밝은 웃음을 지으며 방을 나섰다.

남겨진 강건청은, 새로운 고민거리를 안게 되었다.

허유의 말이 남긴 여운은 진하기가 이를 데 없었다. 모든 것을 포기하고, 정소교를 보러 가는 것만 생각해선 안 된다.

그는 죽은 아내의 남편임과 동시에, 행복하게 살아야 할 어린 딸의 아버지이기도 했다. 쿨럭, 기침 한 번에 붉은 선혈이 묻어나왔다. 죽을 때 죽더라도, 딸의 미래는 대비하고 죽어야 할 것이 아닌가. 오만 가지 생각이 머릿속을 뒤흔든다.

강설영이 방으로 들어와, 무슨 이야기를 그리 오래하셨냐며, 그를 나무랐다. 쉴 테니 걱정 말라 거짓말을 하고 딸을 돌려보냈다. 아버지는 좀처럼 잠을 이루지 못했다. 밤은 하염없이 깊어만 갔다. 해가 뜰 시간은 아직도 멀기만 했다.

*               *               *

사천 땅의 풍광은 오원보다 진했다. 바람 냄새도 오원과는 달랐다.

오원만큼이나 익숙한 대지였다.

긴 여정을 뒤로하고, 무산(巫山)에 이르렀다.

해가 지고, 갈대 위에 석양이 깔렸다. 마차는 멈추지 않았다. 어둠이 땅 위에 깔렸다. 호숫가 사당에 마차를 멈추고, 노숙을 준비했다. 밤은 하염없이 깊어만 갔다. 해가 뜰 시간은 아직도 멀기만 했다.

단운룡은 좀처럼 잠을 이루지 못했다. 자리에서 일어나, 사당 밖으로 나섰다.

등룡봉은 저 멀리에 있었다. 쏟아지는 별빛 아래, 새까만

봉우리가 보였다. 밤하늘로 올라가는 흑룡(黑龍)처럼 보였다.

아침에 반나절만 마차를 달리면 기슭에 닿을 것이다. 다 온 셈이었다.

도요화는 마차에서 잤다. 마차 바로 옆의 그루터기 밑에선 피풍의를 뒤집어쓴 막야흔이 꾸벅꾸벅 졸고 있었다. 밤새도록 호위라도 자처할 생각인 모양이었다. 태자후의 깃발을 마차에 걸어두고 발길을 옮겼다.

등룡봉 쪽이 아니었다.

호숫가 쪽이다. 누군가가 거기에 있었다. 오직 단운룡만 느낄 수 있는 감각이었다.

쏴아아아아.

밤바람에 흔들리는 갈대가 시원한 소리를 냈다. 단운룡이 호수 앞에 섰다. 호수는 깊고 맑았다. 깊은 곳까지 하늘 위에 뜬 달빛을 머금었다. 마치 호수 바닥에 달이 하나 더 있기라도 한 듯, 수면으로 솟아나는 광채(光彩)가 은은하고 신비로웠다.

호숫가 물 냄새도 달빛을 품은 듯 부드러웠다. 하늘에서 별 똥별이 떨어졌다. 하나, 두 개, 몇 개가 연이어 떨어지고 있었다. 잔잔한 호수에 별똥별의 궤적이 그대로 비쳤다.

호숫가를 따라 걸었다.

한참을 걸으려니, 저 멀리 정자 하나가 보였다.

정자 안에는 두 사람이 앉아 있었다.

단운룡은 곧바로 정자를 향해 걸어갔다. 두 사람은 비스듬히 마주 앉아 있었다. 둘 사이엔 술상이 차려져 있었다.

어딘지 모르게 익숙한 광경이었다. 한 사람은 나이가 적었고, 다른 한 사람은 나이가 많았다. 나이 많은 사람이 나이 적은 사람에게 술을 따라주었다. 나이 적은 이가 공손히 술을 받들어 마셨다.

단운룡은, 두 사람을 보며 오래전 자신의 모습을 겹쳐 보았다. 다른 점이 있다면 두 사람 곁에 기녀들이 없다는 것이었다. 잔잔하게 깔렸던 풍악도 여기엔 없었다.

단운룡이 정자 앞에 이르렀다.

정자로 올라가는 계단 앞에 섰다. 단운룡의 두 눈에 이채가 떠올랐다.

계단 양쪽의 바위에, 두 자루의 신병(神兵)이 꽂혀 있었다.

녹청색 마기(魔氣)를 흩뿌리는 도(刀) 한 자루와, 청백색 신기(神氣)를 뿜어내는 검(劍) 한 자루였다. 마도(魔刀)는 그야말로 절세의 마인이나 휘두를 만한 마병이었고, 신검은 그야말로 천상의 신선이나 들고 있을 법한 신병이었다.

"이리 올라오게."

위에서 한 줄기 목소리가 들렸다. 청수한 도사의 음성 같기도, 잔혹한 대마두의 괴성 같기도 한, 기이한 목소리였다.

단운룡이 계단을 올라 정자 앞에 섰다.

"한 잔 들어야지. 잔은 준비해 두었네."

단운룡이 정자 안으로 들어갔다. 술상의 생김새는 기묘했다. 왜 비스듬히 마주앉아 있나 했더니, 술상 자체가 삼각형이다. 평평한 바위 하나를 삼각으로 쪼개서 가운데 떡하니 놓았다. 술은 향기만으로도 알 수 있는 검남춘이었다.

"어서 앉게."

나이 많은 자.

수염은 코에서 입가를 지나 턱까지 이어져 있다. 아랫입술 아래로 한 줄기 더 내려와 턱으로 이어진 수염과 만났다. 멋들어지게 정리된 수염이었다.

백발이 섞인 머리카락은 뒤쪽으로 땋아서 푸른색 문양이 들어간 흰 천으로 완벽하게 묶여 있다. 고급 비단옷은 정갈하여 황실의 고관대작도 당적하지 못할 품위를 뽐낸다. 왕족과도 같은 기품이 있었다.

단운룡이 자리에 앉았다.

"드디어 직접 만나는군."

미중년도 이런 미중년이 없다.

협제 소연신은 중년이라기엔 미청년에 가까운 외모를 지녔다. 이 남자는 중후한 멋이 넘친다. 그가 단운룡 앞에 있는 술잔에 술을 따랐다.

향긋한 주향이 밤바람을 탔다.

하늘에선 별이 쏟아지고, 호수는 달빛을 품었다.

"반갑네. 내가 공야천성일세."

입정의협살문 제일살수 검도천신마 공야천성.

신기에 이른 검술과 마성을 지닌 도법으로 협제 소연신의 옆에 나란히 섰던 남자다.

그 앞에 앉은 단운룡이 술잔을 들었다.

"단운룡이오."

그뿐이었다.

그가 단숨에 술잔을 털어 넣었다.

공야천성의 얼굴에 미소가 깃들었다. 흥미롭다는 빛이 두 눈 가득 깃들었다.

"항상 궁금했었지. 이제야 답을 알았네."

공야천성이 술잔을 들어 입에 넣었다.

그가 덧붙여 말했다.

"자네는, 협제의 제자로 키워진 것이 아니었어. 자넨……."

"저와 같다고 말씀하시는 거면 잘못 보신 겁니다."

공야천성의 말을 중간에 뚝 끊고, 나이 적은 이가 끼어들었다.

단운룡이 그에게로 시선을 돌렸다.

젊은 남자였다. 공야천성의 존재감이 지나치게 컸기에, 옆에 있는 그에게는 눈길조차 주지 못했었다. 이제야 제대로 본그는, 절대로 무시할 수 없는 인상을 지니고 있었다. 오로지공야천성 때문이다. 공야천성이 없었다면, 누구보다 주목을받았을 만한 남자였다.

"나는 잘못 보지 않았다. 불완전한 기도에 협제신기마저 없다. 협제의 진전을 이은 제자가 아니다. 잘해 봐야……."

"반쪽이라 말하지 마십시오. 반쪽은 접니다. 단 대협은 저와 다릅니다."

젊은이가 다시 한번 공야천성의 말을 끊었다.

두 번이나 공야천성의 말을 잘라 먹었는데도 공야천성은 전혀 화내는 기색이 없었다. 이런 일이 지극히 익숙한 것 같았다.

다시금 젊은이의 얼굴을 보았다. 나이는 고작 이십대 중반 정도 같았지만, 머리카락엔 공야천성의 그것처럼 백발이 섞여 있었다. 가장 눈길을 끈 것은 한쪽 눈을 가린 안대였다. 안대는 황금과 보석으로 화려하게 장식이 되어 있었다. 일견 하나의 장신구처럼 생각될 정도였다. 그러나 그것은 단순한 장신구가 아닌 진짜 안대였다. 이마부터 안대 아래로는 턱까지 긴 흉터가 새겨져 있었다. 흉터가 무척 깊었다. 저 정도 깊이라면 안구가 멀쩡할 리 없었다. 한쪽 눈이 없다는 뜻이었다.

코는 오똑하고, 검미가 날카로웠다. 상당한 미남이었다. 고급스런 비단옷을 입은 것이 공야천성의 분위기를 꼭 빼닮았다. 누가 봐도 사제지간이라 할 모습이었다.

그가 단운룡을 바라보았다. 입가에 미소를 지으며 말했다.

"반갑습니다. 위타천과의 일전은 잘 보았습니다."

단운룡의 눈썹이 위로 치켜 올라갔다.

위타천과의 일전을 보았다? 이해 못 할 말이었다.

그는 술잔까지 가볍게 치켜들며 한 잔을 권하고 있었다. 단운룡이 천천히 술잔을 마주 들었다. 결국, 단운룡이 물어볼 수밖에 없었다.

"거기에 있었나? 나는 보지 못했는데."

"물론 거기엔 없었지요."

그가 먼저 권한 술잔을 입안에 혹 털어 넣었다. 그가 한마디를 더했다.

"제 이름은, 천리안입니다."

단운룡의 두 눈에 기광이 스쳤다. 별호가 아닌 이름이라 했다. 단운룡이 반문했다.

"천리안?"

"이상한 이름이지요? 전 본디 이름 하나 없이 떠도는 고아였습니다. 여기 대형께서 지어주신 이름입니다."

"대… 형?"

호칭이 또 가관이다. 그 또한 영문을 모를 일이었다. 천리안이 미소를 지으며 답했다.

"사부로 모셔야 옳은 일이겠으나, 한사코 불가하다 하셔서 말입니다. 이왕이면 의형제를 맺자 하셨기에, 그리되었습니다."

단운룡은 순간 공야천성을 돌아보며 한 가지 사실을 깨달았다.

공야천성은 기인(奇人)이다. 겉모습은 멀쩡해 보인다만, 속은 완전히 아니다. 상식을 무참히 깨는 사고방식이 그의 머릿속에 도사리고 있다. 표현이 좋아서 기인이지, 그냥 이상한 사람이란 것이 맞을 것이다. 사람 이름을 천리안으로 짓는 발상도 그렇거니와, 까마득한 나이 차가 나는 이에게 의형제를 맺자 하는 것도 그렇다. 당장 눈앞에 있는 삼각형 술상만 해도 보통 사람들은 상상조차 못 했을 물건이었다.

"말하자면 그 이름 그대로 천리 밖의 일을 볼 수 있는 능력이 있다는 건가? 그래서 나와 위타천의 싸움을 보았다고?"

"그렇습니다."

천리안이 당연하다는 듯 대답했다.

실로 놀랄 만한 일이었다. 하지만 단운룡이 평정을 찾기까지는 잠깐의 시간으로 충분했다. 이미 공야천성의 곁에 '눈'의 능력을 가진 이가 있다는 이야기를 들었던 기억이 있는 까닭이었다.

천리안이 고개를 돌렸다. 그가 이번엔 공야천성을 바라보며 다시 입을 열었다.

"공야 대형, 제가 분명히 말씀드렸습니다. 전반적으로 밀리긴 했지만 단 대협은 위타천에 맞서 물러섬이 없었습니다. 호각으로 싸우거나 우위를 점한 순간도 있었지요. 절대로 저와 같을 수 없습니다."

"위타천이라고 해 봤자, 가면을 얻은 지 그리 오래되지도 않은 놈이다."

"전대 위타천을 꺾은 자입니다. 그자는 충분히 강합니다."

"진짜 위타천은 어디까지나 전전대다. 전대는 불완전한 애

송이였어."

"그래도 위타천은 위타천입니다. 게다가 당대의 위타천은 철위강의 진전까지 이었습니다."

공야천성은 더 말하지 않고, 술잔을 비웠다.

말끝마다 대드는 천리안을 보며 화를 낼 만도 했건만, 공야천성은 끝까지 품위를 잃지 않았다. 그가 천천히 입안의 주향을 음미하고는 자리에서 일어났다. 분노의 기색은 없었지만, 자신이 틀렸다 인정할 마음도 없어 보였다. 그가 단운룡을 돌아보며 말했다.

"직접 실력을 보면 알겠지. 어떤가 한 수 보여주지 않겠나?"

입정의협살문 제일살수라는 위치를 생각하면, 상당히 예를 갖춘 권유라고 할 수 있었다. 단운룡에겐 사양할 이유가 없었다. 검도천신마의 무공이라면 되려 싸움을 걸어서라도 견식을 바랄 만한 일이었다.

단운룡이 주저 없이 일어났다.

공야천성이 훌쩍 계단을 내려가 갈대가 흔들리는 호변에 섰다. 손에는 아무것도 들지 않았다. 신검과 마검은 계단 쪽 바위 두 개에 그대로 꽂혀 있었다.

"먼저 와 보게."

검도천신마 공야천성이 말했다. 마기와 선기가 공존하는 목소리에, 스멀스멀 뿜어 나오는 기세는 좀처럼 겪어보지 못한 막강함을 품고 있었다. 위타천과는 또 다른 강함이었다. 누가 더 강하고 말고의 이야기가 아니라, 기파의 성질 자체가 달랐다. 위타천의 강함이 하늘을 찌르는 패기였다면, 공야천성의 기도는 끝없이 깊게 뚫린 무저갱(無底坑)과도 같았다.

'이 강함……! 음속으론 안 돼. 마신이 아니면 상대할 수 없다.'

난감함이 앞섰다.

막상 싸우려니 마신 발동에 문제가 남아 있었던 까닭이다.

발동 자체는 어렵지 않았다. 마신 전개는 이미 위타천과 싸우기 한참 전부터 가능했었다. 하지만, 그때의 마신은 완전하지 못했다. 제 위력을 내기 위해서는 싸움 중 기연을 통해 촉발된 광핵의 회전이 있어줘야 했기 때문이다.

문제가 바로 거기에 있었다.

몸이 회복된 이래 온갖 시도를 해 보았지만, 그때와 같은 광핵 회전은 불가능했다. 회전의 격발점을 찾을 수가 없었던 것이다.

한번 들어섰던 경지에 다시 발을 들여놓지 못하는 것은 단운룡이 평생토록 한 번도 겪어보지 못한 일이었다. 방법을 찾기 전엔 위타천이든 염라마신이든, 이길 수 없음이 자명했다. 그가 굳이 입정의협살문의 전대 고수들까지 수소문한 이유 중 하나도 바로 거기에 있었다. 사부를 만나면 좋았을 테지만, 이런 식으로 사라진 사부는 쉽게 찾을 수 있을 리가 만무했다. 사라진 시기도 그렇거니와 양무의로부터 전해 들었던 사부의 몇몇 발언들을 돌이켜 보자면, 사부도 몸 상태도 정상은 아닌 듯했다. 당장 모습을 감춰야 할 만한 이유가 있는 것이 틀림없었다. 그래서 차선책으로 찾은 자가 바로 이 검도천신마다. 무공이 되었든, 신마맹의 약점이 되었든, 의협살문의 생존자들을 통해 무언가 실마리를 얻을 수 있을 거라는 예감이 있었던 까닭이었다.

'일단 해 보자.'

단운룡은 상념을 털어 내고 음속부터 발동했다.

광핵의 회전이 전제되지 않은 마신은, 어떻게 해도 장시간 유지하는 것이 불가능했다. 사부의 동료였다는 입정의협살문의 살수 앞에서 탈진하는 것도 꼴사나운 일이 될 것이었다.

광구에서 흘러나온 뇌기가 온몸으로 치달았다. 공기가 무거워지고, 갈대밭 바람의 흐름이 손에 잡힐 듯 느껴지기 시작했다.

터엉! 콰앙!

소리가 들렸을 때, 단운룡은 이미 공야천성의 눈앞에 이르러 있었다. 공야천성의 눈빛이 일변했다. 음속의 영역이다. 표정으로 드러날 시간이 없었다. 눈빛의 미세한 변화만을 감지할 수 있을 뿐이었다.

한 발 진각과 함께 극광추를 밀어 넣었다. 공야천성의 신법은 절묘했다. 반 보 왼쪽으로 피해내는데 그 움직임이 지극히 자연스러웠다. 위타천과 같은 극속의 이동은 아니었지만, 극광추를 비껴내기엔 충분한 여유가 있었다.

공야천성의 반격이 이어졌다. 그의 오른손이 사선으로 내려오고 있었다. 손바닥을 손끝까지 곧게 편 수도(手刀)였다. 이번엔 단운룡의 눈빛이 변했다. 공야천성이 내리치는 수도의 궤적에서 너무나도 익숙한 무공의 흔적을 보았기 때문이었다.

'광검결?!'

공야천성의 수도는 빨랐다. 하늘빛 진기가 손을 따라 움직이며 허공에 궤적을 남겼다. 극광추를 뻗어내던 힘을 그대로 이용하여 온몸을 회전시켰다. 왼손을 곧게 펴, 광검결을 전개했다. 돌아서는 움직임 그대로 단운룡의 광검결이 넓은 원을 그렸다.

까아앙!

손과 손이 부딪쳤음에도, 찢어지는 금속성이 울려나왔다.

수도의 위력은 공야천성이 명백한 우위에 있었다. 단운룡의 몸이 균형을 잃었다. 광검결이 튕겨 나오며 자세가 무너진 것이다.

'지금!'

단운룡은 어느 순간에 전력을 내야 하는지에 대한 천부적 감각이 있었다. 단운룡은 지금 어깨가 열려 상반신 우상단에 커다란 허점을 내보인 상태였다. 허점을 보인 이 순간이 곧 기회였다. 광구 외측의 진기를 단숨에 조여 파동을 일으켰다. 회전 방법을 찾으면서 그나마 소득이 있었다면, 마신 발동 시간의 단축이라 할 것이다. 거의 순간적으로 발동할 수 있는 능력을 얻었다. 단운룡의 발밑에서 호변의 자갈들이 요동을 쳤다.

콰아앙!

마신 마광각이다. 무너진 자세로 무릎과 다리를 단숨에 휘돌려 공야천성의 우중단을 노렸다. 공야천성은 조금도 당황한 기색이 없었다. 눈빛만 한 번 더 변했을 뿐이다. 공야천성이 이 보 뒤로 물러서며 한 손을 앞으로 뻗었다. 공야천성의 손에서 부드러운 기운이 풀려나왔다. 마광각의 광폭한 힘의 여파가 올올히 흩어졌다. 검도천신마라더니, 맨손 장법의 조예가 엄청난 경지에 이르러 있다. 단운룡으로서도 놀라지 않을 수 없었다.

콰아아아! 콰앙!

단운룡의 다리가 한 번 더 막강한 힘을 뿜어냈다. 공야천성이 한 발 더 뒤로 물러났다. 왼손 오른손, 반원을 그리며 아직도 마신 마광각의 파동을 완전히 풀어헤쳤다.

"!!"

한 번 더 몰아치려는데, 공야천성이 훌쩍 뒤로 물러나며 두 손을 들었다.

잠시 멈추자는 뜻이었다.

공야천성이 품위 있게 미소 지으며 말했다.

"미안하네. 자네의 공부는 상상 이상이로군. 나도 무기를 써야겠어."

단운룡은 그동안 숱한 상대와 겨루며, 이렇게 격식을 차리는 이들은 몇 명 본 적이 없었다. 굳이 꼽는다면, 사부의 지시로 비무행을 다닐 때, 백송파 무인들을 보면서 정도다. 광구의 파동을 가라앉히고 광신마체 음속에서 순속까지 전환했다.

"그 투로, 내가 잘못 본 것이 아니라면……."

단운룡이 잠자코 공격을 멈춘 이유는 또 있었다. 의구심 때문이다. 단운룡이 미간을 좁히며 말했다.

"제대로 봤을 걸세. 무당 무공, 태극산수가 맞네."

단운룡이 짧게 숨을 들이켰다.

사부와 강호를 주유하던 시절, 호광의 한 도시에서 탁무진인이란 무당도사의 무공을 견식 할 기회가 있었었다. 워낙에 사소한 시비였기에 태극산수와 같은 절기까지는 보지 못하였지만, 발과 손을 유려하게 움직이는 무당태극의 투로는 단운룡의 머릿속에도 강한 인상으로 남아 있었던 것이다.

"한 가지만 더 말해두지."

공야천성이 천천히 걸어가 바위에 꽂힌 검을 뽑아 들었다. 영험한 기운이 검날에 잔뜩 서린 신검이었다.

"나는 자네를 죽일 생각이 없네. 무공이라 함은 반드시 상대를 해하기 위해 익히는 것이 아닐세. 굳이 목숨을 걸 이유가 어디에 있겠는가. 다만 실력을 보고자 함이니, 마음 편히 들어오게."

단운룡이 공야천성의 두 눈을 직시했다.

그가 낭랑하고 단호한 목소리로 답했다.

"나는 그럴 여유가 없소."

공야천성은 가만히 단운룡의 두 눈을 마주보았다. 그가 이내 고개를 한 번 끄덕이고는 신검의 끝을 곧게 겨누어 왔다.

"협제는 그 어떤 순간에도 심각하게 굴지 않았네. 수백 명적들에게 둘러싸여 있어도 마찬가지였지. 오래전 과거의 일이지만 그에겐 언제나 고결한 품격과 법도가 있었네. 자네는 달라. 아무리 봐도 자넨 협제의 제자가 아니야."

공야천성이 한 발 앞으로 나섰다.

검 한 자루 쥐었을 뿐인데, 종전과는 비교조차 할 수 없는 압력이 느껴지고 있었다. 무저갱과 같던 기도가 단숨에 뒤바뀌어 구름 한 점 없는 하늘의 기상을 보여준다. 그 하늘이 통째로 쏟아질 것 같다. 말 그대로 하늘과 땅이 뒤집히기라도 할 것 같았다.

"먼저 들어가오."

단운룡이 말했다.

순속에서 음속으로 단숨에 전환하고, 곧바로 마신 발동 준비를 했다. 그의 몸이 공기를 찢고 짓쳐나갔다.

쩌엉!

금속성의 충돌음이 울렸다. 광검결이었다. 일 합이었지만 단운룡은 순간적으로 손목이 잘려나가는 오싹함을 느껴야 했다. 마지막 순간에 손목을 틀어 날 없는 옆면을 때렸으니 망정이지, 제대로 부딪쳤으면 단운룡의 손은 손목에 붙어 있지 못했을 것이다.

'곧바로 펼친다.'

공야천성은 그에게 사부의 제자가 아니라고 하였다. 협제라는 호칭을 쓰는 것으로 미루어 볼 때, 사제 간의 정통성에 의문을 느낀 듯했다.

단연히 단운룡으로서는 듣기 좋은 소리가 아니었다. 동시에 공야천성쯤 되는 사람이라면 의미 없이 그런 말을 하지는 않았을 것이란 생각도 했다.

그러면 남은 것은 실력으로 보여주는 것밖에 없었다.

그는 하나뿐인 소연신의 하나 된 제자가 분명했다. 단운룡의 전신에서 광극진기의 파동이 일었다. 마신 발동이었다.

단운룡은 곧바로 광검결을 펼쳤다. 단운룡의 손에 광검의 진기가 형성되었다. 백색 뇌전의 광검이 선명하게 그의 손을 감쌌다.

공야천성의 두 눈에 이채가 감돌았다. 그의 신검이 미세하게 흔들리고 있었다. 마신 발동의 흡인력 때문이었다.

파지지직! 꽈앙!

단운룡이 순식간에 거리를 좁혀왔다.

공야천성의 눈에 결심의 빛이 스쳤다. 공야천성의 신검이 횡격의 반월을 그렸다. 청천신검 청천혼 횡참격이었다. 몇 장

밖의 인간이라도 두 쪽 낼 수 있을 것 같은 괴력의 일격이었
다. 허리 높이보다 큰 바위 두 개가 단숨에 잘려 나갔다. 닿지
도 않았는데, 검력만으로 바위를 쪼개버린 것이다. 하지만 단
운룡은 그와 같은 신기의 광경을 보면서도 피할 생각이 없었
다. 광극진기를 있는 대로 끌어올려 광검결에 집중시켰다. 죽
으면 할 수 없는 거다. 그의 기량이 그것뿐이라면 복수고 뭐
고 없는 것이다. 단운룡은 목숨을 걸었다.

쩌어어어엉!

마신 광검결은 강했다.

목숨을 걸 가치가 있다.

횡참의 일격이 부서지고 있었다. 거대한 신검이 반 토막으
로 쪼개지는 듯한 광경이었다.

단운룡은 속도를 줄이지 않았다.

손도 잘려나가지 않았다. 공야천성의 두 눈에 또 다른 빛이
깃들었다. 놀라움보다 더한 그 감정은 다름 아닌, 즐거움이었다.

공야천성이 찰나 간에 연환으로 네 번이나 검 끝을 찔러왔
다. 엄청난 속도의 쾌검이었다. 단운룡은 오른손 광검결로 첫
이 격을 튕겨내고, 왼손 극광추로 어깨를 노려 삼검과 사검
을 비껴냈다. 공야천성이 뒤로 일 보 물러나며 검 끝을 세웠
다. 파직거리는 백색 전광이 공야천성의 검날 주위를 맴돌았
다. 단운룡의 몸에서 뻗어나간 전격이었다. 전격의 빛이 명멸
할 때마다 신검의 검날이 미세한 떨림을 보였다. 공야천성의

손끝이 흔들리고 있었다. 마신 파동의 흡인력 때문이었다. 마신의 흡인력은 거리가 가까워질수록 강해지는 성질을 지니고 있었다. 위타천과의 일전에서도 확인한 바였다.

사람들은 절정고수들의 승부를 논하며, 백지장 한 장 차이라는 표현을 종종 쓰곤 한다. 지극히 사소한 것에서 승부가 갈릴 수 있다는 뜻이다.

금속 재질의, 아마도 거의 모든 병장기에 해당하는 마신의 흡인력은 그 강도와 세기가 일정치 않았다. 시시각각 변하는 힘이 검로(劍路)를 방해하는 것이다. 병장기를 쓰는 자 누구라도 영향을 받을 수밖에 없다. 그것은 공야천성도 예외일 수 없었다.

우우우우우웅.

묵직한 검명(劍鳴)이 울려나왔다.

공야천성도 마침내 진신 실력을 꺼낸 것이다. 공야천성이 반 보 뒤로 물러나며 발검의 자세를 취했다.

순간적으로 공야천성의 주위가 어두워지는 느낌이 들었다. 이미 어두운 밤이었지만, 그나마 남아 있던 달빛까지 빨아들이는 것 같았다. 신선과도 같았던 두 눈에는 맑았던 선기(仙氣) 대신 끔찍한 마기(魔氣)가 실렸다.

마천(魔天)의 검이었다. 엽단평이 선보였던 검기(劍技)와 같았다. 위력은 당연히 비교 불가다. 공야천성이 무서운 속도로 쇄도했다. 단운룡이 마주 몸을 날렸다.

쩌엉! 쩌정!

광검과 마검이 충돌하며 무서운 충격파를 터뜨렸다.

단운룡의 옷깃이 길게 찢어졌다. 팔뚝에는 가느다란 검상까지 새겨졌다. 핏물은 쏟아지지 않았다. 마신(魔神)이자, 마신(魔身)이다. 단운룡의 신체는 이미 인간의 육체가 아니었다. 공야천성의 마검으로도 잘라내지 못할 불괴의 강도를 보여주고 있었다.

후웅! 퍼어엉! 푸화아아아아악!

두 사람의 신형이 빠르게 교차했다. 단운룡의 극광추가 허공을 뚫고 잔잔했던 호면(湖面)에 박혀들었다. 달빛 어린 수면에 무지막지한 물보라가 치솟았다.

공야천성의 마천검이 단운룡의 정면을 노려왔다. 하늘에서 내리꽂는 일격이었다. 단운룡이 두 손을 앞으로 모았다. 마신 광뢰포였다.

꽈아아앙!

광뢰포의 위력은 역시나 강력했다. 호숫가 자갈들이 모래로 변했다.

공야천성은 위타천과 달랐다. 그는 정면승부 대신 회피를 택했다. 무서운 속도의 후방 이동을 통해 광뢰포의 폭발 범위에서 벗어난 것이다.

단운룡은 멈추지 않았다. 곧바로 공야천성에게 짓쳐들었다.

공야천성의 입가에 묘한 미소가 걸렸다. 공야천성의 몸이 다시 한번 후방으로 쭈욱 미끄러졌다. 그러더니 술상이 있는 정자 쪽으로 급속 선회하며 바람을 갈랐다.

단운룡이 단숨에 거리를 좁혔다. 공야천성의 신형이 정자 앞 계단 위를 스쳤다.

채앵! 치이잉!

비로소 물러난 의도를 알았다.

바위에 꽂혀 있던 마도(魔刀)를 뽑아들기 위함이었다.

우신검, 좌마도, 검도천신마가 마침내 두 자루 도검(刀劍)을 들었다. 단운룡은 순간적으로, 공야천성이 두 명으로 늘어난 듯한 느낌을 받아야 했다.

쩌엉! 후우웅!

정권을 찌르듯, 신검을 곧게 찌르고, 이어 마천도의 횡격이 이어진다.

광검결로 찔러오는 검을 튕겨 측면으로 비껴냈다. 횡격은 막을 수 없다. 공중으로 몸을 띄웠다. 강력한 횡참의 도격이 단운룡의 발밑을 스쳤다. 하단에서 상단으로, 검천신의 검격이 곧바로 뒤따라 올라왔다. 극광추로 공야천성의 머리를 노렸다. 공야천성은 피할 생각도 하지 않았다. 마천신, 마검까지 위로 올려 단운룡의 극광추를 튕겨냈다. 단운룡이 급하게 몸을 틀며 마광각으로 응수했다. 공야천성의 신검과 마도가 동시에 움직여 각법의 모든 궤도를 차단했다. 합공이라도 받고 있는 듯했다.

마광각 마왕익의 타점을 바꿔 허공을 때렸다. 탄력을 이용

해 신검마도의 범위에서 벗어나 어렵사리 땅 위에 착지했다.

공야천성이 지체 없이 따라붙었다. 공야천성의 공격 속도는 어마어마했다. 몰아치는 신검마도의 연환세가 폭풍과도 같았다.

'상단, 다시 하단. 검기는 외측으로, 도격은 내측에서 반 보만 앞으로 나가면 피할 수 있다.'

공야천성은 빨랐다.

극광추 한 번 뻗을 여력이 없을 정도였다. 광검결로 신검을 막아내면 마천도 강격이 쫓아온다. 마신 파동의 흡인력조차 무시하며 융통무애 자유자재의 도검연환기를 구사하고 있다.

흠 하나 없는 무결점의 무공이었다. 신(神)과 마(魔), 상극의 무공을 섞어서 어찌 이리 완벽한 무도를 만들었는지 이해 불가의 일이었다. 상충된 구결이 동시에 존재하면 파탄이 드러나기 마련일 텐데, 외기와 내기의 흐름이 도도하여 조화롭기만 했다.

'좌상단에서 온다. 다음은 도가 아니라 다시 검이야. 삼검 다음이 도다.'

검도천신마가 진신 실력을 보여주기 시작했다.

대적할 수 있는 것은 광신마체 무공이 아닌, 전투 예지력 덕분이었다. 검도천신마의 무공이 완전할수록, 단운룡의 예지 능은 더 큰 빛을 발하고 있었다.

'어차피 허점은 없다. 틈을 발견하는 것이 아니라 만들어야 해.'

검도천신마에게서 사부의 모습을 보았다. 같은 류다. 무공은 달라도 이 완전무결함은 영락없는 소연신이다.

사부도 그랬다. 무공에서 허점을 찾으려고 해선 안 된다. 흐름을 깨야 한다. 똑같이 완전함으로 상대하려고 해서는 영원히 무너뜨릴 수 없을 것이다.

'무공을 흔드는 것은 불가능, 마음을 흔든다.'

극광추를 질러내고, 두 손을 모았다.

광뢰포가 터졌다.

공야천성은 이번에도 광뢰포에 정면으로 대응하지 않았다. 예상대로다. 공야천성의 신형이 후방으로 빠져나갔다.

'지금!'

단운룡은 마신의 역장을 원형으로 구축하고, 그 역장의 흡인력에 자신의 몸을 걸었다. 단운룡의 몸이 공야천성을 향해 쏘아졌다.

번쩍.

단운룡의 움직임이 끊기듯, 분절화된 양상을 보였다. 위타천이 보유한 극속의 신법과 같은 형태다. 찰나 간에 공야천성의 눈에서 놀라움이 빛이 솟구쳤다.

쩌엉!

공야천성의 검과 단운룡의 광검결이 부딪쳤다.

훅!

다음 순간, 단운룡의 몸은 공야천성의 등 뒤로 돌아가 있다. 공야천성의 눈에서 다시 한번 놀라움의 빛이 스친다. 위타천의 신법임을 알아 본 것이다. 그 찰나의 당혹감이 실낱같은 틈을 만들었다.

단운룡의 몸이 회전을 시작했다. 발을 밟는 진각에서 허리로, 허리에서 전신으로 이어진 전사력이 광혼고의 폭발력을 극대화한다. 공야천성의 신형이 돌아갔다. 피할 틈이 없다. 공야천성의 신검과 마도가 열십자로 교차했다.

꽈아아아앙!

마신 파동의 광혼고가 작렬했다.

폭음이 터져 나왔다. 달빛 잔잔하던 호수가 요동을 쳤다.

＊　　　　＊　　　　＊

"철위강, 철위강이로군."

"……."

"자네, 철위강에 대해서는 얼마나 알고 있나?"

"잘 모르오."

"제대로 일러주질 않은 겐가?"

"…그런 모양이오."

"항상 그런 식이었지. 별 쓸데없는 사소한 일에는 온갖 미사여구를 들먹이며 장황하게 이야기를 해대지만, 정작 중요한 일엔 좀처럼 진지해지는 법이 없었어. 산에 가자 한마디에 따라나서면 어느샌가 백 명의 마두들에게 포위당해 있었고, 술한 잔 하고 오란 말에 술병을 잡으면 주루 전체가 악적들의 소굴이었지. 당장 우리 목숨조차 어찌 될지 모르는 판에, 몇백 년 후 세상이 어찌 되든, 차고 이지러지는 세상의 이치가 어떠하든, 관여할 바가 아니었네. 그런 이야기를 곧잘 했기에 협제(俠帝)라는 거창한 칭호가 붙은 것인지는 모르겠지만."

너덜거리는 비단옷깃을 정갈하게 묶어낸 후, 가볍게 술잔을 들었다.

공야천성이 말을 이었다.

"혹시 이런 말 들어본 적 있나?"

"……?"

"소연신처럼 보고, 공선처럼 수련하며, 철위강처럼 싸워라."

"…들어본 적 없소."

"우리 시대, 천하를 노리는 고수들 사이에서 돌던 말이었지. 소연신처럼 세상을 보라. 얼마나 가슴 끓는 이야기인가. 천하가 협객으로의 기상을 인정한 말이었으니. 하지만 우리 입장에서는 만만치 않았네. 함께 짊어지기가 쉽지 않은 이름이었지."

탕.

공야천성이 술잔을 내려놓고, 단운룡의 두 눈을 보았다. 단운룡은 술잔을 들지 못했다. 들끓는 기혈을 진정시키는 데에 모든 내력을 집중하고 있었기 때문이었다.

"문파의 문도들이라는 위치에서 봤을 때, 가장 편했던 데가 어딘지 아나? 바로 천룡회였네. 철위강은 강했네. 엄청나게 강했어. 문도들이 적들과 싸워 곤욕을 치르고 돌아오면 문주가 가서 모조리 부수고 돌아왔네. 시시비비를 가리지도 않았지. 게다가 그는 반드시 싸움이 붙어야만 싸우는 것도 아니었어. 그저 저기에 누가 강하다는 말만 들으면 곧바로 쫓아가서 무공을 겨루고 명성을 빼앗아 왔지. 많은 문파들이 이렇게 말하네. 걸어오는 싸움은 피하지 않는다고. 철위강은 싸움을 피하지 않는 쪽이 아니라, 거는 쪽이었네. 타협의 여지 따윈 없었지."

공야천성의 눈이 오랜 과거를 훑었다. 천리안의 눈이 미치지 못하는 언젠가였다.

"철위강이 유명해진 것은, 저 산동 지역에서부터였네. 당시에 태안 일대를 휘어잡고 있었던 고수가 하나 있었는데, 파황권이란 무공을 창안한 권법의 귀재라 했었지. 그자의 이름이… 그렇지, 위무상이라고 했었네. 동북권문이라 하여 제법 괜찮은 문파를 이끌고 있었는데, 철위강의 출현으로 하루아침에 현판이 깨지는 수모를 당해야 했네. 태안에서 위해, 다시 위해에서 제남으로, 철위강은 산동을 동서로 누비며 이름이 높던 무공고수들을 닥치는 대로 격파해 나갔지. 꺾은 고수들의 숫자가 열 명을 넘어가자, 추종자 무리들이 자연스럽게 생겨났네. 천룡이란 이름이 알려지기 시작한 것도 그 시기쯤이

었지. 태산에서 고법 고수인 극권(極拳) 장진(張震)과 경천동지
의 대결을 펼쳤는데, 그 이후 철위강은 한 가지 의혹에 휩싸이
게 되었네. 장진과의 비무 중 위무상의 파황권을 사용했다는
사실이 알려진 것일세. 소문과 의혹이 잠잠해질 때쯤, 철위강
은 청도에서 바다에 이름을 날리던 해적의 수괴와 일전을 벌
이게 되었네. 비바람 강풍이 불고 뱃머리가 제멋대로 흔들리
는 악조건 속에서 철위강은 다시금, 극권 장진의 태산고 일격
을 선보였지. 철위강은 상대를 제압하였지만 세인들의 비난을
피하지 못했네. 비난의 이유는 단순했어. 평생을 연마한 무인
들의 무공을 훔쳐 배웠다는 것이 그 이유였네. 무공을 도둑질
해 갔다는 말이 퍼지면서 철위강의 추종자들은 명분과 기세
를 잃었고, 철위강 본인도 한동안 강호에 나서지 않았네. 그
러던 어느 날, 철위강은 소림의 고수 한 명을 만나게 되지. 일
단 싸우고 보자는 철위강의 말에 소림도 자극을 받았는지, 소
림승은 승부를 보름 뒤로 미루고 나한승 세 명을 불러오기에
이르렀다네. 그때부터였네. 그때부터 모든 게 변했네."

공야천성이 다시 한번 술잔을 들었다.

아련한 추억이라도 떠올리는 듯, 삼키는 술 향기가 짙기만
했다.

"천재란 만들어지는 게 아니라 태어나는 거라고 하지. 독
특한 무공을 창안하고, 이름을 날리는 이들이 바로 그런 천재
들일 걸세. 하지만 무공이란 사람과 달라 어느 순간 그냥 태

어나는 것이 아니네. 훌륭한 무공은 갑자기 튀어나오는 것이 아니라, 여러 세대를 거쳐 오랜 세월로 다듬어질 때 진정으로 강한 위력을 지니게 되는 법이지. 한 세대의 천재들이 구사하는 무공은, 전통이 오래된 문파의 무공을 당적하기가 쉽지 않네. 특히나 소림의 무공이라면 더욱더 그러하지. 걸출한 인재 하나가 일세를 풍미할 수는 있어도, 뛰어난 인재 몇 명이 힘을 합치면 그 어떤 걸출한 인재도 무너뜨릴 수 있기 마련일세. 게다가 소림엔 희대의 천재라 불리는 자들만도 몇 세대에 걸쳐 꾸준히 나타나 왔네. 소림 무공이란 그런 이들이 축적한 무공일세. 기나긴 역사에 더해 순간의 재능까지 덧붙여진 무공들이란 말이네. 철위강은 그런 무공과 맞서고도 일단 덤벼보란 말부터 했지. 철위강을 비난하는 사람들, 의심하는 사람들, 여진히 숭배해 마지않는 자들까지, 수많은 사람들이 모여들었네."

공야천성은 뚜렷한 기억을 더듬고 있었다. 단운룡은 알 수 있었다. 공야천성은 그때 거기에 있었다. 그러지 않고서는 이런 목소리가 나올 리 만무했다.

"철위강은 마주선 나한승 세 명을 무참히 쓰러뜨렸네. 산동 태안 동북권문의 파황권이 천년 소림의 나한권을 깨부수고, 태산 극권 장진의 태산고로 소림무공 반선수를 찢어발겼지. 파황권은 위무상이 창안한 절기였고, 장진의 태산고는 전승된 지가 고작 삼 세대에 불과한 젊은 무공이었네. 나한권과 반선수? 두 무공은 수백 년을 헤아리는 숭산 무공의 정화였네. 그날, 위무상과 장진은 철위강의 발치에 무릎을 꿇고 충성을 맹세했지. 그들뿐이 아니었네. 하북 촌구석의 젊은 도사가 펼치던 무명의 장법은 천룡강림장의 초석이 되었고, 당산의 소문파였던 강룡문의 용성장은 천룡강림장의 투로가 되었네. 그때부터는 누구도 무공을 도둑질해 갔다 말하지 않았네. 철위강은 그렇게 싸움을 통하여 배운 무공으로 이름난 고수들을 연이어 쓰러뜨렸고, 그중엔 구파의 장로들과 육대 세가의 고수들까지 있었네. 고작 한 지역에서나 알아주던 무공이 천하제일의 무공으로 탈바꿈한 것일세. 위무상은 죽으면서 이런 말을 남겼네. 내가 만든 기예가 그의 손에서 천하무적의 신공이 되었구나. 남아로 태어나 천하을 넘보았으니, 죽어도 여한이 없다. 나는 그의 마음을 이해할 수 있네. 철위강을 따르는 모두의 마음이 그와 같았을 걸세."

공야천성이 뒤쪽 기둥에 기대어 놓은 두 자루 신검과 마도를 돌아보았다. 그가 다시 단운룡을 바라보며 말을 이었다.

"나는 그때, 신공과 마공이란 두 무공 사이에서 큰 어려움을 겪고 있었네. 성질이 다른 무공을 완전히 분리시키지도, 합일시키지도 못하는 상황이었지. 철위강은 나에게 이해 못 할 불가사의이자 온 힘으로 구하던 해답과도 같은 존재였네. 철위강은 구결도 투로도 근원도 형태도 다른 모든 무공들을 온전히 섞어서 더할 나위 없이 강한 무공으로 재구성해 낸 자였지. 천룡의 무공은 심신 수양이나, 내공 연마를 배제한 전투형 무공의 총화였네. 천하 무공의 극적인 장점만을 모아서 만들어낸 무공이니, 투로와 형에 있어서는 최강의 무(武)가 분명했지. 일대일 승부에 있어서는 그 어떤 무공으로도 당적하기 어렵다는 것이 내 견해일세. 우리 문주의 생각 또한 그와 같았네. 문주는 철위강을 싫어했지만, 그의 무공만큼은 인정하지 않을 도리가 없었던 것이네."

이번엔 단운룡이 공야천성의 두 눈을 바라보았다.

공야천성은 이미 해답을 얻었다. 철위강을 통해서든, 다른 무엇을 통해서든, 신마 합일의 도리를 깨우친 것이 확실했다. 그렇다 해도 과거는 좀처럼 잊혀지지 않는 법이다. 철위강은 공야천성에게 있어 각별한 존재임이 틀림없었다. 공야천성의 입장에서는 어쩌면 사부보다도 더 특별한 자였는지도 모를 일이었다.

"꽤 오래전 일일세. 문주가 말했네. 승부를 내야 할 때가 왔으니, 그놈이 지닌 것을 훔쳐와야겠다고."

공야천성의 입가에 미소가 깃들었다. 과거의 어느 때가 아닌, 단운룡을 향한 미소였다.

"그게 철위강의 무공일 거라고는 생각하지 못했네. 문주는 오래전 철위강이 시도했던 일을 그대로 행한 모양일세. 자네의 무공을 보고서야 문주의 의중을 깨달았다네. 협제가 아닌 소연신의 깨달음에, 천하최강의 형(形)을 입히겠다…… 나는 틀리지 않았네. 다시 말하지만 자넨 분명, 협제의 제자가 아닐세."

"잘 알겠소. 당신 뜻도, 사부의 뜻도."

단운룡이 공야천성의 말을 받았다.

공야천성은 단운룡이 말하는 '사부'라는 언어에 특별한 반응을 보이지 않았다. 공야천성이 미소를 거두지 않은 채 되물었다.

"내 뜻을 알겠다는 것은 무슨 이야기인가?"

"나는 입정의협살문의 차기 문주가 될 생각이 없소. 그러하니 당신 또한 문도가 되어 달라 말하지 않을 것이오."

"그게 아니라면 여기까지 찾아올 이유도 없었을 텐데?"

"직접 찾아왔으니, 더 아니지 않겠소? 부르면 될 일이었지."

단운룡의 말에, 공야천성의 미소가 사라졌다. 대신 천리안의 입가에 미소가 깃들었다. 이 상황이 재미있다 느낀 모양이었다.

"그러니까, 처음부터 우릴 데려갈 생각이 없었단 말이로군."

"사부가 협제 시절의 무공을 가르쳐 주지 않은 것은, 나 역시도 익히 알고 있었소. 사부의 의중을 온전히 알 수야 없지만, 최소한 입정의협살문의 은원을 넘겨주지 않으려 했던 의도만큼은 충분히 헤아리고 있소. 사부의 뜻이 그렇다면 나 또한 마찬가지요. 살문의 원한을 그대로 이어갈 마음은 어디에도 없소."

"하지만 이젠 상황이 달라졌지 않나? 자넨 신마맹과 싸우려고 했던 것 아닌가?"

"원한을 샀던 곳이 신마맹 하나는 아니지 않소?"

단운룡이 되물음에, 공야천성은 곧바로 대답하지 못했다. 대신 단운룡이 말을 이었다.

"난 이곳에 이야기를 듣기 위해 왔소. 신마맹의 수괴들을 어떻게 물리쳤는지. 그들의 약점은 무엇인지. 우리는 그들과 싸우기 위해 어떤 준비를 해야 하는지, 그것이 궁금했던 거요. 물론, 사부가 어찌하여 그토록 살문의 이름을 이어가길 꺼려했는지도 듣고 싶었던 것 중 하나였소. 하지만 그 의문은 당신과 싸우면서 어느 정도 풀린 상태요. 당신은 무당파의 무공을 사용했소. 마공의 연원은 모르겠으나, 당신이 지닌 신기의 검술에는 아마도 구파 무학의 정수가 담겨 있을 거요. 지금 같은 시대에, 그런 무공을 버젓이 펼치고 다니다가는, 간단한 의혹과 추궁만으로 그치진 않을 것이오. 그렇지 않소?"

"마공도 마찬가지일세."

"……?"

"마공의 연원 역시도 구파란 말이네."

"……!"

공야천성의 얼굴에 다시금 미소가 돌아왔다. 그가 말했다.

"자네 의도가 그러하다면, 내 몇 마디 해 주는 것이야 결코 어려운 일이 아니겠지. 알고 있는지 모르겠지만, 입정의협살문의 기원은 구파일방이네. 굳이 덧붙이자면 사천당가도 있겠군. 중원 무파에 대한 탄압이 심했던 원나라 시절, 친원 성향의 강호마두들과 무림 말살에 앞장선 탐관오리들을 척살하기 위해 천하의 유수 문파들이 한데 힘을 모았네. 그들은 각 파의 무공비급과 더불어, 그들이 봉인하고 있던 비고(秘庫)의 무공들을 꺼내 놓았지. 뛰어난 재능들에 의해 창안되었지만 살기가 짙고 초식이 신랄하여 문파의 기질과 맞지 않았거나, 강호악적들에게 빼앗아 보관하고 있었던 마공서들이 그것들이었네. 입정의협살문의 성과는 대단했네. 우린 수많은 악인들의 목숨을 빼앗았고, 영웅과도 같은 대접을 받았지. 메말라가던 강호의 뭇 문파들은 탄압을 피해 다시 일어설 기회를 얻었네. 특히나 구파일방은 입정의협살문을 통해 놀라울 만큼의 발전을 이루게 되었지. 당시까지만 해도, 남권은 남권, 북권은 북권이라, 무공의 구분은 물과 불처럼 분명하여 서로 다른 무학을 한데 섞는 것은 불가능한 일이라 여겨왔었네. 아니, 가능성을 알고 있으면서도 꺼려왔다 해야 할 걸세. 비인부전이란 말이 괜히 생긴 것이 아닌 만큼, 서로 성질이 다른 무공을 한데 묶는 일엔 큰 위험이 따르는 까닭이었네. 입정의협살문에서 시도되었던 무공융합의 노력 역시 그와 같아서, 대부분은 실패로 돌아갔네. 무공투로와 심법구결의 부조화로 주화입마에 빠져 불구가 되거나, 광인이 되어 이지를 상실하는 등, 치명적인 사고가 연이어 발생하기에 이르렀지. 하지만 철위강의 일례에서도 드러났듯, 신공절학 탄생의 가능성도 배제

할 수는 없었네. 물론, 철위강은 극단적인 예라고 봐야 할 걸세. 철위강의 천룡무와 같은 무공은, 입정의협살문에서도 만들어 낼 수가 없었단 말이네. 그래도 몇몇 무공은 굉장한 위력을 낼 수가 있었지. 그중 하나가 맹무선의 적룡창이고, 또 하나가 태양풍의 황금비룡번이었네."

"당신 것은?"

"내 것은 본디 실패작이었네. 젊었을 땐 사람을 많이 죽였어."

공야천성이 다시 한번 미소를 지었다. 쓰디 쓴 고소(苦笑)였다.

"재미있는 것은, 적룡창이나 황금비룡번이나, 그 근원이 구파 무공이 아니라는 사실이었네. 둘 다 구파일방의 비고 속에 봉인되어 있었던 속가 무공이었지. 구파의 무공은 역사가 오랜 만큼, 각자의 특색이 분명했고 하나의 무공만 익혀도 일가를 이룰 수 있을 만큼 구결 또한 심오했네. 구파 무공을 제대로 융합시킬 수 있는 구결은 어디에도 없었지. 단 하나를 제외하고는."

"하나라면……?"

"협제신기."

공야천성이 술잔을 한 번 더 들었다. 그가 단운룡의 두 눈을 직시하며 말을 이었다.

"문주만 할 수 있는 일이었네. 자네가 배운 그 독특한 기공에도 그와 같은 만류귀원의 능(能)이 있는지는 나도 잘 모르겠어. 위타천의 신법까지 쓰는 것을 보아서는 가능할 법도 하지만, 협제신기만큼의 안정성이 있는 것으로 보이진 않았네. 천하가 움직이는 동향을 보면, 문주의 생각도 이해가 되지 않는 것은 아니야. 자네가 조금만 더 일찍 태어났으면 좋았을 걸세. 협제신기는 대성하는 데 긴 시간이 걸리는 기공이네. 제 위력을 내기 위해선 사십 년, 오십 년은 족히 수련해야 했을 터. 그렇기에 난 자네를 협제의 적통이라 여기지 않네. 차라리 자네가 이보다 더 약했으면 좋았을 걸세."

"협제신기를 지닌 상태로 말이오?"

"내 말이 그 말이네."

이번엔 단운룡이 미소를 지었다. 공야천성의 미소와 같은 고소(苦笑)였다.

"입정의협살문에 대한 이야기나 더 해 주시오."

"할 만큼 다 했네."

"거기서부터가 진짜인 것 같소만."

"듣고 싶지 않은 이야기일 걸세."

"구파가 등을 돌린 게요?"

"자네 입으로 말했네. 입정의협살문의 은원을 고스란히 짊어질 생각이 없다고."

"듣고 판단하겠소."

공야천성이 고개를 설레설레 흔들었다. 그가 술잔에 술을 한가득 따르며 말했다.

"이런 것만 문주를 꼭 빼닮았군."

공야천성이 한숨을 푹 내쉬고 천천히 입을 열었다.

"구파가 입정의협살문을 통해 무공융합을 시도한 것은 그 성공 여부보다 과정 자체에 더 큰 의미가 있었네. 자신들만이 최고다, 이것만 옳다 했던 이들에게 다른 시각을 제공해 준 것이지. 이 경우엔 청성파의 청운검보다, 아미파의 항마도가 좋다, 그 하나만으로도 구파가 얻은 소득은 대단했네. 무공의 구결까지 가져가진 못해도, 형(形)의 교류만큼은 생각보다 활발하게 일어났지. 다른 구파 무공이 지닌 장점을 취하지만, 가능한 알아볼 수 없도록 변형하여 자신들의 주류 무공에 편입시키는 과정이 이어졌네. 그 모든 것에 의미가 있었네. 그 하나하나가 각 문파의 무공을 비약적으로 발전시키는 계기가 되었지. 이것은 구파무공이다, 라는 기질적인 공통점은, 사실 그때 형성된 것이라 봐도 무방할 걸세."

공야천성이 잠시 말을 멈추었다.

그 시절을 떠올리는 듯, 착잡한 심경이 얼굴에 그대로 드러났다.

"무공이 강해지고, 숨 돌릴 여유가 생기고… 입정의협살문은 구파에게 더 이상 필요치 않게 되었네. 당연한 수순이었지. 그래서 구파가 등을 돌렸다……. 잘 모르겠네. 구파가 등을 돌린 건지. 우리가 등을 돌린 건지."

"구파 비전에 마공비급으로 성장한 문파라면, 지금 들어도 위험하게 들리는데. 구파가 먼저 손을 썼을 거 아니오?"

"아니, 우리가 먼저 죽였네."

"!?"

"가장 문제가 된 것은 적을 참하는 우리들이 아니었네. 살문의 무인들보다, 무공을 섞어서 만드는 이들이 더 위험했지. 구파가 생각하기엔 그랬네. 세상에는 무공을 타고난 자들이 있네. 한 번만 보면 똑같이 투로를 밟는, 천재들이 종종 태어나지. 하지만 무공을 창안하고 없던 구결을 끌어내는 사람들은 따로 있네. 두 가지 천부의 재능을 동시에 타고난 사람도 있겠지만, 이는 백년의 기재, 천년의 기재라고 말하는 지극히 한정된 재능일세. 이런 재능을 따로따로 두고 보면, 훨씬 더 그 수가 많고, 그중에서도 보는 재능, 약점을 찾아내는 재능, 무공을 변형시키는 재능으로 종류를 나눠보면, 출현 빈도는 더 크게 높아지게 되지. 구파에도 그런 이들이 있었고, 그들이 곧 무공융합에 투입된 사람들이었네. 본인들이 지닌 무공은 높지 않아도, 무공을 섞고 가르치는 능력만큼은 놀라울 정도였네. 소위 절정고수라는 이들에 비할 바가 아니었지. 우리에겐 무공교두이자 스승 같은 이들이었지만, 우리는 그들을 사부라 부르지 못했네. 구파는 그들을 천무선(天武仙)이라 불렀고, 진인이나 선인이란 이름으로 부르게 했지. 우리가 그들을 죽였네. 먼저, 우리가."

"아니, 왜 그들을……?"

"구파일방의 정수를 머릿속에 담고 있었으니, 각 파에서는 가장 위험한 인물들이 된 셈이었지. 본디 그들 식구였음에도 불구하고."

"그것은 알겠소. 하지만, 스승과 같았다고 하지 않았소? 구파에서 명령이라도 받은 것이오?"

"누굴 스승으로 만나느냐는 것은, 하늘이 내린 운명과 같은 일이지. 스승이 꼭 선한 자라는 법은 어디에도 없는 걸세. 이제 와서, 그 일이 옳았다, 그르다, 말하기는 참으로 쉽지가 않네. 다만 분명한 것은 그들이 죽지 않았으면 우리가 죽었을 거란 사실일세. 그럴 만한 사정이 있었다고만 말해 두겠네."

단운룡은 더 캐물을 수 없었다.

공야천성은 더 말하지 않겠다는 의지를 분명히 했다. 충분히 알았다. 이미 매듭지어진 지가 오래된 일이다. 억지로 끄집어낼 이유가 없었다.

"입정의협살문에게 구파는 더 이상 적이 아니란 뜻으로 알겠소."

"당연한 말을. 구파를 적으로 두면 절대 안 될 일이지."

"신마맹에 대한 원한은 어떠하오?"

"몹시 깊다네. 바다처럼 깊지."

"염라마신을 이길 방법에 대해 알려 주시오."

"내 대답은 자네가 원하는 답이 아닐 텐데."

"그래도 들려주시오."

"무공으로 누르게."

"염라마신은 나보다 강하오."

"물론 강하겠지. 사부를 찾아, 협제신기를 달라고 하게. 그리고 삼십 년을 매진하게. 자네 재능으로 볼 때, 그보다 적게 걸릴 수도 있겠군. 그 정도면 염라마신을 이길 수 있을 걸세."

"불가하오."

"그게 가장 확실한 방법이네."

"나는 그렇게 길게 볼 수 없소. 다른 방법이 필요하오."

"그렇다면 그것은 나보다 다른 사람에게 묻는 게 좋을 걸세."

"누구 말이오?"

"태양풍 말일세, 저기 등룡봉에서 기다리고 있네. 그라면 조금 다른 대답을 해 줄지도 모르지."

"뭐가 다른 거요?"

"직접 싸워봤으니까."

"염라마신과 말이오?"

"염라마신과 겨루고도 생환한 유일한 사람이네. 문주를 제외하고는."

"……!"

태양풍. 태자후의 스승이자, 숙부라 했던 남자.

태자후 생각이 불현듯, 머리를 스쳤다.

염라마신, 의협문에 쳐들어와 잊지 못할 원한을 남기고 갔다.

태자후뿐이 아니다. 수많은 이가 죽었다. 자리에서 일어나지 못한 채, 반송장이 된 이도 있다.

단운룡이 술잔을 들었다. 들끓는 기혈도 이젠 어느 정도 안정이 되었다. 술 한 잔을 입에 털어 넣고, 불쑥, 옆을 보며 물었다.

"혹시, 당신 능력으로 사부가 어디 있는지 알 수 있나?"

천리안은 갑작스런 질문에도 당황하지 않았다. 마치 그런 질문을 기다리고 있기라도 했었던 것 같았다.

"제 능력엔 제약이 많습니다. 원하는 것을 보려면 준비를 많이 해야 하지요. 준비를 해도 보지 못하는 곳이 여럿 있습니다. 도력이 높은 이들이 상주하는 도관이나, 공덕 높은 승려들이 독경을 외우는 불사(佛舍)도 보지 못하지요. 사악한 기운이 집결된 사교(邪敎) 무리의 복마전도 엿보기 어렵습니다. 더욱이 협제라면… 그분께서 보는 것을 허락해 주실지도 모르겠거니와, 행여 볼 수 있다고 하더라도 그곳이 어디인지 알게 되는 것은 순전히 운에 달렸다 할 수 있습니다. 지형적으로 확실히 구별되는 것이 없는 이상, 장소는 구분이 불가능하기 때문입니다. 계신 곳이 평범한 숲이나 특색 없는 들판이라면 어디인지 알아 볼 수가 없단 말입니다."

단운룡이 고개를 끄덕였다. 충분히 그럴 수 있을 거라 생각했다.

일부러 사부에 대해 물었다.

천리안이란 이능(異能)이 어떻게 이루어지는 것인지는 모르 겠지만, 원하는 대로 모든 것을 엿볼 수 있는 능력은 아닐 것 이다. 단운룡이 다시 물었다.

"그럼 물건은 어떤가?"

"물건은 조금 더 낫습니다. 물론, 어떤 물건이냐에 따라 다 르지만."

"사일적천궁이라고 들어봤나?"

천리안의 눈이 빛났다.

그가 답했다.

"물론입니다."

*　　　　*　　　　*

모두와 함께 등룡봉에 올랐다.

"공야노괴!"

막야흔은 공야천성을 보자마자 반색을 했다.

공야천성은 달랐다. 막야흔을 보자마자, 얼굴부터 찌푸렸 다. 그토록 잔잔했던 평정심이 깨지기라도 한 모양이었다.

"잘 지냈소이까? 워낙에 튼튼한 늙은이라, 물어볼 것도 없 겠지만!"

"항상 목숨을 내놓고 사는구나."

공야천성이 위협적인 어조로 답했다. 마기가 끓는 목소리였다. 막야혼은 눈 하나 깜짝하지 않았다. 겁 없기로는 천하제일인 남자였다.

뒤에 서 있던 천리안은 그런 막야혼을 보며 웃음을 감추지 못했다. 공야천성의 흔치 않은 표정 변화가 천리안에겐 즐거운 일인 것 같았다.

"애꾸도 왔군! 안대가 또 바뀌었네! 멋을 부릴 데다 부려야지, 웬 안대 가지고!"

"입이 썩은 건 여전하구려."

막야혼과는 구면이다.

천리안이 웃으며 대꾸했다.

막야혼이 히죽 웃었다. 천리안이란 자는 첫인상과 달리 친화력이 상당해 보였다. 막야혼과도 죽이 맞는 것을 보면, 친화력도 보통 친화력이 아닐 터였다.

"소저는?"

공야천성은 막야혼에게 눈길조차 주려 하지 않았다. 그보다 그의 시선을 끈 것은 다름 아닌 도요화였다.

"성은 도, 이름은 요화를 씁니다."

"도 소저였군. 내 이름은 공야천성이네."

"처음 뵙겠습니다. 대명은 익히 들어왔습니다."

도요화가 포권을 취했다. 공야천성이 선골도인의 얼굴로 웃으며 화답했다.

"그런 인사는 실로 오랜만일세. 내 이름을 익히 듣는 사람들이 이제는 극히 드물어져서 말이지."

의협문이기에 가능한 일일 게다. 막야혼, 엽단평, 양무의에게 공야천성이란 더 이상 사라진 전설의 이름이 아니었다. 언제든 입에 올릴 수 있는 사람이었던 것이다.

"음선(音仙)의 힘을 타고났군요. 고생이 많으셨겠습니다. 천리안입니다."

이능자(異能者)끼리의 만남이다.

천리안의 목소리에선, 오랜 벗을 만난 듯한 친근함이 묻어나오고 있었다. 막야혼의 눈썹이 꿈틀, 위쪽으로 치켜 올라갔다.

"도요화입니다."

도요화가 다시 한번 포권을 했다. 음마요신이라며, 듣기에도 불길한 마(魔)와 요(妖)의 글자를 짊어져왔다. 그런 그녀에게 천리안은 음선(音仙)이란 칭호를 말했다. 그것만으로도 들끓던 기혈과 이능이 다소 수그러드는 느낌이었다. 호감 어린 말이 절로 나올 수밖에 없었다.

"천리안이라니, 멋진 별호로군요."

"별호가 아니라 이름입니다."

천리안이 기분 좋은 미소를 지으며 답했다. 막야혼의 눈빛이 사납게 변했다. 천리안이 말을 이었다.

"원치 않은 능력을 타고난 사람들은 항상 곡절 어린 삶을 살지요. 힘들어 보이시는데, 이젠 괜찮습니다. 저 위로만 올라가면 도와주실 분이 계실 겁니다."

천리안의 어조는 부드럽기 짝이 없었다. 막야흔은 욕지거리를 내뱉으려다가, 두 눈을 크게 뜨고 입을 다물었다. 도와줄 사람이 있다는 말 때문이다. 도요화는 충분히 고생했다. 그녀의 고생을 본 막야흔은, 괜찮을 거란 말에 그녀보다 더 혹했다. 환호성을 질러야지, 욕지거리를 내뱉을 때가 아니었던 것이다.

통성명을 하고, 이야기를 나누며 산길을 탔다.

무산(巫山)에서도 이름난 봉우리였다. 산바람이 향긋했다. 나무 사이로 보이는 경치는 절경이 따로 없었다.

일행은 험로로 접어들었다. 무공고수가 아니고서는 들어올 수가 없는 길이었다. 제법 탄탄하게 무공을 배운 태자후 휘하 일곱 문도들도 애를 먹을 정도였다.

안개가 깔려 방향을 알 수 없는 숲길을 지나, 가파른 바위길을 올랐다. 사람의 침입을 불허하는 천연의 요새로 들어가는 기분이 들었다.

산길이라 부르기가 무색한 험지였다. 길은 이미 없었다. 바위를 밟고, 나무를 타며 암벽을 올랐다. 마침내, 눈앞이 탁 트이며 무릉도원 선경이 나타났다.

고지대지만 수원(水源)이 있고 볕이 잘 들어 색색의 꽃이 사방에 만발해 있었다. 지대가 넓지 않고 굴곡이 져 있어 무릉도원이라 하기엔 손색이 있었으나, 보기 드문 선경임에는 분명했다.

"이쪽이네."

단운룡이나 도요화에겐 사실 익숙하다면 익숙한 광경이었다. 강설영이 찾아다니던 술사란 족속들이 대부분 이렇게 숨겨진 선경에 거처를 두고 있었던 까닭이었다. 그러나, 의협문 문도들에겐 달랐다. 순식간에 뚝딱 지어진 적벽 의협문 경내도 신기하다 놀라 마지 않았던 이들이었다. 두 눈이 휘둥그레질 만도 했다.

공야천성을 따라 발을 옮겼다.

고산목 숲에 가려진 암자가 나타났다. 멀리서 보기엔 그리 크지 않아 보였지만, 막상 가까이 가자 크기가 시가지의 장원 못지않았다.

문에는 현판이 없었다. 자물쇠도 없었다. 공야천성은 거침없이 문을 열고 들어갔다.

내원 외원 따로 구분 없는 넓은 공터가 있었다.

단운룡은 그 공터 왼편에 높이 세워진 물건에서 눈을 떼지 못했다.

그것은 하나의 기(旗)였다. 바람은 불지 않았다. 글자 몇 개가 구겨지고 겹쳐진 채, 땅을 향해 축 늘어져 있었다. 단운룡은 그 글자 몇 개를 어렵지 않게 알아 볼 수 있었다.

정(正) 자 반쪽, 온전한 의(義) 자, 삼분지 일만 드러난 협(俠) 자, 반만 보이는 살(殺) 자.

깃발은 초록색이다. 입정의협살문의 깃발이었다.

단운룡은 깃대가 서 있는 바로 맞은편에 또 하나 깃대를 세울 수 있는 구조물이 있는 것을 보았다. 깃봉을 꽂을 수 있도록 되어 있는 그곳엔, 깃발이 없었다.

단운룡은 직감적으로 알 수 있었다.

그가 등 뒤에 짊어지고 온 태자후의 태번이 본래 거기 꽂혀 있었던 깃대였다는 사실을 말이다.

드르르륵.

문이 열리고, 한 남자가 걸어 나왔다.

체구가 컸다.

연배는 공야천성보다도 위로 보였다.

백발이 성성한 머리카락은 산발이었지만, 태자후처럼 덤불 같진 않았다. 그래도 대번에 알아볼 수 있었다. 태자후를 보아왔던 모두가 그랬다.

제자와 사부는 닮아가는 법이다.

생김새는 판이하게 달랐다. 얼굴이 더 좁고, 눈도 더 날카롭다. 하얀 수염이 사방으로 뻗쳐 있는데, 친근한 촌로(村老)라기보다는 늙은 나이에 중앙 관직으로 올라온 변방 출신의 백전노장 같은 느낌이다. 외모는 다르지만 기질이 같다. 선봉장으로 나서길 주저하지 않으며, 누구도 두려워하지 않을 것 같은 성정이 절로 드러난다. 태자후의 사부임을 누구라도 눈치챌 수 있을 모습이었다.

"자네겠군. 소문주는."

태양풍의 첫마디였다. 그는 공야천성과 달랐다. 너무나도 당연하게 소문주라는 칭호를 썼다.

"단운룡이오."

단운룡이 답했다. 태양풍의 눈이 번쩍 빛났다.

단운룡에겐 먼저 할 말이 있었다. 피해갈 수 없는 순간이었다. 그가 등 뒤에서 태자후의 깃발을 꺼내들었다.

깃대를 땅에 찍었다. 풀려나온 깃발은 갈기갈기 찢어져 있었다.

단운룡이 말했다.

"내 잘못이오. 미안하오."

그 말부터 해야 했다.

문주 된 자로서, 믿고 맡겨준 수하를 죽음에 이르게 했으니, 사죄부터 하는 것이 옳았다.

놀란 것은 막야흔과 도요화였다.

단운룡은 그런 말을 하는 이가 아니었다. 그의 성정을 아는 이는 그 말이 생소할 수밖에 없었다. 태자후의 죽음이란 그렇기에 더욱더 큰 의미로 다가왔다. 단운룡에게 대해 모르는 이들에게도 그것은 마찬가지였다.

태양풍의 표정은 큰 변화가 없었다. 삶과 죽음에 대해 초탈한 노고수라서 그럴 수 있다. 예상하고 있었거나 알고 있었기에 그럴 수도 있었다.

태양풍이 말했다.

"밖으로."

따라오란 말이다.

태양풍이 성큼성큼, 단운룡을 지나 문밖으로 나갔다. 다른 이들에겐 눈길조차 주지 않았다. 단운룡이 발을 옮겼다.

두 사람이 문밖으로 사라지자 무거운 침묵이 이어졌다.

정적을 깬 것은 공야천성이었다.

"여장이나 풀도록 하게. 저쪽 안채는 아무도 쓰지 않으니, 쉴 곳이 많을 걸세."

쉴 만한 분위기가 아니다.

그래도 어쩔 수 없다. 선택의 여지 따윈 아무 데도 없었다.

*         *         *

"예언자란 족속들에 대해 얼마나 알고 있나?"

태양풍은 대뜸 그런 질문부터 했다.

언덕 위였다. 이 선경에서도 가장 높은 언덕이었다. 아름다운 전경이 한눈에 보이는 곳이었다.

태양풍은 그의 답을 기다리지 않았다. 곧바로 말을 이어 나갔다.

"별의별 놈들이 다 있지만, 크겐 두 부류로 나눌 수 있을 거다. 정해진 것을 예언하는 놈. 정해지지 않은 것을 예언하는 놈."

태양풍의 눈가가 파르르 떨렸다.

"정해진 미래를 예언하는 놈들은 극히 드물다. 그런 놈이 내뱉은 말은 누구도 바꿀 수 없어. 내뱉은 그대로 행해지지. 마치 그놈 말이 원인이라도 된 것처럼, 거부할 수 없다. 고약한 예언에 휘말린 자들은, 그 말을 뱉은 예언자에게 원한을 갖게 될 정도야."

태양풍이 눈을 한번 감았다.

태자후를 떠올리는 것이다. 단운룡은 그의 표정에서, 그걸 알 수 있었다.

"정해지지 않은 것을 예언하는 자들은, 차라리 좋지. 그들은 가능성을 이야기하고, 원치 않은 미래를 피할 방도를 말해준다. 그들의 예언은 틀릴 수 있으니, 우리의 의지와 뜻이 더 중요해진다. 그래서 좋은 것이야."

태양풍의 목소리에 감정이 실렸다. 누군가를 향한 원망이었다.

"만통자라는 점쟁이가 있다. 그는 예언을 하지. 피할 수 있는 것, 피할 수 없는 것, 두 부류의 예언을 동시에 한다. 용한 자다."

그는 태양풍 앞에서 쉽게 입을 열지 못했다. 태자후는 특별했다. 태자후는 단순한 친우나 문도가 아니었다. 그는 입정의 협살문과 단운룡을 이어주는 존재였다. 살문의 유업과 맞닿아 있으면서, 단운룡 개인에게 복속되길 주저치 않았던 남자였다. 그런 그를 잃었노라 말하는 것은 단운룡에게도 결코 간단한 일일 수가 없었던 것이다.

"만통자는 자후를 보고 말했다. 주위에 살(殺)이 너무 많고, 본인의 명운에도 살(殺)이 많으니, 천수를 누리고 살려면, 아픈 사람을 고치는 의원이나 화재나 수해에서 사람을 구하는 정용이 되어야 한다고 말이다. 만에 하나 무사가 되어 살업을 쌓게 되면, 단명을 피하지 못할 뿐 아니라, 재주가 출중하고 타고난 힘이 천생대력일지라도 대성하지 못하여 죽을 때까지 다른 사람 신하 노릇이나 하게 될 것이라 하였다."

태양풍이 하늘을 올려보았다.

앙천광소라도 뿜어내고 싶은 심정이리라.

"자후가 의원을? 그게 웬 말인가. 차라리 정용이라면 모를까. 재미있다 여겼지. 하지만, 재미로 치부하기엔 만통자의 점괘가 지나치게 용했어. 결국 이번에도 맞춘 셈이지. 자후는 그걸 알면서도 소문주 밑으로 들어가길 원했다. 어차피 단명할 거면, 죽기 전에 제대로 날뛰어 보고 싶다는 것이 이유였지."

"너무 빨리 갔소. 내가 죽도록 놔두지 않았어야 했소."

"그게 아냐. 우린 어차피 다 죽어. 일문의 영화는 세월과 함께 사라졌으나 유업은 아직 끝나지 않았다. 의협의 길은 구천을 뚫고 영원히 계속 되어야 해. 우린 아무도 살문을 버리지 못했어. 하지만 그 길은 모두 다 다르지. 공야가 원하는 것, 맹가가 원하는 것, 따로 있단 말이야. 나는 기억되길 원해.

사람은 죽고, 문파는 쇠락하지만, 진정 생이 끝나는 것은 모두에게 잊혀지고 말았을 때야. 나의 무공인, 자후의 무공인 황금비룡번은, 강호에서 잊혀진 무공이 되었어. 모두가 우릴 기억하지 못해. 소문주에게 바라는 게 바로 그거야. 잊혀지지 않도록 해줘. 우리가, 입정의협살문이."

태양풍이 단운룡을 바라보며 말했다.

단운룡이 깃대를 땅에 꽂았다. 가장 높은 언덕에, 등룡봉 이름 없는 신선의 땅에.

바람이 불어와 찢어진 깃발을 흔들었다.

다시 하늘을 날고픈 황금색 비룡이 그 안에 있었다.

"만통자에 다시 물어보시오. 어떻게 될 것인지. 태자후는, 입정의협살문은 비룡의 이름으로 영원히 기억될 것이오."

단운룡의 대답이었다.


＊　　　　＊　　　　＊


"소녀의 이름은, 도요화라 합니다."

도인이 그녀를 보았다. 그녀는 목소리 내는 것조차 힘겨워하고 있었다. 전신에선 기이한 기운이 스멀스멀 일어나고 중이었다. 들끓는 힘을 주체하지 못하는 것이었다.

도인은 태연했다. 놀라는 기색조차 없었다.

마침내 그가 입을 열었다.

"빈도는 허공이라 하네."

목소리가 묵직했다.

머리카락은 대부분 백발이다. 남아 있는 검은 머리카락엔 젊은이의 그것과 같은 윤기가 흐른다. 아무렇게나 입은 도복이지만, 선골도인의 기품이 온몸에 서려 있었다.

"오셨소?"

먼저 나온 것은 검도천신마 공야천성이었다.

스스로를 허공이라 칭한 노도사가 가볍게 목례하며 답했다.

"바깥세상이 많이 어지럽더구려."

"안 그런 적이 있었소이까?"

공야천성이 미소를 지으며 되물었다. 노도사 허공은 본디 성격이 그러한 듯, 표정 변화가 크지 않았다.

"당신 말이 맞소."

공야천성과 허공은 평대를 하면서도 어색했고, 벽이 있는 것 같으면서도 가까워 보였다.

단순한 친구 사이는 결코 아니다. 정(情)으로 엮인 인연이 아니라 필요로 엮인 인연이라는 느낌이었다. 누구 봐도 눈치챌 수 있을 만큼, 둘 사이의 공기는 충분히 복잡했다.

"어떠하오?"

"……?"

"저 아이의 기질이 실로 범상치 않소. 진인이 보기엔 어떠하냔 말이오."

공야천성은 허공을 진인이라 불렀다.

그의 미소가 짙어졌다.

허공진인은 웃지 않았다. 역으로 허공진인의 눈빛이 날카롭게 변했다. 그가 공야천성을 똑바로 바라보았다. 전신에서 무서운 기운이 일렁거리기 시작했다. 기도의 변화가 심상치 않았다.

"진의를 모르겠군. 이런 아이를 나에게 보여줘서 무엇을 얻고자 함이오?"

"그렇게 과하게 반응할 필요가 있나 싶소만."

"몰라서 그리 말하는 것이오?"

역린이라고 한다.

함부로 건드려선 안 되는 것을 일컫는 말이다. 허공진인의 몸에서 뿜어 나오는 기운이 파도처럼 거세졌다.

"아, 그렇군. 진인께서 제자 생각이라도 나신 모양이오."

공야천성은 허공진인의 기파를 정면으로 받으면서도 미소를 지우지 않았다. 허공진인의 두 눈에 떠오른 것은 완연한 분노였다.

"내 어쩔 수 없이 도움을 청하긴 했으나 이런 것은 참으로 쉽지가 않소. 어디 한번 말해 보시오. 내게서 이와 같은 심동을 끌어내는 저의가 무엇인지."

"진인께서 단단히 오해하신 것 같소. 내 당대의 '무신(武神)' 허공의 평상심을 깨뜨려서 얻을 수 있는 것이 무에 있겠소."

공야천성의 말은 부드럽기 이를 데 없었다.

허공진인은 노기를 지우지 못했다.

그때였다.

외원의 문을 덜컹, 열어젖히고 나타나는 이가 있었다.

다름 아닌 단운룡이었다.

능선 저편의 공터에서 태자후의 일곱 기수들과 함께 무공 수련을 하다가, 허공진인의 기파를 느끼고서 달려온 것이다.

허공진인이 단운룡을 보고, 단운룡이 허공진인을 보았다.

두 사람은 동시에 놀랐다.

노도인은 처음 보는 젊은이의 재질이 제자의 그것에 비견될 수 있음에 놀랐고, 단운룡은 처음 보는 도인의 무공이 측량 불가의 깊이를 지녔음에 놀랐다.

단운룡과 허공진인은 서로에게서 좀처럼 시선을 거두지 못했다.

공야천성이 먼저 침묵을 깼다.

"어떠한가? 이 사람이 바로 당대 구파 무학의 정점에 있는 자이자, 무당 무공의 극의를 지녔다 말하는 '천하제일고수' 허공진인일세."

단운룡은 생각했다.

사부는 확실히 과하다고.

사부는 분명 자신보다 아래라고 여겨지는 자들을 지나치게 폄하하는 경향이 있다.

눈앞에 버텨 선 허공진인은 진짜 강자였다.

뭇 강호인들이 천하오대고수를 꼽으며 칭송하는 이유를 알겠다.

'하지만.'

수많은 사람들이 그러하다 말한다면, 거기엔 그럴 만한 근거가 있기 마련이다.

'천하제일고수는 아니야.'

단운룡은 그리 느낀다.

단운룡은 허공진인을 만나기 이전에, 협제 소연신과 천룡철위강을 만났다.

그가 본 고수가 허공진인 하나였다면, 그 역시도 천하제일고수라 말했을지 모른다.

'넘지 못할 산도 아니다.'

허공진인이 지닌 무공의 정심함은, 구파 무학에 대한 인상 자체를 바꿔놓기에 충분한 것이었으나, 허공진인이 사부나 철위강을 이길 수 있을 것이란 생각은 들지 않았다.

묘하게도 마음에 여유가 생겨났다.

그것은 좀처럼 찾아오기 힘든 깨달음이었다.

단운룡의 머릿속엔 언제나 사패가 있었다.

그렇기에 그는 항상 조급했다.

넘어설 수 없는 이를 곁에 둔 사람이 느낄 수밖에 없는 조급함이었다.

철위강을 만나고, 허공진인을 만났다.

철위강을 보며, 소연신의 경지가 천하에 유일무이가 아님을 알았다.

허공진인을 보며, 천하제일을 논하는 강호인의 시선을 알았다.

철위강의 무공에서는 강함을 느꼈다.

허공진인의 무공에선 깊이를 느꼈다.

단운룡에겐 철위강만큼의 강함이 없고, 허공진인만큼의 깊이가 없었다.

하지만 단운룡에겐 둘 모두가 가지지 못한 것이 있었다.

시간이다.

그에겐 젊음이 있었다.

그는 더 강해질 수 있다. 더 깊어질 수 있다.

너무나도 당연한 것이었지만, 당연한 것을 진정 안다고 말하기엔 적지 않은 깨달음이 필요한 법이었다.

단운룡은 새롭게 얻은 깨달음을 가지고 허공진인을 바라보았다.

허공진인은 무슨 이유에서인지, 노기(怒氣)를 품은 채 파도와도 같은 기세를 일으키고 있었다. 단운룡을 향한 노기는 아니었지만, 허공진인의 진가를 알아보기엔 충분하고도 남을 만한 기파였다. 강력하게 넘실대는 기파의 중심엔 그 어떤 것으로도 흔들 수 없는 태극의 진기가 자리하고 있었다.

깨달음이 곧, 배움이다.

광극진기는 격렬하고 파괴적인 성질을 지녔다. 단운룡의 성정은 그가 지닌 진기를 닮아가고 있었다. 배려보다 도발이 앞섰고, 말보다 행동이 앞섰다.

이번엔 아니다.

허공진인이 뿜어낸 전투적인 진기에 반응하여 광폭하게 변하려던 광극진기가 순식간에 잠잠해졌다.

허공진인의 두 눈에 또 한 번의 놀라움이 스쳤다.

'무극진기의 정수를 한눈에 읽어내서 단숨에 자기 것으로 만들어?'

절로 정체가 궁금해질 수밖에 없다.

물으려는데 먼저 포권을 하며 이름을 밝힌다.

"단운룡입니다. 의협문이라는 작은 문파의 문주로 있소이다."

당찬 말투였다.

노선배에 대한 예우는 부족하기 이를 데 없으나, 예의가 아예 없지는 않다. 평생을 두고 입과 몸에 밴 태도임을 알 수 있었다.

허공진인은 배분을 먼저 생각했다.

넘치는 재능, 만인지상의 기질과 말투, 공야천성의 태도를 보았다. 눈앞에 있는 젊은이의 신분을 단숨에 눈치챌 수 있었다.

'저 소연신의 제자란 것인가.'

허공진인은 장삼풍에게 직접 사사했다.

전 중원을 통틀어도, 허공진인보다 배분이 높은 이는 얼마되지 않는다.

소연신은 열외다.

굳이 따지자면 허공진인 자신과 비슷하다 봐야 했지만, 절대살수로 이름을 날리던 시절엔 장삼풍보다도 배분이 높은 마두를 앞에 두고서 '이만 죽어라' 한마디와 함께 목을 날리길 주저치 않았다.

그런 자의 제자라면, 누구에게 어떤 말투를 써도 이해해 줄 만하다.

또 한 번 저절로 제자 생각이 났다.

허공진인의 제자도 배분으로 따지면, 무당파 장문과 맞먹는셈이다. 살기가 짙은 데다가 좀처럼 굽히지 않는 제자의 성격으로 볼 때, 강호 명숙들과 문제를 일으킬 소지가 충분했던것이다.

"빈도의 도호는 이미 들었듯, 허공이라 하네."

"명성은 익히 들었습니다."

강호인들이 들었으면 기가 찰 대꾸였다.

허공진인을 두고 명성을 익히 들었다 말한다? 극도의 공경과 칭송만을 받아 온 세월이 오래다. 이제는 허공진인을 진인이라 부르는 자들도 드물다. 존경의 염을 담아 허공노사라 불린 지도 한참이다. 무신 허공이 누구인지 알고도 이리 말하는 후기지수를 평생에 본 적이나 있었던가 싶었다.

"흔치 않은 재목인 것은 확실하군."

허공진인. 허공노사가 공야천성을 돌아보며 말을 이었다.

"모두가 나로 하여금 하나뿐인 제자를 떠올리도록 작당이라도 한 모양이외다."

"진인께서 바로 보았소. 내 보기에 자질만큼은 진인의 제자 이상이라오."

공야천성이 다시 한번 미소로 화답하고는, 눈을 돌려 단운룡에게 말했다.

"들은 것처럼, 진인께는 제자가 하나 있네. 여기 도 소저처럼 상단전에 파탄이 있었기에 이지와 성정에 위해가 생길 수 있었으나, '천하제일고수'이신 진인께서 놀라운 심법으로 바로잡아 '입마(立魔)'에 들지 않게 되었지. 내 진인께 도움을 부탁코자 하였으나, 기실 이 문제는 내가 아닌 자네가 결정해야 하는 것이지 싶네. 어떻게 생각하는가? 내 진인의 실력은 내 이름을 걸고 확실히 보장하겠네."

"그것은 내가 결정할 것이 아니오."

단운룡은 판단이 빨랐다.

여러 강호무림록을 통해 천하제일고수에 가장 근접하다 알려진 허공노사를 직접 보았으나, 그 놀라움은 오래가지 않았다.

그에겐 당장 당면한 문제가 있었고, 흔치 않은 기회가 왔음을 알았다.

단운룡이 즉각 도요화에게 물었다.

"들었지? 어떻게 할래?"

"뭘 어떻게 해요. 이 목소리만 떨쳐낼 수 있으면, 누구의 도움이라도 받겠어요."

그렇다.

이것은 당사자가 결정할 문제다. 도요화는 두 번 생각하지 않았다.

부탁도, 그녀가 직접 해야 할 일이었다.

그녀가 다시 허공진인, 허공노사에게 포권을 취하며 말했다.

"소녀는 음(音)을 다루는 기이한 재주를 타고 태어났으나, 스스로를 상제라 일컫는 자에게 금제(禁制)를 당한 이후, 상단전의 기운이 제멋대로 흘러넘쳐 아무것도 하지 못할 지경에 이르렀습니다. 노사께 해결책이 있다면 소녀가 평생의 은인으로 알고 배워, 무엇이든 말씀하시는 대로 따르겠습니다."

간곡한 부탁이었다.

도요화의 이런 모습은 그 누구도 본 적이 없었다. 구구절절 절박한 마음이 그대로 드러나고 있었다. 그만큼, 옥황이 준 심마(心魔)는 강력했다. 허공노사의 기운이 바람처럼 흩어졌다. 노기가 흐르던 눈빛도 사라졌다. 그가 처음과 같은 무표정한 얼굴로 답했다.

"도(道)를 닦는 이로서 딱한 사람의 어려움을 어찌 외면할 수 있을까. 공야천성, 당신이 굳이 나의 제자를 상기시키지 않았다 하더라도, 나는 이 아이의 사정을 그냥 두고 보지 않았을 것이오."

"그야 모르는 일 아니겠소. 진인이 제자에게 갖고 있는 정(情)이란 드러나지 않아도 익히 알 수밖에 없는 것이었소. 진인께서 키운 제자의 옛 처지와 비슷함을 알기에 더더욱 외면하지 못할 거라 생각한 것은 사실이오. 허나 그와 같은 기이한 우연을 두고서, 내 편협한 책략을 부렸다 나무라진 마시오."

"그렇다면, 이것은 공야천성 당신의 부탁이라 봐도 무방한 일인 게요?"

"도를 닦는 진인께서 속세의 사람들처럼 계산을 하려 드시면, 내 어찌 쉽게 대답할 수 있겠소이까?"

"내 말뜻을 알고 있을 것이오."

"천하제일 허공진인께 부탁을 드릴 기회가 흔치 않음을 잘 알고 있소. 허나, 진인의 능력으로 한 소녀의 곤란을 구하기가 그리도 큰일이오?"

"작은 일도 아니오."

"의외로구려. 딱한 사람의 어려움을 어찌 외면하겠냐 말한 것은 진인 아니었소?"

"태극도해가 걸린 일이기 때문이오."

허공노사가 잘라 말했다.

공야천성의 얼굴에서 미소가 완전히 사라졌다. 그가 다시 물었다.

"태극도해가 없이는 고치지 못한다는 말이오?"

"태극도해뿐 아니라, 무극진기까지 가르쳐야 하오."

"실로 보통 일이 아니로군. 구결 전수 없이는 불가능한 일이란 말이외다?"

"나에겐 달리 방도가 없소. 원치 않는다면 다른 데서 알아보시오."

"원치 않을 리 있겠소? 그렇다면 이 공야천성의 이름을 걸고 분명히 부탁드릴 터이니, 내 이번 일은 죽을 때까지 간과하지 않을 것이오. 그 정도면 되었소?"

"아직 남았소."

허공노사가 이번에는 단운룡을 바라보았다.

"무공이란 연(緣)이 닿는 자에게 이어지는 법이지. 자네가 무극진기의 심득을 한 조각 가져간 것도 그와 같네. 저 소저는 필시 자네가 이끄는 문파의 문도일 것일세. 하여, 나는 한 가지를 확실히 해두어야겠네."

"듣고 있소이다."

"빈도는 하늘 아래 사람들이 편을 가르는 것도, 서로를 참아내지 못하는 것도, 안타까운 일이라 생각하는 사람이네. 내 굳이 소저를 두고 무당의 제자여야 한다, 선을 긋고 싶지는 않네. 그러나 이것만큼은 분명히 해 주게. 자네와 자네의 문파가 무당에 직접 해를 끼치는 일은 없어야 하네. 내가 전한 무공으로 무당 제자들이 다치는 일이 생겨서는 안 된다는 말일세."

"진인의 뜻은 잘 알았습니다."

단운룡이 '무신' 허공노사의 눈을 똑바로 바라보았다. 눈빛은 당당하여 조금도 물러섬이 없었다.

"앞으로 저와 제가 이끄는 문파는 무당파와 다투지 않을 것입니다."

단운룡은 맹세와 같은 약속을 했다.

도요화를 위해서다.

단운룡은 본디, 무당파에 대한 감정이 썩 좋지 않았다. 강설영과 무당산에 올랐을 때, 문전 박대 당한 경험이 있었던 까닭이다.

문파의 동료를 위해서, 개인적인 감정 따위는 언제든 접어줄 수 있다.

문득 오래전 사부와의 대화를 떠올렸다.

'사부. 그것도 이제는 지키지 못하겠습니다.'

허공의 제자는 삼안마군의 혈육이니, 훗날 무림의 마인(魔人)이 된다면 단운룡이 나서서 죽여 버리라 말했던 적이 있었던 것이다.

그렇게 단운룡은, 도요화로 말미암아, 무당파에 하나의 은(恩)을 입게 되었다.

하지만, 은과 원이란 대저 옮길 수 없는 산과 같을 수도 있지만, 한편으로는 스쳐가는 바람과 같을 수 있으니.

그 무엇도 완전히 정해진 것은 없었다.

무당이 길러낸 마검, 명경과, 소연신의 제자, 단운룡의 인연은 아직 진정으로 시작되지조차 않았던 것이다.

＊　　　　＊　　　　＊

"보았습니다."

천리안의 안색은 과히 좋지 않았다. 얼굴은 창백하기가 백짓장 같았고, 눈에는 흰자위가 붉게 보일 만큼 험하게 핏발이 서 있었다.

"사일적천궁은 술가(術家)의 무상지보입니다. 대대로 노리는 자가 많았지요."

단운룡은 한 달이 넘는 시간을 이들과 지내며, 황금비룡번을 연마했다.

천리안의 거처는 처음이다.

천리안의 거처는 태양풍의 장원에서 한참 떨어진 곳에 있었다. 선경 한구석 깎아지른 바위산 옆에 세워진 암자로, 토속신을 모시는 변방의 사당마냥 암자 주변엔 색색의 부적들이 하나 가득 붙어 있었다.

심산에 은거한 술사들의 거처와 비슷한 분위기였다. 그들은 잡다한 기운을 물리치기 위한 것이라며 은거지의 주변에 이런저런 무구(巫具)들을 늘어놓곤 했었다. 천리안도 그랬다. 특히나 천리안의 거처는 단순하면서도 철통같은 요새란 인상이 강했다. 거처를 둘러보는 단운룡을 향해, 천리안이 쓴웃음을 지으며 말했다.

"아, 이 정도면 간소한 겁니다. 소림의 '눈'은 훨씬 더 심했었지요."

"지쳐 보이는군."

"괜찮습니다. 이 정도야."

천리안이 다시 웃었다. 이번엔 쓴 웃음이 아니었다.

"그래서, 사일적천궁은 어디에 있지?"

"모릅니다."

천리안이 대뜸 답했다.

단운룡의 미간이 좁아졌다. 천리안이 덧붙여 말했다.

"저번에도 말씀드렸듯, 보았다고 다 어디 있는지 알 수 있는 것은 아닙니다. 제가 볼 수 있는 것은 단편적인 꿈과 같아서, 주변 경관이나 사물을 한정적으로 볼 수밖에 없습니다."

"어디 컴컴한 창고에라도 박혀 있으면 영영 찾지 못한다는 말인가?"

"그것은… 맞기도 하고 틀리기도 합니다. 상황에 따라서 다르지요. 다행히도 이 사일적천궁 같은 경우엔, 아주 못 찾을 곳에 가둬 놓은 것은 아닌 모양입니다."

"가둬 놓은 것은 아니다……?"

단운룡이 의아함을 굳이 감추지 않았다.

천리안이 숨을 한번 깊이 들이쉬고는, 단운룡에게 되물었다.

"사일적천궁에 대해 얼마나 아십니까?"

"자세히는 모르지. 어떤 요괴든 물리칠 수 있는 전설상의 활이라는 것밖에."

천리안이 고개를 끄덕이고는 다시 한번 물었다.

"그게 다입니까?"

"그게 다다."

"그들이 할 일은 제대로 하고 있는 모양이로군요."

"그들?"

"비밀을 지키는 자들 말입니다. 통칭 주시자(注視者)라 부르지요."

천리안의 얼굴에서 미소가 사라졌다. 목소리도 진중해졌다. 아무에게나 할 이야기가 아니라는 것을 표정만으로 충분히 알 수 있었다.

"수많은 술사들을 만났다는 것을 잘 알고 있습니다. 아, 그런 눈으로 보지 마십시오. 형님과 어르신들이 재촉하여 어쩔 수 없이 엿본 적이 있었을 뿐입니다."

단운룡이 괜찮다며 고개를 끄덕였다. 천리안이 말을 이었다.

"저는 순풍이와 달라, 목소리를 듣지 못합니다. 그래도 무슨 말이 오가는지 정도는 어느 정도 알아볼 수 있지요. 목숨이 간당간당했을 때엔 독순술(讀脣術)까지 익혀야 했으니까요. 한 가지 먼저 알아두셔야 할 사실이 있다면 술사들이란 대부분 거짓말에 능하다는 겁니다. 술사가 될 수 있는 자질이 있는 이들은 아주 어린 시절부터 보통 사람들과 다른 것을 보고 큽니다. 자신이 보는 것, 듣는 것을 다 말하며 살 수가 없어요. 귀신이 하는 말, 귀신의 형상 같은 것을 함부로 말하다가는 보통 사람들에 섞여 온전한 삶을 살기가 어렵습니다. 술사들은 그래서 말을 배움과 동시에 거짓말부터 배웁니다. 보고도 보지 못한 척, 알고도 모르는 척 살아야 하지요. 그렇게 거짓말을 배워도 대부분 불행하게 큽니다만. 어쨌든, 사일적천궁의 진실에 대해서는, 어지간히 고명한 술사들이라면 웬만큼 알고 있을 거라 할 수 있습니다. 세상에 막 나온 사방신검이나 명부마도 명왕지검 혹암처럼, 무상의 가치를 지닌 신기(神技)이니 말입니다. 하지만 그들은 진실을 알고도 말하지 않습니다. 거짓말을 하고도 들키지 않지요. 알고도 모르는 척 넘어가는 재주를 먼저 익힌 이들이니 말입니다. 게다가 사일적천궁은 그들, 주시자들의 소관입니다. 많은 술사들이 주시자들을 두려워하고, 경외하지요. 그들이 말하지 말라 경고하면, 술사들은 그 말을 지킵니다. 그들이 보호하고 있는 이상, 술사들을 통해 사일적천궁을 찾는 것은 불가능에 가깝습니다."

단운룡의 눈이 번쩍 뜨였다.

강설영이 천잠보의를 찾으러 온 천하를 뒤지고 있을 때, 단운룡도 함께 사일적천궁에 대하여 알아본 바 있었다. 하지만 그 오랜 시간 동안 단 한 번도 제대로 된 대답을 들어본 적이 없다. 이제 보니, 그들이 몰라서 대답하지 않은 게 아니었던 모양이다. 일종의 '함구령'에 묶여 있으리라고는 상상조차 하지 못했던 일이었다.

"대체 그 주시자라는 이들이 어떤 자들이기에 그 정도 영향력을 지닐 수 있는 거지? 강호에 드러나지 않은 강력한 문파라도 되는 것인가?"

"문파 같은 것과는 다릅니다. 게다가, 단 문주는 이미 주시자들과 관련된 사람들을 보고 있습니다."

"자네도?"

"넓게 보면 그렇습니다. 주시자들은 간단히 말해, 질서를 지키는 자들입니다. 지금은 천하의 기운이 그 어느 때보다도 거세게 변하고 있는 시기입니다. 이를 우려한 은거기인들과 반인반선의 경지에 오른 신인(神人)들이 천도의 지나친 파탄을 경계하며 백방으로 움직이고 있습니다. 그들 중엔 구파의 심산고수들이 있고, 황실의 권력자도 있으며, 심지어 사도에 심취한 마인(魔人)과 전대 팔황 측의 고수들, 공력이 극에 이른 요괴들도 있습니다. 그들은 사람들이 알지 말아야 할 비밀을 수호하고, 인간의 힘을 벗어난 귀물(鬼物)들의 난행(亂行)을 막습니다."

"힘을 빌려줬던 건가?"

"네. 종종 그렇게 해 왔지요."

"구파의 고수들이라 하면… 저 허공노사도?"

"사실 허공노사는 무인(武人)인지라, 술사들이 말하는 주시자들과는 조금 다릅니다만. 따지고 보면, 주시자가 맞다고 할 수 있겠네요. 주시자라고 한들, 자기 자신을 '나 주시자요' 칭하는 경우는 드무니까요. 어찌 되었든 저 허공노사도 하는 일은 똑같습니다. 노사는 뼛속까지 정문(正門)인 사람입니다. 정파무인의 화신이라 불러도 과언이 아니지요. 문제는 구파의 은거고수들이 모두 다 노사와 같지는 않다는 것입니다. 불법(佛法)과 선도(仙道)란 참으로 묘한 것이, 경지에 이르면 모두 다 자연스레 흘러간다 믿게 되는 경우가 대부분인 까닭입니다. 어차피 사바 속세의 일이란 부처나 하늘이 정해 놓은 것, 불법에 심취한 이나 입선에 이른 이가 굳이 세상의 일에 관여하며 탁기에 물들 필요가 있냐는 것이지요. 노사는 그리 생각하지 않는답니다. 하늘이 힘을 내려 주었으면, 필요한 곳에 써야 한다고 믿는다지요. 암제흑룡의 승천 이래, 중원 각지에 귀물들이 출몰하고 있음에 가장 적극적으로 나선 이가 저 허공노사입니다. 보통 귀물들이야, 어지간한 술법사나 내가고수들도 물리치는 것이 가능하지만, 재해급의 마물들을 무공으로 누를 수 있는 이는 온 천하에 흔치 않습니다. 질병을 일으키는 역귀(疫鬼)들을 물리친 것까지 감안하면, 지난 시간 동안 저 노사가 구한 목숨만도 수천, 수만에 족히 이를 겁니다."

이번엔, 단운룡이 쓴웃음을 지을 차례였다.

"협객… 이로군."

단운룡이 신음처럼 말했다. 천리안이 고개를 끄덕이며 동조했다.

"맞는 말입니다. 대협, 그 나이에 어울리지도 않는 대협(大俠)이죠. 어찌 보면 참으로 안됐습니다. 가장 먼저 같은 도문(道門)이라고, 화산진인 옥허와 옥함을 찾아갔던 모양인데, 하산하지 않겠다는 말부터 들었다니 말입니다. 자존심 문제였는지, 뭔지는 모르겠는데, 사실 섬서 화산 지역에서 발생한 사건들만 해도 감당이 쉽지 않았겠지요. 허공 노사의 제안을 따를 만한 여유가 없었을 겁니다. 도가술법사로는 최고라 여겨지는 허도진인마저도 무당산에 틀어박혀 나올 생각이 없다 하고, 옛 사패 팔황의 생존자들이 숨어 있는 화안리에서도 도움을 얻지 못한 데다가, 소림에서는 눈까지 사라져서, 찾아가기가 애매했을 것이고요. 숨겨진 주시자들과 본래부터 소통이 많았던 것도 아니고, 좀처럼 끌어들일 사람도 마땅치 않으니 저희한테까지 온 건데……. 우리야 구파와 얽히고 싶은 마음이 조금도 없었지만, 막상 들고 온 게 협(俠)인지라 대형도 거절을 못 한 겁니다."

사람들이 보지 못한 곳에서도 세상은 어지럽게 돌아가고 있었지만, 보통 강호인들은 그것을 느끼지도, 개입할 힘도 지니질 못했다. 천하혼란을 개탄한 허공노사가 뜻이 맞는 이들을 모아보려 했으나 눈에 찰 만한 기량을 지닌 이가 드물다.

결국 허공노사는 공야천성의 도움까지 구하기에 이르렀다.

이는 구파와 살문의 과거사를 볼 때, 부탁과 승낙 양쪽 다

쉬운 일이 아니었을 것이다. 허공노사와 공야천성, 두 사람의 대화에서 느껴졌던 첨예한 긴장감의 이유를 비로소 이해할 수가 있었다.

"그래서, 사일적천궁이 대체 어떤 물건이기에, 주시자란 이들까지 나서는 거지?"

"사일적천궁은, 아직 완전히 성장하지 못했습니다."

"성장?"

"사일적천궁은 천 년 단위의 세월 동안 전설로 전해지는 신물(神物)입니다. 제아무리 철궁(鐵弓)이라 해도 천 년이 넘은 활이 멀쩡하다는 것은 어불성설이겠지요. 사일적천궁은 단순한 병장기가 아니라 일종의 신수(神獸)이자 영물(靈物)입니다."

"영물이라니? 살아 있다는 말인가?"

"술가에 전해지는 무상지보들, 특히나 고대로부터 내려오는 신물들은 대부분이 그렇습니다. 영성(靈性)을 지니지 못한 물건들은 세월의 흐름에 삭아서 손상받는 것이 당연한 이치인 까닭입니다. 물론 예외도 있습니다. 만드는 일에 신(神)들이 직접 개입했거나 신의 힘을 담았다 여겨지는 몇몇 신병들이 그러하지요. 사일적천궁은 조금 다릅니다. 사일적천궁은 필멸자의 척추에 붙어 성장하는 영물입니다. 당대 사일적천궁의 주인은 아직 십이삼 세에 불과한 소년으로 보입니다."

"척추?"

"예. 등뼈요. 여기 목부터 허리까지……."

"아, 그건 알았고, 필멸자는 뭐지?"

"필멸자는 인신(人神) 중 하나로, 한 시대에 한 명일 수도, 여럿일 수도 있습니다. 능력에는 어느 정도 차이를 보이는데, 공통적으로 극에 이른 인혼력(人魂力)을 지녔다 알려져 있습니다."

"도통 처음 듣는 이야기밖에 없군. 인혼력은 또 무슨……."

"아, 인혼력이란 말 그대로 사람의 혼이 지닌 힘을 말합니다. 필멸자란 것에는 중의적인 뜻이 있어서, 요괴들을 물리친다는 말도 되고, 그 자신이 필멸의 존재라는 뜻도 됩니다. 인간 중의 인간, 사람의 화신이라고 할 수 있지요. 사람이 만든 재주는 뭐든지 빨리 배우지만 타고난 신력(神力)이 없고, 괴이한 이능(異能)도 없습니다. 단 하나 특별한 것이 있다면, 살아 있는 인간 외의 모든 존재에 미치는 압도적인 영향력입니다. 인간 외의 존재들은 그들 앞에서 제 힘을 온전히 발휘할 수가 없습니다. 망자 귀신들은 물론이요, 대부분의 요괴귀물들, 심지어 선인이나 마인들도 필멸자의 곁에서는 약해질 수밖에 없다는 말입니다. 아, 말하자면 그것도 하나의 이능이라 할 수 있겠지만요. 하지만 그 능력에는 필멸자마다 고하(高下)가 있고, 자각 여부에 따라 각성 내지는 약화의 여지도 있기 때문에, 어떤 요괴 앞에서도 무적(無敵)은 아닙니다. 필멸자는 손과 머리로 하는 모든 일에 재주가 좋기 때문에, 술법 재능도 출중하다 여겨지나, 당대에 이름을 날리고 있는 술법사들 중엔 필멸자로 밝혀진 이가 없습니다. 있다고 하더라도, 아마 교

묘하게 정체를 감추고 있을 가능성이 높습니다. 사람 그 자체로의 매력이 출중하기 때문에, 보통 어릴 적에 위해를 당하지 않고 성장하면 위정자(爲政者)가 되는 경우가 많다고 하지요. 필멸자는 인간 외 모든 존재의 힘을 약화시킨다고 했지만, 극소수의 몇몇 영물들은 예외로 알려져 있습니다. 인간에 가까운 신수(神獸) 백택이 단적인 예입니다. 사일적천궁도 그렇습니다. 사일적천궁은 부활과 성장, 완성과 죽음을 반복하는 대단히 독특한 신수로서, 제 힘을 발휘하는 것은 생애 일주기 중 삼십여 년 정도라 하였고, 몇몇 고서에서는 인간이 쓰게 된 최초의 활이라 말하기도 합니다."

"최초의 활이라……. 궁 노괴도 참으로, 엄청난 걸 찾고 있었군."

이제야 깨닫는다.

천잠보의 때도 그랬듯, 보물을 찾겠다는 말은 함부로 들어주는 것이 아니라는 사실을 말이다. 평생을 걸고도 찾지 못할 만했다. 궁무예는 이런 말도 안 되는 이야기를 어디까지 알고 있었나 싶었다. 이런 걸 찾아주겠다 그렇게도 쉽게 약속했었다니. 참으로 무모했다는 생각이 들었다.

"그래서, 그 필멸자란 소년을 찾으면 되는 건가?"

"간단한 일이 아닙니다. 사일적천궁의 주인이 된 필멸자는 보통의 필멸자와 다릅니다. 사일적천궁은 필멸자의 등뼈에 붙어서 활처럼 둥글게 굽어진 형태를 얻고, 필멸자가 타고난 인혼력의 정수를 흡수합니다. 여담이지만, 활로 사용하는 법을 배우지 못한 필멸자는 몽둥이처럼 쓰는 일도 있었다고 알려져 있지요. 사일적천궁은 인혼력을 빼앗아 성장하기 때문에 필연적으로 필멸자 본인이 지닌 인혼력은 다른 필멸자들보다 약화될 수밖에 없습니다. 이 인혼력이란 것은 본디, 인간이 지닌 영성(靈性)의 정화로, 고대로부터 수많은 요괴들이 노려왔던 힘입니다. 주인의 육체가 어느 정도 성장해야만 사일적천궁도 제 모습을 갖추어 필멸의 힘을 낼 수가 있는데, 지금처럼 어려서는 몸 밖으로 꺼내는 것조차 제대로 하지 못할 겁니다. 활을 쓰지도 못하고 필멸자의 힘을 내지도 못한다. 그러면서도 타고난 인혼력은 타의추종을 불허한다. 결국, 요괴귀물들이 탐낼 만한 조건을 제대로 갖추고 있다 할 수 있습니다. 주시자들이 가장 경계하는 것도 그와 같은 일이며, 비밀리에 보호하려고 하는 것도 같은 이유에서입니다."

"그렇게 보호하고 있다면, 자네가 볼 수도 없었어야 되는 것 아니었나?"

"정확합니다. 그래서 더 걱정입니다. 필멸자에 대한 술자들의 보호술법이 약해지고 있는 것 같습니다. 그것을 뚫는 데도 기력을 바닥까지 끌어 써야 했지만 말입니다."

"좋은 징조로 들리지는 않는군."

"결코 좋은 징조가 아니지요."

"요괴들이 인혼력을 노리는 건 왜지?"

"인혼력에 대해서는 정확히 밝혀진 바가 별로 없습니다만, 요괴들이 인혼력을 노리는 것은 보통 그들이 타고 난 본능적인 행태로 해석하고 있습니다. 단 문주도 들어 본 일이 있을 겁니다. 인간으로 둔갑하는 요괴들에 대한 전설을 말이지요. 요괴들도 사람처럼 각각의 개체특성이 분명하지만, 많은 요괴들이 인간화(人間化)에 집착하는 모습을 보입니다. 땅을 기어 다니던 미물이 공력을 쌓아 영성을 얻고, 사람의 말을 하게 되었다, 그것도 결국은 인간에 가까워진다는 뜻이니 말입니다. 자각하지 못한 존재들이 하늘에 이르는 첫 단계가 바로 인간의 영성을 얻는 일이라고 알려져 있습니다. 이러한 영성이 정체된 기운으로 나타나는 것이 바로 인혼력입니다. 요괴나 귀물이 인혼력을 쌓으면 사람처럼 보일 수 있고, 사람처럼 말할 수 있게 됩니다. 이 인혼력은 모든 인간이 다 가지고 있지만, 몹시 유동적이고 천변만화하는 성질을 지니고 있어, 정수(精髓)라 할 만한 인혼력은 쉽게 얻을 수가 없습니다. 몇몇 영물들은 사람을 잡아먹는 것으로 인혼력을 쌓기도 하는데, 살인을 일삼는 요괴로 알려진 족속들이 바로 이런 놈들입니다. 이지가 조금 더 발달한 영물들은 다른 방식을 취한다고 알려져 있습니다. 천년 불상을 지키는 이무기니, 산수도에 묶인 구미호니 하는 것들이 그와 같습니다. 인혼력이라 함은, 꼭 필멸자와 같은 특별한 사람에게만 있는 것이 아니어서, 보통 사람이라도 혼(魂)이 담긴 무언가를 만들거나 일생 역작이라는 작품을 완성했을 때, 거기에 막대한 양의 인혼력이 남는 경우가 있습니다. 작품에 담긴 인혼력은 비단 요괴들에게만 작용하는 것이 아니어서, 같은 사람이 보아도 저절로 탄성이 나고 마음이 끌리게 됩니다. 그 주위에만 있어도 요괴들은 인간의 정기를 몸에 쌓을 수 있다고 하지요. 어느 쪽이 되었든, 필멸자들은 귀신 영물들의 표적이 될 수 있습니다. 그래서 필멸자들의 힘이 약화되었을 때는 그들 주위에 사건과 사고가 끊이질 않습니다. 보통 요괴들은 필멸자의 근처에도 가지 못하나, 만에 하나 필멸자의 정기를 온전히 취할 수 있다면, 자연의 정기로 수백 년 공력을 닦은 만큼의 힘을 얻을 수 있습니다. 그런 면에서 사일적천궁의 주인은 일생 동안 위험에 노출된 상태라 봐도 무방합니다."

"하지만 사일적천궁 자체에 모든 요괴를 물리칠 수 있는 힘이 있다고 하지 않았나?"

"그게 바로 저희가 하늘의 안배라고 하는 것이겠지요. 하늘의 이치란 참으로 묘한 것이어서, 사일적천궁의 주인이 되면 요괴를 끌어 모으는 숙명에 처해지지만, 또한 때가 되면 그 모든 요괴들을 멸할 수 있는 힘을 얻게 된다는 말입니다. 그러나 이처럼 어지러운 시대엔, 귀신 요물들뿐 아니라, 사람이 더 위험합니다. 완전히 성장한 사일적천궁은, 주인뿐 아니라 다른 사람도 사용할 수 있습니다. 어떤 요괴든 굴복시킬 수 있는 힘이란 것은, 어찌 보면 같은 사람에게 더 유혹적일 수 있는 까닭입니다."

"두말할 것 없군. 당장 찾아와야겠어."

단운룡이 단정적으로 말했다.

천리안은 회의적이었다.

"어디 있는지 모른다 했지 않습니까. 이래 봬도 천리안입니다. 제아무리 주시자들의 보호력이 약해졌다고 한들, 제가 이만큼이나 힘을 소모해야 했다면, 어떤 요괴나 귀신들도 찾아내기 힘들다는 말이 됩니다. 술사들은 물론, 저 순풍이도 불가능할 겁니다."

"본 것만 말해주면 돼. 순풍이는 필요치 않아."

단운룡은 미심쩍어하는 천리안의 눈빛을 아무렇지 않게 넘길 수 있었다. 그에겐 믿는 사람이 있었기 때문이다.

추군마 진달을 뜻함이었다. 그에겐 아주 작은 단서만 있어도 충분하다. 사람 찾는 일에 있어서는 귀신보다, 천리안 순풍이보다 뛰어난 남자였다.

"그만한 자신감이라면, 그럴 만한 이유도 있겠지요. 한 가지만 묻겠습니다. 어린 필멸자를 찾아서 어쩔 생각입니까?"

"주시자들의 수고를 덜어줘야지."

"수고를 덜어준다는 말은……."

"힘을 줄 거다. 스스로 제 한 몸 지킬 수 있는."

단운룡이 말했다.

문주로서 한 말이다.

그것은 다른 뜻이 아니었다.

사일적천궁의 필멸자를, 새로운 문도로 받겠다는 말이었던
것이다.

天蠱飛龍袍

## 제51장 도래(到來)

난세가 도래했다.

천하가 어지러워진 것은 실로 오래된 일이었으나, 진짜 난세가 왔구나 느끼기 시작한 시점은 강호인들마다 제각각이었을 것이다.

누군가는 철기맹 발호 때를 난세의 시발점이라 보았고, 누군가는 청운옥 괴멸로 마무리된 성혈교의 발호를 진정한 난세의 시작이라 말했다.

그 정도 사건들은 그 전에도 얼마든지 있었다고 말하는 사람도 있었다. 그럴 것이라면 차라리 장강 수로채들을 초토화시키고 수로맹의 영역을 제 것으로 집어삼킨 비검맹의 발호를 난세의 시초라 말해야 한다는 주장도 일리가 없지는 않을 것이다.

정답은 없었다. 분분한 의견만 있을 뿐.

다만, 난세가 무르익었다는 것을 만천하에 알린 사건에 대해서만큼은 그처럼 의견이 분분하지 않았다. 뭇 강호인들이 뜻을 같이했다는 말이다.

그것은 다름 아닌 소림 급습의 날이다.

하얀 눈이 뿌리던 겨울 날, 네 명의 절대 고수가 소림을 습격한다.

신마맹 제천대성.

성혈교 성혈교주.

비검맹 비검맹주.

숭무련 숭무련주.

신마맹을 제외하곤 팔황의 문주들이 직접 나서서 소림 정문을 돌파한 희대의 습격전은, 주지승방의 현판이 부서지고 천주전 앞 대불상이 무너지기에 이른 후, 네 고수의 유유자적한 퇴각으로 마무리된다.

유구한 구파일방 역사에 있어, 더할 나위 없는 치욕의 날이라 일컬어지는 이 사건은, 비밀에 가려져 있던 팔황이란 이름이 온 천하에 드러나는 계기가 되는 동시에, 온 무림을 아우르는 대격전의 서막을 알린 초고성(初鼓聲)이라 할 수 있을 것이다.

…중략.

한백무림서 한백의 일기

**마**차가 척박한 대지를 달린다.

호화로운 대형 마차의 외벽엔 금색의 화려한 장식이 붙어 있다.

금장식이 나타낸 형상은 한 마리 꿈틀거리는 천룡(天龍)이었다. 검은 털 준마 여섯 마리가 역동적인 힘을 발하며 더운 바람을 밀어냈다. 왼편으로는 어둑한 밀림이, 오른편 저 멀리로는 거대한 늪지가 펼쳐져 있었다.

마차 앞으로 나귀 한 마리가 끄는 수레 하나가 나타났다. 수레엔 짐이 한 가득 실려 있었다. 밧줄로 동여매어진 짐 꾸러미 위로 신평현 인장이 보였다. 수레엔 어딘지 익살스럽게 보이는 참나무 쥐 형상이 그려져 있었다.

유유자적 나귀와 함께 걸어가는 노인네의 얼굴은 볕에 그을린 갈색이었다. 노인네가 짚으로 엮은 초립 차양을 슬쩍 들어 올리며 뒤를 돌아보았다. 빠르게 달려오던 마차가 조심스레 속도를 줄였다.

"오원 가는 길이 맞습니까?"

마부가 물어왔다. 마부는 곱디고운 비단 옷을 입고 있었다.

수레 옆 포랑족 노인네는 아무 말 없이 미소만 지었다.

"오원은 어느 쪽으로 갑니까?"

마부가 다시 한번 물었다.

포랑족 노인이 손을 들어 길 저편을 가리켰다. 이미 가고 있는 방향이었다. 마부가 감사하다며 고개를 숙였다. 먼지를 뒤집어쓰고 있음에도 몸가짐이 정갈했다.

마차가 다시 속도를 냈다.

멀어지는 마차를 보며 포랑족 노인이 주섬주섬 수레를 뒤졌다.

노인네가 수레 안쪽에서 커다란 상자 하나를 들어올렸다. 옆으로 나 있는 뚜껑을 열자 녹색 깃털을 지닌 흑녹구(黑錄鳩) 한 마리가 푸득거리며 튀어나와 짐 꾸러미에 올라탔다.

노인네가 붉은색 끈 하나를 흑녹구 다리에 묶었다. 노인네가 가볍게 손뼉을 쳤다. 흑녹구가 하늘 위로 날아올라 운남의 더운 바람 위로 날개를 얹었다.

두두두두두.

다시금 달리기 시작한 마차 안에서, 창밖을 보고 있던 푸른 눈이 번뜩이는 빛을 발했다. 정돈되지 않은 금발에, 턱수염이 거칠었다. 그의 시선은 구름 위로 넘어가는 새를 쫓고 있었다.

"곧바로 전서를 보내는군. 외인에 대한 경계가 철저해."

백금산이었다.

그저 앉아 있을 뿐인데도 널찍한 마차가 꽉 차 보인다.

"뭐 어떻습니까? 싸우러 가는 것도 아닌데요? 아닌가요? 맞지요?"

"그래요. 별일 없을 거예요. 뭐가 걱정이래요?"

백금산의 맞은편엔 두 사람이 앉아 있었다.

남자와 여자다.

외견만으로는 두 명 다 이십 대 중반이 족히 되어 보이는데, 분위기는 묘하게도 십대의 소년 소녀 같았다. 말투도 그렇고 눈빛도 그렇다. 목소리는 들떠 있고 표정은 이유 없이 밝았다. 진지함과 심각함이라고는 어디에서도 찾아볼 수 없었다.

"방심하지 말라. 언제 적이 될지 모르는 세력이다."

"왜 적이 되죠? 협제 패거리 아닙니까? 신마맹이랑 싸우고 있는 거 아니었나요?"

"그래요, 그래요. 게다가 우린 비단도 가지고 가잖아요. 저거 그쪽 가져다주는 거 맞죠?"

"그러게. 게다가 거기엔 회주 사매도 있다잖아."

"맞아, 맞아. 저 비단도 회주 사매한테 보내는 거라고 들었거든. 그나저나, 회주 사매는 어떤 사람이래?"

"나라고 어찌 아나? 네가 더 잘 아는 거 아녔어?"

"아니, 선성천녀라며 미모도 출중하다는데, 남자인 네가 더 혹했겠지."

"아, 그래? 미녀래? 그랬어?"

"그래, 미녀란다. 아이구, 눈빛 봐라."

강설영이 미녀란 말에, 남자가 머리카락을 매만지기 시작했다. 얼굴을 비춰 볼 동경까지 찾을 기세다. 둘이서 무한정 말을 뱉어내는데, 이미 백금산은 안중에도 없다. 해사한 얼굴에 제법 잘생긴 남자가 옷매무새까지 고치더니, 여자를 돌아보며 물었다.

"어때? 끝도 없이 마차 탄 것치고는 괜찮지?"

"나가 죽어라. 바보야."

여자가 오만상을 찌푸리며 말했다. 거친 말까지 내뱉었지만, 사납다기보다는 귀여운 인상이다. 경국지색은 아니더라도, 환한 얼굴을 타고났다. 말이 많고 표정이 과하게 풍부하여 사람에 따라 호불호가 갈릴 가능성이 있었지만 잡티 하나 없는 깨끗한 피부 하며, 나이에 어울리지 않는 순수함은 누구에게나 매력적일 수 있을 것 같았다.

"근데, 혹시 협제도 거기 있나?"

"협제가 니 친구야? 아까부터 무슨 배짱으로 협제래?"

"아, 그럼 뭐라 불러? 협제가 협제지. 백 대공, 백 대공, 혹시 협제도 거기 있답니까?"

"없을 거다."

백금산은 숫제 눈을 감고 있으면서도 대답만큼은 순순히 해 주었다. 남자가 여자 쪽으로 고개를 돌리며 호들갑을 떨었다.

"없대, 없대. 협제가 없대."

"나도 귀 있거든?"

"아아아. 아쉬운걸? 협제 몸이 그렇게 신기하다던데! 그 왜, 사천당문 탐신각 작품이라잖아. 뇌공산 어르신이 침을 막 튀겨가면서! 그런 건 세상에 처음 봤다고."

"이 바보얏. 협제 몸이 어떻든, 너 같은 바보한테 맥이라도 짚어 주겠냐? 꿈도 꾸지 말아랏!"

"꿈이야 누가 못 꿔? 듣기로는 외도(外道)의 총화이자, 완성이라 그랬단 말이야."

"이 바보! 그런 말도 안 되는 소리 말고, 너는 잠신에나 신경 써. 만약에 안 되면 진짜 다시없는 허탕이잖아!"

"허탕이면 어때? 상주 사매가 그렇게 미녀라며? 천리 길 달려와 미녀 얼굴 보았으면 그걸로 된 거지!"

"나가 죽어랏."

여자가 화를 내며 남자의 머리를 쥐어박았다.

"아얏! 왜 때려? 이 여자가!"

"맞을 짓을 하니까 맞지!"

"아, 글쎄, 결국은 이게 다 그 미녀님한테 달린 거잖아! 잘 되면 그보다 좋은 일이 어딨어! 대(對) 위타천뿐 아니라, 요술전(妖術戰)이며, 쓰임새가 얼마나 많은데!"

"으이구, 그러게 애초에 잘 좀 알아보지! 영물에 대해선 모르는 게 없다면서, 연혼은커녕 각인도 못 한 주제에!"

"이미 주인이 있으니까 그렇지! 왕모께서 개입한 거 같은데 내 힘으로 어쩌라구!"

"백마잠신만 가져다 달라고, 그럼 전부 다 해결하겠다고 그렇게나 잘난 척을 했던 게 누구였더라?"

"니 일이나 잘해! 태극경은 다 고친 거야?"

"진즉에 끝냈다! 이 바보! 잠신은 그렇다 쳐! 공공도는 니 거잖아! 제대로 마무리해!"

"야, 공공도가 태극경이랑 같은 줄 알아? 하루 이틀에 되는 게 아니거든! 요즘 공공신 끌어다 쓰는 놈들이 얼마나 많은데!"

"내가 못 살아. 흡정잠요는 어때? 그것까지 못 다루는 건 아니지?"

"아, 뭐, 잠신보다야……. 근데 너, 너 말야. 너야 쇠만 만지면 되지만, 내 건 다 살아 있다고! 그거 하나하나 달래는 게 얼마나 힘든지 알어?"

"지 할 일도 다 못 하면서 미녀는 무슨! 너 같은 남자를 미녀들이 잘도 거들떠나 보겠다!"

여자가 확 쏘아붙이고는 창밖으로 고개를 돌렸다. 남자도 미간을 있는 대로 찌푸리며 반대편 창문을 바라보았다.

백금산이 슬쩍 눈을 뜨고, 두 사람을 바라보았다.

이러면 한참은 조용하게 갈 수 있다.

백금산이 만족스런 웃음을 지으며 다시금 눈을 감았다.

창을 타고 흘러드는 바람이 습했다. 만달과 홍박, 상회에선 학자(學者)라 부르는 이 두 사람과의 여정은 언제나 극도의 피곤함을 담보로 했다. 그것도 당분간 끝이다. 반나절도 남지 않았다. 목적지가 가까워 온 것이다. 느낌으로 알 수 있었다.

*           *           *

파앙!

강설영의 주먹이 바람을 갈랐다. 이리저리 투로를 밟고, 천룡파황권 권법 초식을 되짚었다. 터엉! 진각을 밟고, 몸을 세웠다. 그녀의 입에서 땅이 꺼지는 한숨이 새어 나왔다.

"후우우우."

어떻게 해도 제대로 되질 않았다.

사부가 그에게 준 내공이 있었지만, 내공은 천룡의 구결에 제대로 반응하지 않았다. 초식이 자꾸만 엇나가고, 바로 나가던 투로는 무너지기 일쑤였다. 진기를 제대로 운용할 때면 권법일초와 함께 강하게 일어나던 흡인력도 이제는 도저히 구현할 수가 없었다.

다른 사람 앞에서 보여주기가 창피할 지경에 이르렀다.

먼저 눈치를 챘는지, 양무의는 강설영에게 개인 연공실까지 마련해 주었다. 무슨 의도인지 의문부터 들었을 만큼 대접이 극진했다. 그래서 더 부끄러웠다. 바닥까지 다 내보여진 느낌이 들었다.

'어떻게 해야 하나……!'

또 한 번 한숨을 내쉬고 고개를 숙였다.

연공실이라고 해도, 건물 안에 기물을 넣지 않은 널찍한 방 하나일 뿐이었다. 깊은 동굴이나 견고한 지하실 같은 건 필요치 않았다. 어차피 그녀에겐 집기들을 부수고 벽을 무너뜨릴 만한 힘이 없었기 때문이다.

텅!

진각을 한 번 더 밟고, 땅을 내려다보았다. 백석재 바닥엔 발자국조차 남지 않았다. 예전 같으면 이 정도 석판 따위는 가벼운 진각만으로 산산조각 낼 수 있었다. 이런 방 하나로는 그녀의 무공 수련을 감당하지 못했을 터였다.

"고민이 많겠구나."

익숙한 목소리에 그녀가 휙 고개를 돌렸다.

"아빠! 쉬셔야지 뭐 하러 여기까지 왔어요! 금방 갈 건데!"

그녀가 달려가 강건청 앞에 섰다.

"곽 노대가 말렸어야죠."

그녀가 뒤에 선 곽경무를 나무랐다. 곽경무가 쓴웃음을 지으며 대답했다.

"이 늙은이도 소일거리가 없어서 말입니다."

강건청은 홀로 거동이 불편한 지경에 이르러 있었다. 양무의는 자신이 쓰는 철운거와 비슷한 기구까지 마련해 주었다. 철 바퀴가 달린 의자였다. 강건청이 바깥바람을 쐬고 싶다 말하면, 곽경무가 철 바퀴 의자를 끌고서 활기찬 오원 거리를 한 바퀴 돌곤 했다. 오늘은 모처럼 딸아이의 무공 수련을 구경하고 싶었던 모양이었다. 그녀가 극구 오지 말라 고집을 부렸던 연공실까지 기어코 찾아온 것이다.

"봤으니까 알잖아요. 보여줄 게 못 되어요."

투정부터 부리고픈 마음이었다. 더 쏘아 붙이고, 제발 돌아가라 말하고 싶었다. 하지만 그녀는 그럴 수 없었다. 무공 수련이 여의치 않아 속상해하는 만큼, 강건청도 마음이 상할 것을 알고 있는 까닭이었다.

"내공이 문제인 것 같은데. 그렇지 않은가? 곽 노대?"

"네. 그래 보이는군요. 공력 구결과 무공 투로가 근본부터 어울리지 않는 것 같습니다."

강건청의 말에 곽경무가 고개를 끄덕이며 대답했다.

곽경무 본인도, 몸 상태가 과히 좋지 않았다. 그는 예전 실력을 회복하지 못했다. 회복할 의지까지 꺾인 듯했다. 강건청이 쇠약해지는 만큼, 곽경무도 함께 늙어가는 것 같았다.

강설영은 그게 슬펐다.

강건청은 죽어가고 있었고, 곽경무도 그랬다. 강설영은 천룡의 무공을 잃었고, 되찾을 길은 요원했다. 금상 재기는커녕, 사랑하는 사람 모두를 잃게 생겼다. 또다시 나오는 한숨을 어렵게 집어 삼켰다. 그녀의 한숨이 아빠의 상처에 스며들면, 얼마 남지 않은 시간까지 단축될 것이다. 현실을 받아들이려 하면서도 감당이 잘 되지 않았다.

"어떻게든 섞어 보려는데 잘 안 되네요. 언젠가는 되겠죠. 우리 나가요. 여기 많이 답답해요."

"왜, 이왕 왔는데 한 번 더 보자꾸나."

"아니에요, 아빠. 괜히 봤다간 아빠 속만 더 상해. 저 벽 하나 때려 부술 만큼 되면, 그때 보여줄게."

그녀가 곽경무 옆을 비집고 들어가 철 바퀴 의자의 손잡이를 잡았다.

"노대도 이런 건 나 없으면 하지 마요. 그냥 금륜대원 시키든지. 언제까지 할 거야."

"그러지 말아라. 내가 부탁했단다. 곽 노대가 밀어줘야 안심이 돼."

"딸이 밀어주는 건 싫고?"

"곽 노대가 훨씬 잘하지."

"것 보십시오, 아가씨."

"치이."

강설영이 짐짓 삐진 표정을 지었다. 곽경무가 웃으며 그녀의 뒤를 따랐다. 그녀가 의자를 밀고 연공실 밖으로 나갔다. 조심스레 건물 문턱을 넘고, 잘 닦인 오솔길을 지났다. 바로 앞에 일원요새 건물이 보였다.

큰길로 나서자, 사람들이 밝은 표정으로 인사를 하며 지나갔다. 새하얀 납서족 아이와 시꺼먼 아창족 아이들이 '당과 하나만 사주세요!' 장난을 치며 그들 곁을 맴돌았다. 막 동전이라도 꺼내들려 했더니 '이 녀석들!' 혼내는 경포족 어른의 호통에 까르르 웃으며 도망을 쳤다.

정겨운 광경이었다. 하지만 그녀는 즐겁지 않았다. 쉽게 웃지도 못했다.

"합!", "합!", "이얍!" 하며 기합 소리가 들려왔다. 오른편 연무장이었다.

창술이며 도검술을 연마하는 청년들의 모습이 눈부셨다. 중원의 한족이 대부분인 의협문 문도들과 오원의 여러 부족 전사들이 한데 어우러져 뜨거운 땀방울을 쏟아내고 있었다. 멋진 광경이었다.

모든 곳에 활기가 넘치고 있었다. 이들에겐 두려움이 없었다. 어떤 역경이라도 함께 뭉쳐 능히 헤쳐 나갈 수 있을 것 같았다.

그렇기에 그녀는 혹독한 외로움을 느껴야 했다.

그녀는 이방인이었다.

모두가 잘해주고 있지만, 그녀는 의협문 문도도, 오원 토박이도 아니었다.

그녀는 손님이었다. 단운룡의 지인이란 이유만으로 당치 않은 대접을 받고 있는, 자격 미달의 귀빈일 뿐이라는 생각마저 들었다.

"더 힘 있게! 그렇지!"

웅혼한 내력이 담긴 목소리가 들려왔다. 창술 무인들 사이를 누비며 수련을 독려하는 이는 몇 번을 봐도 전설 속 장비 본인 같기만 한 장익이었다. 조금 더 저쪽으로는 역시나 삼국 전설 관우가 환생했음이 분명한 관승이 뒷짐을 지고 서 있었다. 멀리로는 허저재림이라던 왕호저가 보였고, 그 뒤편으론 이곳의 실질적인 총책으로 여겨지는 우목이 있었다.

"군주님!"

포랑족 전사 하나가 우목에게 달려가는 것을 보았다. 그녀는 이제 차림새만 봐도 어느 부족 사람인지 대번에 알 수 있었다. 포랑족 전사의 손에는 붉은색 끈이 들려 있었다. 포랑족 전사가 하늘을 가리키고 우목에게 뭐라 뭐라 말하자, 우목이 고개를 끄덕이며 포랑족 전사의 어깨를 두드려 주었다. 흑녹색 깃털의 새 한 마리가 요새 위 하늘을 맴돌다가 꼭대기 외벽에 뚫린 구멍으로 날아들었다. 우목이 몸을 돌리더니, 뒤를 향해 손짓했다. 아창족 전사들 여덟 명이 호철도를 차고 우목 앞에 도열했다.

뭔가 일이 생긴 모양이었다. 아창족 전사들은 우목의 지시를 따라 일사불란하게 움직였다. 그들이 큰길로 달려 나와 방향을 꺾었다. 오원 군문 쪽이었다. 그들의 움직임엔 자신감이 넘쳤다. 무슨 일이 있어도 당황하지 않을 것 같았다. 군문 쪽으로 향하는 것을 보니, 경계할 만한 자들이 오원에 접근하고 있는 모양이었다. 달려가는 뒷모습이 그렇게도 든든할 수가 없었다.

바로 그것이다.

이들은 모든 일에 대응할 수 있도록 준비를 철저히 하고 있었다.

그녀는 이곳까지 오며 절망적인 상상에만 사로잡혀 있었다. 피난길이라는 생각만 했다.

염라마신이란 신마맹의 수장에게 습격을 당하여, 중원 변방의 끝까지 피신해 왔다. 그게 의협문의 현실이다. 표면적으로는 분명 그랬다.

하지만 이들은 보면 전혀 그런 생각이 들지 않는다.

여기는 피난길과 거리가 멀었다.

죽음을 당한 자, 죽을 만큼 부상을 당했던 자, 죽었다가 살아난 자도 있다고 했다. 지금은 완전 부활이다. 죽은 자의 공백은 어디에서도 느껴지질 않았고, 부상을 입었던 자들은 완벽하게 회복했다. 죽었다 살아났다는 말은 농담으로밖에 들리지 않을 정도였다.

이들의 얼굴을 보고 있자면, 뚜렷한 목표를 향해 매진하는 이들만 가질 수 있는 의지를 느낄 수 있었다. 육 개월 안에 청천심검 전반부 투로를 익히자는 등, 일 년 후에 청룡굉화창 무인들과 통천벽력창 무인들이 수련 성과를 겨루자는 등, 단기적인 무공 수련 목표부터, 이 년 동안은 오원 재정을 탄탄히 하는 데 주력하고, 삼 년 안에 안전한 중원 재진출로를 확보하겠다는 등, 중장기적인 계획까지 각자가 자신의 위치에서 자신이 해야 할 일을 빈틈없이 수행하고 있는 것이다.

강설영은 그들이 부러웠다.

오원은 이미 하나의 문파이자 하나의 국가와 같았다. 신마맹과의 힘겨루기 이상의 무엇이 그들에게 있었다. 어쩌면 이들에게 있어 신마맹과의 싸움은 그다지 중요한 것이 아닌지도 몰랐다. 이 오원 땅의 사람들을 보고 있으면, 피치 못할 신마맹과의 일전조차도 과거의 구원에 의한 부수적인 사고에 불과하다는 생각이 들었다.

역동하는 삶으로 모든 것이 충분한 땅이었다. 이 땅엔 생기가 있고, 희망이 있었다. 싸움에서 지면 다시 일어설 것이요, 싸움에서 이기면 더 힘차게 살아갈 것이다.

그 사실이 가슴 벅차게 부럽고, 뼈에 사무치게 슬펐다. 그녀에겐 그런 희망이 없었기 때문이다. 그녀는 할 수 있는 것이 아무것도 없었다. 이곳엔 인재가 너무 많았다. 그녀는 그동안 이곳에 머무르며 마건위, 허유, 우목, 양무의를 모두 다 만나 보았다. 재지가 넘치는 자들이었다. 하나같이 상가의 여식인 그녀가 보기에도 혀를 내두를 만한 경영 수완들을 지니고 있었다. 온전치 못한 무공으로는 무력을 보태는 것이 불가능했거니와, 군사적 지략을 내세울 만한 능력도 없었다. 한마디로 그녀는, 이곳에 쓸모없는 존재임이 명백했다.

"아빠."

"응?"

"저희는 이곳에 왜 있는 걸까요."

"글쎄다."

"아무런 의미 없이 손님으로 호의호식한다는 게 너무나도 화가 나요."

"그렇게 보면 그렇겠지. 하지만 설영아, 인연이란 게 아무런 의미 없이 이루어지는 것은 아니란다. 우리가 받은 만큼, 우리가 준 것이 있을 것이요, 우리가 받은 것이 과하다 한다면 앞으로 줄 것 또한 얼마든지 있을 것이다. 그것이 당연한 세상의 이치겠지. 죽음이 가까워오니, 더더욱 그런 생각이 들어."

"그런 말 하지 말아요, 아빠."

"이 땅이 그토록 어려웠을 때, 금상은 분명 이곳에 남기고 간 것이 있었다. 그걸 아직까지 기억하고 있는 이들이 있더구나. 그걸 듣자 조금은 마음이 편해지더란다. 이 아비는 네 걱정이 무엇인지 너무나도 잘 알겠다. 그래서, 이 아비가 곰곰이 생각해 둔 게 있다. 이곳을 보고 있으면, 이곳 사람들이라면 우리 딸도 잘 지켜줄 수 있겠다 싶어. 그러니, 내가 없어질지언정, 너도 이곳을 떠나야겠다는 둥, 쓸데없는 생각은 하지 말거라."

"그게 무슨 소리예요. 자꾸만."

"이 아비만 믿으면 된다. 네 안전은 죽어서도 내가 지켜줄 터이니."

강건청이 고개를 들어, 그녀를 보았다.

강건청은 수척하기가 칠십 먹은 노인과도 같았다. 광대뼈가 다 드러난 지 오래다. 아버지의 쇠약함을 새삼 느낀 그녀가 곧 울 것만 같은 얼굴이 되었다.

무공 수련이 문제가 아니다. 연공실에는 발을 끊어야 할 때였다. 그 시간조차 아쉽다. 그녀는 강건청 곁에 있어야 한다. 이제야 분명히 깨닫는다. 함께할 시간이 얼마 남지 않았다는 것을.

"엉뚱한 소리 하지 말아요. 아빠 안 죽어."

거짓말을 하며 철 바퀴를 굴렸다.

기어코 눈물이 흘러내린다.

들키지 않으려 급히 손으로 눈물을 훔쳤다.

철 의자를 밀고 가는 그녀의 등이 어느 때보다도 작았다.


\*      \*      \*


"문주는 계시오?"

백금산이 물었다.

"없소."

우목이 답했다.

"그렇군."

백금산은 당당했다.

일행을 에워싼 오원 전사들의 기운은 충분히 삼엄했다.

전사들도 알고 있었다. 백금산은 맹수다. 금색 갈기 밑으로 먹이를 앞에 둔 사자의 미소가 떠올라 있었다. 오원 전사들이 뿜어내는 압력을 즐기고 있기라도 한 것 같았다.

"백금산이라 하오."

"우목이오."

통성명은 짧았다.

우목이 먼저 물었다.

"용건은?"

우목은 태연했다. 백금산이 어떤 맹수이든, 우목은 두렵지 않았다. 백금산은 우목보다 훨씬 강했다. 일신의 무공으로는 누를 수 없는 자였지만 그래도 상관없었다. 우목은 안 겪어본 싸움이 없는 이였다. 백금산의 무력은 실로 놀라웠지만, 그것뿐이다. 백금산의 입가에 깃든 미소가 더 짙어졌다.

"더 높은 자를 불러오라고 하려 했더니만."

"나로도 충분할 거요."

우목이 아무렇지 않은 얼굴로 대꾸했다. 우목은 기분 나쁜 기색조차 드러나지 않았다.

"그래 보이는군."

백금산은 순순히 인정했다.

회주가 말했었다.

적벽 의협문은 말하자면 분타에 불과할 것이라고.

진짜는 운남에 있을 것이 틀림없다 하였다.

회주의 말대로다. 아니, 회주의 말 이상이었다.

이곳은 위험한 곳이다.

여기서 이들을 적으로 돌리면 안 된다.

만달과 홍박이 지닌 모든 술법 무구를 발동하고 백금산 본인이 진신 실력을 모조리 꺼낸다 한들, 살아 돌아가는 것을 장담할 수 없다. 이 조그만 요새조차 빠져나가는 것이 불가능할 것 같았다.

"금상주께서 이곳에 계신 것으로 알고 있소. 드릴 말씀이 있어서 왔소이다."

백금산이 말했다.

우목이 즉각 옆에 있는 전사에게 손짓하여 명했다.

"모셔 와."

예상하고 있었다는 투다.

전사가 즉각 밖으로 나갔다. 지체 없이 명을 받드는 모습이, 군인의 그것과도 같았다.

우목은 말없이 백금산을 바라보았다.

침묵이 이어졌다.

백금산이 먼저, 입을 열었다.

"과한 것 아니오?"

"무엇을 말함이오?"

"문파라기보다는 소국(小國) 같은데, 황실이 가만있겠냐는 말이오."

"과묵한 사람인 줄 알았더니. 대뜸 위험한 이야기를 하시는군."

"느낀 대로 말할 뿐이오."

"걱정되면 도와주시는 건 어떻소?"

"……?"

"회주께 좀 말해보시오. 남쪽 호(湖) 일족의 동향이 심상치 않소. 우린 금의위와 동창의 힘을 잘 알고 있소. 호 일족이 준동한다 한들, 황실은 수수방관할 것이 뻔하고, 오원에 황군의 창끝이 겨눠진다면 호 일족이 정리된 후일 게요. 전쟁이라 함은 크고 작고를 떠나 상가(商家)에겐 좋은 돈벌이 기회라 알고 있소. 이번에 한 몫 챙기시고, 황실과의 협상에 힘을 보태주시는 것은 어떻소? 회주께 여쭙기를 권하오."

우목의 눈빛은 담담했다.

이 제안이 이전부터 계획했던 것인지, 아니면 지금 이 순간 즉흥적으로 나온 것인지조차 읽을 수가 없었다.

백금산은 그것이 놀라웠다.

그의 직감은 지금 갑자기 튀어나온 책략이 분명하다 말하고 있었지만, 입증할 방법은 어디에도 없었다. 지금껏 소위 수완가라 하는 상인들을 수없이 만나왔던 그였지만, 이런 경우는 흔치 않았다. 이 젊은 놈은 상인도 아니면서 중원 땅의 어떤 거상들보다 더 깊은 심계를 지닌 것처럼 보였다.

"그것은, 당신네 문주의 뜻으로 보아도 되오?"

"물론이오."

우목이 답했다.

백금산의 녹색 눈이 번쩍 빛났다.

물론 우목은 이 일에 대해 단운룡과 의논한 바가 없다. 이렇게 천룡상회 측에서 찾아올 것을 몰랐으니, 계획한 바가 없는 것이 당연했던 것이다.

백금산은 그런 우목을 보며, 이 의협문에 대한 평가를 한참이나 상향 조정 하기로 마음먹었다. 이 제안을 미리부터 계획하고 있었던 것이라면, 그만큼 멀리 내다본다는 뜻일 것이오, 계획된 바가 아니었다 한다면, 그만큼 책략가들의 제안이 중히 다뤄진다는 것을 뜻하기 때문이다. 이 정도 책략을 문주도 아닌 자가 마음껏 발하면서 문주의 뜻을 저리도 당당하게 대신할 수 있다는 것은 실로 보통 일이 아니었다. 적으로 두면 안 될 놈들이다. 백금산은 오원과 싸우기 싫다는 생각을 먼저 했다.

"내 회주께 전해 보리다."

백금산은 그리 말하고, 몸에 둘러친 기운을 조금 누그러뜨렸다. 적의를 품지 않겠다는 뜻을 분명히 한 셈이다. 그러나 우목의 기도엔 변화가 없었다. 처음부터 끝까지 여일하다. 이런 놈들이 몇 명만 더 있었어도 천룡상회의 일이 지금 같지는 않을 거란 생각을 했다. 상회엔 괴상한 이들이 너무 많다. 멀쩡한 놈들이 아쉬웠다.

차 한 잔 없이 일다경이 흘렀다.

문이 열리고, 강건청이 들어왔다. 강건청은 철 의자 대신 지팡이를 짚고 있었다. 상주 된 신분으로 최소한의 건재함은 보여주고 싶었던 모양이었다.

병색이 완연한 얼굴이나, 안색은 평온했다.

강건청이 자리에 앉았다.

백금산이 포권을 취했다. 예가 확실했다. 우목을 대할 때보다 훨씬 더 격식을 차렸다.

"천룡상회에서 왔습니다."

"알고 있소."

백금산은 지체 없이 본론부터 꺼냈다. 그가 두루마리 하나를 꺼내며 말했다.

"그동안의 지출과 수입 내역이외다."

백금산이 두루마리를 건넸다.

강건청은 두루마리를 받고도 곧바로 펴지 않았다. 탁자 위에 차분히 내려놓고 백금산을 바라보았다. 백금산의 녹색 눈이 기광을 띄었다. 우목이 보기 드문 책략가라면, 강건청은 다시없는 거상(巨商)이었다. 백금산이 진술한 목소리로 말을 이었다.

"주업에 대한 복구는 거의 끝났소이다. 거래를 꺼리던 소상들의 상행도 궤도에 올랐고, 원자재의 수급도 원활해졌습니다. 다만, 침선과 염금이 예전과 같지 않아 금상 본연의 품질이 전혀 나오질 않고 있습니다."

백금산이 손짓하자, 마부로 함께 왔던 천룡상회 문도가 한 필의 비단을 받들어왔다.

"보시는 것과 같습니다."

강건청이 야윈 손으로 비단 겉면을 한 번 훑었다. 그가 백금산을 물끄러미 바라보며 말했다.

"충분히 상품이오. 말씀하시는 것보다 훨씬 좋소만."

"상품이긴 하나, 금상의 비단은 이와 비할 데 없이 훌륭한 것으로 알고 있습니다."

강건청이 고개를 숙이고는 생각에 잠겼다.

잠시 후 그가 고개를 들고 우목에게 고개를 돌리며 말했다.

"지필묵을 좀 부탁하이."

우목이 지시하기도 전에 전사 하나가 곧바로 밖으로 달려 나갔다. 백금산의 녹색 눈동자가 또 한 번 빛났다. 완만한 철도를 장비한 채 살기를 감추지도 않는 무인이 그와 같은 허드렛일을 발 벗고 나섰다. 그것도 우두머리가 아닌 강건청의 말에.

아무리 봐도 평범한 문파가 아니다. 군대도 이 정도는 아니다. 반응도와 충성도가 종교를 믿는 신도들에 가까워 보였다.

"백원현의 갈문이라고 들어보았소?"

백금산이 고개를 저었다. 처음 들어보는 이름이었다.

"단강의 생연자는?"

"못 들어보았소이다."

"두 사람을 찾으시오."

한두 마디 나누는 사이에 전사 하나가 납서족 서생을 데리고 들어왔다. 납서족 서생이 밝은 웃음을 지으며 강건청의 앞에 필묵을 대령했다.

"고맙네."

납서족 서생은 무슨 일이라도 시켜달라는 얼굴로 강건청의 옆에 선 채, 빠른 손놀림으로 먹을 갈았다. 강건청이 잔잔한 미소로 한 번 더 고마움을 표하고는 옷깃을 걷으며 붓을 잡았다.

"갈문은 내 밑에서 수학한 이로 발염과 침염에 특히 능하오. 무공을 익히지 않아 작년 이맘때 고향으로 돌려보냈소. 이쪽 업으로는 명성이 자자했으나, 이름조차 들어보지 못했다고 한다면, 아무래도 일감을 맡지 않은 채 조용히 숨어 지내고 있는 모양이오. 겁이 많고 조심성이 남다르긴 해도 내 필치를 잘 알고 있는 만큼, 이 서신 한 장이면 주저 없이 나서 줄 것이오."

거기까지 말한 후, 강건청은 쿨럭, 하고 기침을 한 번 했다.

연이어 나오려는 것을 삼키는 기색이 역력했다. 그가 숨을 한 번 고르고는 일필휘지로 서신을 써 내려갔다. 품에서 금상 인장을 꺼내 직인을 찍어 마무리한 후, 죽간에 대어 백금산에게 건넸다.

"갈문은 말한 바와 같고, 단강의 생연자는 날염에 일가견이 있으며, 침선이 몹시 뛰어나오. 바늘을 고인이 된 부인에게 배웠으니 장강 이남에선 그녀 이상의 달인을 찾기가 힘들 것이오. 무공도 제법인 여걸이고, 성정이 까다로운 편이라 내가 쓴 편지까지도 의심할 수 있소. 다소간의 허영심이 있는 편이라 보석이나 장신구에 쉬이 혹하는 편이라오. 지난바 재주에 대한 자부심이 대단하여 일견 건방지고 못된 아이라 오해할 수 있지만, 내면에는 지극히 순진하고 어리숙한 구석이 있소. 솜씨만큼은 누구보다 뛰어나니, 잘 설득해 보시오."

강건청이 또 한 번 서신을 써 내려갔다. 한두 마디로 끌어들이긴 어려운 그녀인지라, 이런 저런 어구를 보태다 보니 갈문에게 보낸 것보다 두 배는 족히 되는 장문의 편지가 되어버렸다.

"이 정도면 되겠지. 그리고……."

이어 강건청은 두 장의 종이를 더 꺼내들고는, 천룡상회에 협조해 달라는 짤막한 몇 마디를 쓰고, 금상 직인을 찍었다.

"광주 홍전 거리에서 이육과 노류지란 친구들을 찾으시오. 둘 다 뛰어난 침선장들이며 솜씨 좋은 염색사와 침선사들을 많이 알고 있소. 둘에겐 이 직인만 보여주어도 충분하오."

백금산이 고개를 끄덕이며 서신들을 받아들었다.

"말하지 않아도 잘 알고 있겠지만, 천룡상회의 이름으로 한 가지는 분명히 해줘야겠소. 내 지금 말한 이들의 안전을 확실히 보장해 주시오."

"그것은 걱정하지 않아도 될 것이외다."

"더불어, 한 가지 부탁이 있소."

"말씀하십시오."

"금상 주업이 어느 정도 이루어지고 있다 하면, 광동 염궁(染宮)의 형궁주와도 거래가 되고 있을 게요. 혹시 들어본 적 있소?"

"염궁의 형엽이라면, 회주와 직접 만나 두 차례에 걸쳐 조건을 조율한 것으로 알고 있소이다."

"형궁주가 본디 사소한 일에도 민감한 사람이긴 하나, 취급하는 물건만큼은 하나같이 최상이오. 형궁주를 통하여 백상(白桑)과 은상(銀桑)의 종자(種子)를 좀 보내 주시오."

"상(桑)이라 함은……?"

"여기서도 직접 짜 보리다. 토양과 기후를 보니, 산상과 노상은 어려울 듯하고, 은상 정도면 잘 자라지 싶소. 갈문과 생연자만으로도 품질은 충분하나, 금상주가 직접 짠 비단이 나간다면 금상 운영도 한결 수월해지지 않을까 하오."

백금산은 꽤나 놀란 듯했다.

선뜻 대답을 하지 못한 채, 잠시 동안 강건청을 물끄러미 바라보기만 했다.

녹색 눈동자가 가볍게 흔들렸다. 백금산이 이윽고, 천천히 입술을 뗐다.

"실은, 상주께 먼저 부탁드리려 했던 것이 바로 그것이외다. 비단을 짜 달라 말씀드리려 했단 말입니다."

"그거 잘됐군. 이왕이면 홍전 거리에서 염색사와 침선장 몇 명만 보내 주면 더 고마울 듯하오."

"헌데, 그것이, 보통 비단을 말함이 아니라……."

"……?"

"천잠보의의 제작을 맡아달라는 것이어서 말이외다."

이번엔 강건청의 말이 없어질 차례였다.

백금산이 강건청의 눈을 보고, 강건청이 백금산의 얼굴을 보았다.

강건청이 손을 들어, 여윈 턱 선을 매만졌다.

상상 이상의 일들을 지나치게 겪어온 지금, 이제는 이런 부탁이 황당하다 느껴지지조차 않는다. 한참 동안의 침묵이 이어졌다. 결국, 강건청이 가라앉은 목소리로 입을 열었다.

"그 이야기는, 잠신을 넘겨준 것과 함께 끝난 것으로 알고 있네만."

"저희 역시도, 그럴 줄 알았습니다."

"문제라도 생긴 것이오?"

"문제가 있었지요. 결국 해결할 사람은 한 사람밖에 없다는 결론이 났습니다."

강건청이 쿨럭, 하고 기침을 한 번 내뱉었다.

입을 가린 손아귀에 피가 튀었다. 주먹을 쥐어 감추고는, 깊이 침잠된 눈으로 백금산을 바라보았다.

"딸아이도 얻은 게 없었소만."

"혼자였기 때문이외다."

강건청의 눈동자가 가볍게 흔들렸다. 백금산의 한마디에 담긴 자신감을 읽은 것이다.

"자네만 온 것이 아니로군."

"정확히 보셨습니다. 지금 아마도 소상주를 만나고 있을 겁니다."

강건청이 짧은 한숨을 내쉬었다.

표정에선 허탈감이 묻어나왔다.

"기어코 이렇게 되는군. 천잠보의, 천잠보의라……."

목소리에 담긴 감정은 체념에 가깝다.

이 정도면 받아들여야 한다.

그는 전설이나 환상에 흔들리지 않는 심지를 지녔지만, 이렇게까지 따라붙는 것은 운명이라고밖에 생각할 도리가 없었다.

'그래, 정 그렇다면, 내 당신 만나러 가기 전에 천잠보의란 물건을 이 두 눈으로 똑똑히 보고 가리다.'

강건청마저.

그렇게 다짐한다.

죽기 전에 끝을 보겠다.

마지막 순간까지 해야 할 일, 한 가지가 더 생긴 셈이었다.


"천룡상회에서 왔습니다. 만달이라 합니다."

단숨에 알아보고 달려왔다. 손까지 부여잡을 기세다. 꾸벅 포권을 하고 이름을 밝혔다.

강설영은 크게 당황하지 않았다. 그녀는 수없이 많은 사람들을 보았고, 누구보다 많은 것을 겪었다. 천룡상회란 말에 다소 놀라긴 했으나, 태연함은 잃지 않았다.

"네. 강씨 금상의 강설영이에요."

그녀가 이름을 밝혔다. 만달의 얼굴에 환한 웃음이 깃들었다.

"존성대명, 아니, 절세가인의 방명은 익히 들어왔습니다! 이렇게 뵈니, 정말 그 자태가, 숨이 넘어갈 듯합니다!"

손짓 발짓까지 동원하여 칭찬을 한다. 강설영은 조금 더 놀랐다.

천룡상회에 이런 인물이 있을 것이라고는 상상조차 못 했기 때문이었다.

인상은 좋다. 피부가 곱고 얼굴선이 유려하다. 미남 소리를 듣기에 충분한 얼굴이다.

표정이 대단히 풍부하고 눈빛과 행동에 꾸밈이 없다. 다소 산만하고 경박해 보일 정도다. 무공을 익히긴 했지만, 성취가 아주 높지는 않아 보였다. 눈빛엔 누구 못지않은 총명함이 담겨 있지만, 어떠한 악의도, 교활함도 깃들어 찾아볼 수 없었다. 눈에 보이는 그대로의 남자다. 풍진강호 도산검림을 버텨내기가 쉽지 않을 것 같은 사람이었다.

"칭찬이 과하시네요. 헌데, 천룡상회에선 어쩐 일로 오셨는지요."

강설영이 가벼운 미소로 응대하며 물었다.

만달이 그녀의 미소를 보고 입을 딱 벌렸다. 표정이 아주 극적이다. 도성에서 유행하는 남곡(南曲) 배우들의 과장된 연기를 보는 느낌마저 들었다.

"아, 그러니까, 그것이. 네, 네? 무엇을 물어보셨지요?"

"천룡상회에서 여기까지 오신 이유 말이에요."

강설영이 다시 한번 웃었다. 만달이 눈을 질끈 감더니 고개를 세차게 저으며 정신 차리자, 정신 차리자, 두 번 웅얼거리고는, 짐짓 진지한 표정을 지으며 말을 이었다.

"아, 천룡상회에서, 강씨 금상 소상주께 저희가 조금 외람된 부탁을 드려야 하는지라……"

"부탁이요?"

"그게, 말하자면, 그것이……"

만달은 머뭇거리기만 하며, 쉽사리 본론을 꺼내놓지 못했다. 그때였다.

타다닥, 하고 발소리가 들리더니, 탁! 하고 만달의 뒤통수를 쳐올리는 사람이 있었다.

"앗! 이 여자가! 또 왜 때리는 거야?"

"으이구! 상회 망신은 혼자 다 시켜요!"

"망신이라니! 이렇게 손찌검이나 하는 네가 더 망신이야!"

"좀 닥치세요. 제발. 그저 미녀라면 정신을 못 차리고서는."

가차 없이 핀잔을 주며 치고 들어왔다.

그녀가 강설영을 향해 생긋 웃으며 말했다.

"처음 뵙겠어요! 천룡상회에서 온 홍박이라 해요. 호호, 여자 이름인데 이상하죠? 안 그래도 이상하다는 소리 많이 들어요. 하지만 괜찮아요. 한두 번 들은 소리도 아닌데요."

"넌 이름보다 인간이 더 이상해."

"야!"

퍼억! 하고 주먹을 날린다. 만달은 피하지도 못하고 명치를 맞았다. 으악! 비명을 지르며 배를 움켜쥐고, 새우처럼 몸을 숙였다. 욱욱, 거리는 것이 토악질까지 할 기세였다.

"좀 놀라셨죠? 저희가 원래 좀 이래요. 그런데, 혹시 강씨 금상 소상주는 맞으신 거죠? 이 녀석이 워낙 분별이 없어서 미녀라면 정신을 못 차리거든요. 사람을 잘못 보고 또 아무한테나 말을 건 건 아닌지, 걱정이 되어서요."

"네, 강설영이라 합니다."

"아! 맞구나! 선성천녀의 명성은 익히 들어왔답니다. 정말 좋은 별호 같아요. 아, 공방학자 홍박이 뭐람, 누구는 선성천녀 강설영인데. 진짜 이름 붙인 놈을 찾아서 입을 그냥… 아차, 들리셨어요? 이게 악의는 없는 거라, 그냥 부러워서 그래요. 부러워서."

강설영은 또 한 번 놀랐다.

천룡상회에 이런 사람들이 있었다니.

그것도 두 명이나.

머릿속에 있는 천룡상회의 인상과 판이하게 다르다.

강설영은 천룡상회와는 별개로 천룡이란 두 글자를 평생토록 짊어져 왔던 이였다.

괴리감이 너무나도 심했다.

무공을 사사한 사부가 철위강인 그녀에게 있어, 만달과 홍박이란 두 사람은 도무지 천룡이란 두 글자와 한데 엮을 수 없을 것 같은 이들이었던 것이다.

"그래서 천룡상회에서 찾아오신 용건이……."

"용건이요? 음……. 그러니까, 아, 그게요, 이게 진짜 막상 말하려 그러니까 쉽지가 않네. 이 바보가 괜히 그러는 것이 아니었군요. 저희가 이렇게 소상주를 뵈러 온 이유가 말이지요. 말하자면 저희 측에서 좀 실수를 해서 그런데요. 그 실수가 소상주께 무례가 될 수도 있었던 것이고, 저희가 어떤 면에서는 상당히 죄송한 마음을 가지고 있는 부분인 것은 확실한 데다가요……. 음… 듣자 하니 이게 일처리 하는 방법에 있어서도 쌍방에 매끄럽지 않았던 게 분명히 있었던 것 같고……."

홍박이 더듬더듬, 길게 말을 이었다.

알아듣기 힘든 화법이었다.

독특한 여인이다.

인상은 그녀도 좋았다. 미녀 소리를 듣기에 부족함이 없는 얼굴이었다. 다만, 만달처럼 어딘지 이상한 구석이 있을 뿐이다.

두 사람의 관계가 궁금해졌다.

만달과 홍박이 본명이라면, 적어도 혈육은 아니라는 이야기다. 외모도 그렇다. 둘 다 미남미녀긴 하나, 전혀 닮지 않았다.

그런데, 말하는 것과 행동거지를 보면, 남매라 해도 믿겠다. 말이 많으면서 속내를 감추지 못한다. 지금도 그렇다. 홍박은 왜인지 강설영에게 대단히 미안해하고 있었다. 부탁할 것이 있기는 있는데 염치가 없어서 말 못 하겠다는 느낌이다. 열 길 물속은 알아도, 사람 속은 알지 못한다더니, 이들은 그 반대다. 표정만 봐도 무슨 이야기를 하고 싶은지 읽어낼 수 있을 사람들이었다.

"어떤 거라도 괜찮으니, 불편해하지 마시고 어서 말씀하세요. 저도 천룡상회로부터 도움을 받고 있는 입장인데요."

독려할 요량으로 말했다.

그러자 홍박의 얼굴이 더 울상이 되었다.

"아니, 그렇게 착하게 말하면 안 돼요. 솔직히 제가 보기엔, 우리 쪽이 잘못한 게 확실히 있죠. 명색이 하늘을 나는 천룡인데, 막상 그 대제란 분은 굼뜨기가 굼벵이보다 느리고, 아랫 사람들은 죽어 나간다는데, 그런 법이 어딨대요? 옥황이랑 위타천이랑 함께 뜨면 상주고 흑백이고 상대도 안 되는걸! 미연에 막는 것은 쉽지 않았겠지만, 그래도 조금만 더 힘을 투입하고, 조금만 더 서둘렀더라면 금상도 그 지경이 되지는 않았을 거란 말이에요. 아차, 제가 표현이 심했네요. 그 지경이라니. 아니, 그러니까 그렇게까지 엉망진창으로 박살을, 아니, 큰 희생을… 아, 그렇다고 그게 전적으로 우리 상주 잘못이란 건 아닌데, 우리 상주가 원래 머리를 많이 굴리고 심계가 비비 꼬여서 그렇지, 어찌 보면 엄청 흉악해 보일 수 있지만, 사실은 무지 착한 사람이라서, 근데 착하면 아예 착할 것이지, 사람이 말이야, 그러면 안 되는 건데, 그런데, 나 왜 또 이러고 있대요? 나 어떻게 해. 바보야, 나 또 이래, 나 또 미친 듯이 말실수 중이잖아. 알아서 좀 끊어줘야지!"

홍박이 만달을 주먹으로 한 번 더 때렸다.

만달이 어이쿠, 한 대 맞고는, 아무렇지 않다는 듯 가슴을 쫙 펴고 입을 열었다.

"소상주, 이 인간이 원래 좀 그렇습니다. 의도는 그런 게 아닌데, 한 번 맛이 가면 자기가 자기 입으로 무슨 말을 하는지도 잘 몰라요. 그러니, 너무 노여워 마시고, 부디 참아주시고……."

강설영은 그때서야 깨달았다.

이 두 사람을 이대로 두면 듣고 싶은 말은 듣지 못한다.

홍박이 두서없이 내뱉은 말은 흘려듣기에 가볍지 않은 이야기였지만, 그것까지 파고들면 끝이 없을 것이다. 뭐라도 잘못 건드리면, 영원히 제 하고 싶은 말만 할 것이 틀림없었다. 강설영이 힘주어 물었다.

"그러니까. 제가 무엇을 해드리면 되죠?"

홍박과 만달이 정신을 퍼뜩 차린 듯, 서로를 돌아보더니, 무엇이라도 결심한 듯 한숨을 크게 내쉬었다. 두 사람이 이내 강설영에게로 고개를 돌리고는 동시에 말했다.

"천잠보의."

"천잠보의요."

두 사람의 대답은 그러했다.

강설영은 어쩐 일인지, 놀라지 않았다.

두 사람의 사람됨엔 놀랐으나, 막상 천잠보의 네 글자를 듣는 심경은 담담하기만 했다.

이미 예상하고 있었던 것일까.

이렇게 되리라고 무의식중에 알고 있었던 것일까.

이상하게 아무렇지도 않다.

만달이 품속에서, 태양백마잠신의 옥갑을 꺼냈을 때도 그랬다.

옥갑의 뚜껑이 열리고, 만달과 홍박이 무슨 짓을 해도 미동도 하지 않던 암수 백마잠신이 날갯짓을 시작했을 때도 강설영은 표정조차 변하지 않았다.

차분한 눈으로 백마잠신을 바라보는 그 순간, 그녀는 머릿속에 새겨져 있는 하나의 목소리를 들었다.

"지금은 그곳에 없으나 많은 것이 너를 찾아오리라."

그것은 서왕모의 목소리였다. 여신의 예언이었다.

강설영이 만들고자 했던 것은 찾아다닌다 하여 구할 수 있는 것이 아니었다.

남을 줘버린다고 없어지는 것이 아니었다.

서왕모는 많은 것이 그녀를 찾아온다 하였고, 이제 만달과 홍박이란 사람들이 그녀를 찾아왔다.

어쩌면 서왕모가 말한 것은 천잠보의에 대한 것만이 아닐지도 몰랐다.

"천잠보의는 곤륜산을 헤맨다고 만들 수 있는 것이 아니란다. 보의를 만들 창조안이 빛나기 시작하는 곳이 선성이다. 네가 태어난 곳이자, 너와 똑같은 축복을 받은 풍요의 대지에서 너는 그 첫걸음을 내딛게 될 것이다."

서왕모는 그런 말도 했다.

첫걸음을 내딛는 곳은 선성이되, 마지막 발걸음이 닿을 곳은 말해주지 않았다.

첫걸음이란 말도 그렇다.

그것은 단순히 첫 실타래를 잣는 것을 뜻함이 아닐 수 있었다.

강씨 금상이 불바다가 된 것.

위타천을 만나 무공을 잃게 된 것.

위타천이 지닌 막강한 술법무공을 물리치기 위해서는 천잠보의와 같은 절대법구가 필요하다는 것.

그 모든 것이 불행으로 그녀를 찾아왔다.

많은 것이 그녀를 찾아온다 했던 것처럼, 그것이 곧 그녀가 내딛어야만 했던 첫걸음인지도 모른다는 말이었다.

"그리고, 여기……."

만달은 어깨 뒤로 작지 않은 행낭 하나를 걸치고 있었다. 그가 행낭 안에서 백마잠신의 옥갑보다 훨씬 더 큰 옥함(玉函) 하나를 꺼내 들었다.

"이 안에 있는 것이 흡정광구입니다. 완전한 개체는 열하나고, 하나가 더 분열(分裂) 중입니다. 속성은 아직 정해지지 않았으나 화기(火氣)에 반응하는 개체가 둘이 있지요."

"바보야, 그렇게만 말하면 못 알아들으시지!"

"왜 못 알아들어? 열하나고 하나가 분열 중이면 열은 쓸 수 있다는 건데."

"이 멍충이! 그거나 빨리 꺼내 드려."

"누구더러 멍충이래! 그건 너한테 있잖아!"

"아! 맞다."

홍박이 '난 오늘 죽어야 해, 난 오늘 죽어야 해' 중얼거리며 허리춤에 매달린 작은 비단 행낭을 뒤졌다. 그녀가 널찍한 하나의 금속함을 꺼냈다. 무슨 재질로 만들어졌는지, 납작하고 넓은 형태에 짙푸른 광택이 오묘했다.

딸깍! 딸깍! 하고 그녀가 표면에 달린 작은 기관장치를 조작했다. 금속함 안에서 차르륵, 하고 기계음이 들리더니, 매끈한 뚜껑이 부드럽게 열렸다.

"받으세요."

홍박이 그 안에서 고색이 창연한 책 하나를 꺼내 강설영에게로 내밀었다.

"이것이 뭐죠?"

강설영이 물었다.

모든 것이 이상하리만큼 자연스럽기만 했다.

"비급이에요. 이게 말이죠, 세상 구하기 힘든 비급들이 담긴 비급 상자거든요. 비급이란 표현이 맞는지 모르겠지만, 비급은 비급이죠. 안에 비밀스러운 비결이 들어 있는 거면 무공 비급이 아니라도 비급이라 부르는 게 맞을 거예요."

홍박은 한 마디로 끝날 대답도, 무한정 길게 말하는 재주가 있었다.

강설영은 더 묻는 대신, 아무것도 쓰여 있지 않은 겉장부터 넘겨보았다.

두 세 장 더 넘긴 그녀의 눈으로 마침내, 너무나도 강렬하고 직설적인 여덟 개의 글자가 비쳐 들었다.

'천잠보의제작비결(天蠶寶衣製作祕訣)'

한참 동안 그 여덟 글자를 바라보았다.

많은 것이 찾아온다 하였지만, 이런 책까지 그녀를 찾아올 줄은 몰랐다.

이윽고, 그녀가 고개를 들었다.

깜짝 놀란 강설영의 얼굴을 보고 싶었던 듯, 만달과 홍박은 뭔가를 잔뜩 기대하는 표정으로 그녀를 쳐다보고 있었다. 하지만 강설영은 두 사람이 바라는 반응을 보여줄 수 없었다. 예언, 또는 운명이란 이름으로 다가오는 이 순간의 무게가 그녀에겐 참으로 만만치 않았던 까닭이었다.

차분하게 가라앉은 그녀의 눈을 보며, 만달과 홍박은 실망감을 감추지 못했다. 그러더니, 문득 걱정이라도 된 듯, 홍박이 호들갑을 떨며 입술을 뗐다.

"별로 안 놀란 모양인데, 혹시, 우리가 이거 가지고 있는 거 알고 있었어요?"

"아니, 몰랐어요."

"그게 소상주가 천잠보의 만든다는 소문이 난 것은 알고 있긴 했는데요, 저희가 이걸 막 그냥 가져다 드릴 수 있는 물건이 아니어서요. 저희도 만들려고 하고 있었고, 이건 저희가 몇 년 전에 구한 건데, 그게, 그러니까, 만달, 이 바보야, 좀 도와줘."

"아, 소상주, 혹시 불쾌하셨다면 정말 죄송합니다. 홉정광구란 게 아무래도 극히 드문 광물요괴라 구하기가 어려웠던 것도 있고, 저희도 천잠보의가 꼭 필요한 상황이었어서 말이지요. 혹시 거절하실 요량이라면, 그것도 할 수는 없는 일이나……."

"알겠어요."

"저희가 무례했던 것도 있고, 막 이렇게 들이닥친 것도 죄송스러운 일이지만 긍정적으로 검토해 주시면……."

"만들어 볼게요."

"안 될 것 같으시더라도 한 번 더……."

"만들어 본다고요."

"그러니까, 한 번 더… 아, 예?"

"해 주신다잖아, 바보야."

퍽, 하고 홍박이 만달을 때렸다. 만달이 맞은 어깨를 문지르며 정신을 차리고 어리둥절한 표정을 지었다.

"아, 거절하신 게 아니고?"

"멍충이. 사람 말을 어디로 듣는 게야! 소상주, 정말 고마워요. 완성될 때까지 저희가 여기서 도와드릴게요."

홍박의 말에, 강설영이 곤란한 표정을 지으며 대답했다.

"아니, 그러실 필요까지는……."

이어지는 홍박의 대꾸는 단호했다.

"소상주 혼자서는 불가능하실 거예요. 흡정광구는 요(妖)보다는 괴(怪)에 가깝지만, 모르는 사람이 다루기엔 몹시 위험한 녀석이죠. 저 바보 없이는 만지기 힘들 거예요. 게다가, 그 책 뒤쪽에 있는데요, 진짜 천잠사(天蠶絲)는 강도가 어마어마한 데다가, 주술적 힘까지 깃들어 있어서 그냥 목재 선륜차(線輪車: 물레)로는 실을 뽑아낼 수가 없대요. 천잠사가 가지고 있는 기운에 대응해서 선륜차도 술법도구로 따로 제작을 해야 하는 거고, 그것은 다시 말해, 저 없이는 안 된다는 거죠."

"우리가 없어도 안 되지만, 소상주 없이도 안 됩니다. 물론이죠. 그럼, 안 되고말고요."

"맞아요. 소상주가 있어야 해요."

만달이 덧붙이고, 홍박이 받았다.

강설영이 이름도 이상한 미녀 홍박을 보고, 똑같이 이상한 미남 만달을 돌아보았다.

기이한 일이란 생각조차 들지 않았다.

어쩌면 이리도 당연한 듯, 이런 일이 벌어질 수 있을까, 의문조차 무색해지는 순간이다.

모든 일에는 때가 있다고 하였다.

쓸모없는 사람이라 자괴감에 빠져 있던 그녀에게, 그들은 그녀 없이는 안 되는 일이라 말하고 있다. 그러나 딱히 그 말에 마음이 움직인 것은 아니다. 이제야 그때가 왔을 뿐이다.

어차피 해야 할 일을 다시 맡게 되었구나, 그런 생각이 들었다.

"모든 것이 이렇게 저를 찾아왔네요. 그래요, 제대로 한번 해봐요."

다짐처럼, 결심처럼.

강설영이 다시 한번 대답했다. 창조안이라 했던 그녀의 눈은 그 어느 때보다 더 밝은 빛을 품고 있었다.

                    *                *                *

오원 사람들은 귀비산을 기억한다.

악몽과도 같은 기억이다.

귀비산의 원료는 양귀비다. 양귀비는 빨갛고, 예쁘고, 치명적인 꽃이다.

수많은 사람들이 그 꽃에 의해 미쳐갔다. 정신을 잃고, 목숨을 잃었다.

오원을 되찾고, 양귀비 꽃밭은 잿더미가 되었다. 양귀비 붉은색이 넘실거리던 대지는 밭으로 쓰기 좋은 땅이 되어 있었다.

강건청과 강설영이 주도하는 양잠(養蠶)은 한 때 양귀비밭이었던 회한평 중심지에서 시작되었다. 포랑족 농꾼들과 화니족 아낙들이 잔뜩 몰려와 힘이 되어 주었다. 양귀비가 좋아하는 토질(土質)과 상목이 잘 자라는 토질은 일치하지 않았지만, 땅 한쪽을 완전히 갈아엎고 물길을 다시 대고 나자, 점차로 그럴 듯한 상전(桑田)이 갖추어져 갔다.

강건청은 제대로 걷지 못할 만큼 기력이 쇠했지만, 대 금상 주로서의 지식은 조금도 쇠하지 않았다. 그는 상단을 이끄는 경영자이기 이전에, 뛰어난 침선장이었고, 성실한 잠농(蠶農)이기도 했다. 사람들에게 기분 좋게 지시를 내릴 줄 알았고, 고생한 일꾼들을 격려할 줄 알았다. 좋은 밭이 좋은 상목을 나게 하고, 잘 자란 상목이 누에를 살찌우며, 양질의 누에가 고운 비단을 뽑아낸다는 사실을, 그리고 그 모든 것보다 사람의 정성이 가장 중요하다는 사실을, 그 누구보다 잘 알고 있는 이였다.

강건청이 직접 일에 나서는 것을 보고, 가장 기뻐한 이는 다름 아닌 강설영이었다.

강설영의 표정은 그 어느 때보다 밝았다.

강건청이 달라진 만큼 그녀도 달라졌다.

천잠보의를 만들 수 있게 되어서가 아니다.

아버지가 그녀의 꿈을 인정해 주었기 때문이 아니다.

그녀는 더 이상 철없이 천잠보의를 쫓아다니던 소녀가 아니었다. 그녀는 그때와 다른 사람이 되어 있었다.

그녀가 생기를 찾을 수 있었던 것은, 진정 그녀가 할 수 있는 일을 찾았기 때문이다.

그녀가 다시 밝아질 수 있었던 것은, 그녀의 아버지가 마침내 삶의 의욕을 되찾은 것 같았기 때문이었다.

강건청은 더 이상 삶을 포기한 듯한 말을 하지 않았다.

오늘도 아버지는 말했다. 내일은 이쪽에 물길을 내고, 삼일 뒤엔 다 함께 잡초를 정리하자고 하였다.

강건청은 미래를 말하고 있었다. 그가 없는 미래가 아닌, 그가 함께하는 미래였다.

강설영은 그게 기뻤다. 천잠보의 네 글자보다 아버지가 죽음을 말하지 않고, 양잠을 독려하는 이 순간이 너무나도 좋았다.

"습기가 너무 많고, 볕이 불규칙해. 상전(桑田)으로서의 적지는 아냐."

"멀리 옮겨가긴 어렵잖아요, 아빠. 건강도 있는데. 오원 근처에서 해결해야 해요."

"조금만 더 건조했으면 좋겠어. 이대론 특상이 되지 못할 게다. 내 납서족 선생 하나의 말을 들어보니, 남왕궁이란 곳 근처에 상전으로 좋은 토지가 있을 거라 하더구나."

"남왕궁은 멀어요. 여기만큼 도와줄 사람도 없구요."

"오 영감이 없는 게 아쉽다. 물길을 안 낼 수도 없고, 습기가 조금만 박하면 엔간히 맞을 것 같은데 말이다. 오 영감이 그런 건 참 잘했건만."

"그러게요. 이역만리까지 모셔올 수도 없으니……"

두 사람의 대화를 듣고 있던 만달이 불쑥 끼어들어 말했다.

"그러니까 여기 토지가 좀 건조해지면 된다는 말씀이시지요?"

"야, 너 또 이상한 생각 하는 거지?"

홍박이 기다렸다는 듯, 핀잔을 주며 만달의 앞을 가로막았다. 홍박이 재빨리 말을 이었다.

"상주님, 이미 잘 아시겠지만, 절대 듣지 마세요. 저번에도 거름통 이만큼을 통째로 날려먹었잖아요!"

"아니, 아니지. 아, 상주님, 이번엔 정말 아닙니다. 습기가 문제인 거라고 하셨잖습니까. 해결책이 있을 것 같아서 말이지요."

"상주님, 안 돼요! 혹하지 마세요. 안 된다니까요!"

"상주님, 한 번만 들어주십시오! 아, 좀 저리 비켜봐!"

서로 밀치고 난리가 났다.

강건청이 손을 들고, 홍박부터 진정시켰다.

"홍 소저."

"이 눔이, 어딜 지금!"

"홍 소저!"

"아, 네, 네?"

"홍 소저도 너무 그러지만 말게. 저번 일도 어디 만 공자가 일부러 그랬겠나. 다 우릴 도와주려고 하는 것인데."

"아니, 도와주려면, 도움이 되어야죠! 제가 만들어드린 청동반(靑銅鉡) 좀 봐요. 다들 얼마나 잘 쓰고 있나요?"

"그래, 홍 소저, 참으로 고맙게 생각하고 있네. 두 사람 없었으면 이만큼 빨리 할 수 없었을 걸세. 물심양면 이토록 도와주고 있는데, 작은 실수가 하나 있었다고 하여 내 어찌 만 공자 말을 듣지도 않고 무시할 수가 있겠는가? 어디 한번 들어나 보세."

강건청의 말에 만달이 마구 고개를 끄덕이며 함박웃음을 지었다. 홍박은 그래도 만류를 포기하지 않았다.

"앗! 상주님! 안 돼요! 또 사고 친다니까요!"

강건청이 다시금 온화한 목소리로 답했다.

"정말 이상한 이야기라면 따르지 않으면 그만 아니겠나. 나는 자네들 두 사람 이야기가 항상 재미있네. 듣는 것만이라면 손해 볼 것 또한 없는 일이고."

"아이구! 난 몰라요. 상주님! 후회하실 거예요! 이걸 못 막는 건 내 잘못이지! 차라리 내가 맞고 말겠어!"

제 혼자 분통이 터진 홍박은, 기어코 제 머리까지 쥐어박는다. 참으로 엉뚱한 행동이다.

재미있는 아이들이었다. 홍박과 만달이 실랑이하는 것을 보고 있자면, 어이없다는 표정이 절로 지어질 수밖에 없었다.

"상주! 그럼, 잠시만! 기다리십시오!!"

만달이 애지중지 곁에서 떼 놓지 않는 철궤로 후다닥 뛰어갔다. 이렇게 밭에 나올 때도 거처에 내버려 두지 않고, 수레에 실어서 꼭 가지고 다니는 철궤였다. 강건청은 철궤를 뒤지는 만달의 뒷모습을 보며, 방구석 완구함을 뒤지는 꼬맹이 같다는 생각을 했다.

"왜 그걸 뒤지고 있는 게야! 너 설마!"

"조용히 좀 해. 이쪽에 있었는데. 아, 있다!"

"야! 그건 안 되지!!"

홍박은 소리만 지르는 게 아니라, 직접 뛰어가서 만달의 어깨를 붙잡으려 들었다. 만달이 잽싸게 피하며 강건청에게도 달려왔다.

앞서거니, 뒤서거니, 홍박이 만달의 소맷자락을 잡아당겼다. 만달이 홍박의 손을 뿌리쳤다.

그런 두 사람을 보며 강건청은 다시 한번 둘과의 첫 만남을 떠올렸다.

"홍박입니다!"

"만달입니, 뭐야! 야, 이거 놔!"

"뭐 하는 거야, 이 멍충아! 이건 왜 들고 있어!"

그때도 지금과 똑같았다.

사람을 앞에 두고, 지들끼리 치고받느라 정신이 없었다.

의외였다.

천룡상회로부터 예상치 못한 일격을 당한 느낌이었다.

만달과 홍박에겐 장사치들이나 강호인들과는 근본적으로 다른 순수함이 있었다. 대단히 산만하여 함께 있다 보면 종종 혼이 다 빠질 지경이지만, 그들에겐 항상 긍정적인 기운이 넘쳐흘렀다.

강건청은 그것이 좋았다. 가만히 보고 있으면, 어쩔 땐 정말 천재들 같기도 하고, 어쩔 땐 진짜 바보들 같기도 했다. 시끄러워서 조용히 하라 말하고 싶을 때도 있었고, 지금처럼 실소(失笑)가 나올 때도 있었다. 두 사람 다 강설영보다 나이가 많다고 했지만, 하는 짓은 누가 봐도 애들이었다.

"자, 여기 있습니다!"

"안 된다니까!! 너 그거 제대로 쓸 줄도 모르면서! 금산 아저씨도 가고 없는 마당에!"

빼앗으려 드는 홍박을 피하며, 만달이 금장식 박힌 두루마리 하나를 내밀었다. 강건청은 의아한 표정을 지을 수밖에 없다. 토지와 습기를 이야기하고 있었더니, 두루마리 하나를 꺼내왔다. 농토(農土)를 가꾸는 것에 대한 비결이라도 적혀 있나 싶었지만, 그러기엔 두루마리가 너무 얇았다.

"이것이 무엇이기에⋯⋯?"

"일단 보여드리겠습니다. 자, 이걸 이렇게 하고⋯⋯."

만달이 두루마리 중앙에 묶인 붉은색 수실을 잡아 당겼다.

촤르르르르륵.

두루마리가 경쾌한 소리를 내면서 살아 있는 것처럼 꿈틀, 길쭉하게 펼쳐졌다.

"뱀⋯⋯?"

그것은 한 장의 사화(蛇畵)였다. 그냥 뱀이 아니라 네 장의 날개가 달린 뱀 그림이었다.

"비유도(肥遺圖)입니다. 가뭄을 부르는 뱀이라 알려졌지요."

"비유? 산해경의?"

강설영이 두 눈을 동그랗게 뜨며 되물었다.

"맞습니다! 바로 그 비유입니다!"

"그럼 공공도와 비슷한 물건이로군요."

"으잉! 공공도를 어떻게 아시죠?"

"이 바보야! 번쾌 공이랑 금산 공께서 위타천 상대로 가져갔었잖아! 이 멍충이! 당연히 봤겠지! 안 그래, 동생?"

"네, 언니. 그때 봤지요."

"그럼, 내가 할 말도 알겠지? 그럼, 동생이라면 알 거야. 우리 소상주 동생은 나만큼 똑똑하고 예쁘니까."

"아빠, 이거요……."

"앗! 소상주! 소상주님! 설마, 이 질투쟁이 여자랑 한 편 먹겠다는 것은 아니겠지! 날 배신할 셈이야! 소상주!"

"미안해요, 만 공자."

"악! 소상주! 이러면 안 되지요, 소상주. 이건 안 되는 겁니다. 제게도 만회할 기회를 주셔야지요. 아니, 한 번 사람이 실수를 할 수도 있는 거고, 조절만 잘하면 제대로 될 수도 있는 건데."

"아빠, 이건 못 써요. 너무 위험한 물건이에요."

털썩.

만달은 아예 줄 끊어진 인형마냥 주저앉아 버렸다. 신기한 남자다. 이게 진심인지, 웃기려고 하는 짓인지, 모를 지경이었다.

"난 쓸모없는 인간이야. 이대로 죽는 게 낫지."

"그래. 죽어라, 그냥."

홍박이 발을 들어올렸다. 아예 만달을 밟아버릴 기세였다.

강건청이 홍박을 말리며, 만달에게 말했다.

"홍 소저, 그러지 말게. 어떻게든 애써 주는 게 나는 고맙기만 하네. 그래, 굳이 딸아이의 말이 아니더라도 이 그림이 위험한 물건이란 것쯤은 충분히 알고 있다네. 위타천은… 그 자리엔 나도 있었으니 말일세."

"아……!"

"비슷한 거라면 이 그림에도 놀라운 신통력이 있겠지. 가뭄을 불러오는 뱀이라 했으면, 땅을 건조하게 만드는 것도 가능하리라 싶네. 그래서 묻겠는데, 만 공자 자네가 적절히 조절하여 필요한 만큼만 습기를 제해줄 수 있겠는가?"

"아, 그것이, 그러니까… 상주님, 그게 외람된 말씀이오나……."

만달이 후다닥 자세를 고쳐, 숫제 무릎을 꿇고 앉았다.

배우가 따로 없다. 저잣거리에서 사람들의 웃음거리가 되는 희극배우다.

"저에겐 그런 능력이 부족할 것으로 사료됩니다. 잘못하면 이 지역 전체에 가뭄이 찾아올 수도 있습니다."

기가 막힐 노릇이었다.

이쯤 되면 호통을 쳐줘야 옳을 것 같다.

강건청이 나직하게 말했다.

"도로 집어넣게."

"네! 알겠습니다!"

만달이 씩씩하게 대답하고는 비유도 두루마리를 전광석화

와 같이 접어, 다시 철궤로 달려갔다.

결국 강건청은 피식, 하고 실소를 지을 수밖에 없었다.

강건청의 웃음을 본 강설영이 놀라며 함께 웃었다. 또 욕을 하며 핀잔을 주는 홍박도, 뒤에 서서 고개를 절레절레 흔드는 곽경무도, 옆에서 일을 거들던 여은도, 모두의 입가에 웃음이 담겼다.

정소교가 하늘로 떠나간 이래, 영원히 웃는 날은 오지 않을 줄 알았건만, 이들 덕분에 웃음이란 것도 다시 지어볼 수 있게 된 것이다. 더군다나 이 두 사람은 외동딸인 강설영에게, 재미있는 언니가 되어주고 바보 같은 오빠 노릇까지 해주고 있다. 철없는 아들과 딸이 하나씩 더 생긴 것 같은 기분마저 들 정도였다.

'이들이 의협문 소속이었다면 얼마나 좋을까. 아쉽다. 참으로 아쉽구나. 내가 죽고 나면, 이 녀석은 또 한참 동안 웃을 수 없겠지……. 이렇게 엉뚱한 아이들이라도 곁에 있어주면, 조금이라도 빨리 기운을 차릴 수 있을 텐데…….'

강건청이 강설영을 보았다.

자신이 웃지 못한 만큼, 딸도 웃지 못했다.

웃으니 저리도 예쁜 것을.

당신을 잃었다고, 내 딸 앞에서 다시 웃는 것이 죄도 아니거늘.

왜 나는 내가 웃지 않음으로, 내 딸의 웃음까지 막아 버렸던가.

'그래, 죽기 전에 더 웃어주자. 나 혼자 웃는 얼굴로 기억된 다고, 하늘에서 당신이 서운해하지는 않을 거야. 당신께 미안 하오. 내 생각이 너무나도 짧았어. 나는 못난 아비야. 못난 지 아비고. 이처럼 아무리 작은 것이라도 더 해줄 수 있는 것이 얼마든지 있는데도.'

마음속으로 정소교에게 말을 걸어 보았다.

대답은 들리지 않았다.

그래도 괜찮다.

곧 만나러 갈 테니까.

해야 할 일만 끝내면, 바로 찾아가리라.

하지만 끝내지 못하면 갈 수도 없다. 가서는 안 된다.

강건청은 기다렸다.

양잠을 독려하는 와중에도 기력을 아끼고, 얼마 남지 않은 수명을 갉아먹지 않기 위해, 할 수 있는 모든 것을 했다.

낮이 지나고 밤이 지났다. 달이 지나고 계절이 바뀌었다.

줄기가 나무가 되고, 나무가 밭이 되었다.

강설영 없이는 요지부동이었던 백마잠신의 새끼들이 은 상 나뭇잎에 올랐다.

더 일찍 올 줄 알았건만, 늦는다. 기다림의 시간은 참으로 더뎠다.

그래도 돌아올 사람은 오게 되어 있다.

그리고 마침내, 그가 왔다.

단운룡이 오원에 돌아온 것이다.

*　　　　　*　　　　　*

"물을 것이 있네."

"말씀하십시오."

"자네, 부모님은 살아 계신가?"

"모두 돌아가셨습니다."

왜 물어보는지 영문을 알 수 없었다.

여섯 달을 훌쩍 넘겨서야 돌아온 오원이다. 강건청은 더 여위어 있었지만 눈빛은 더 형형했다. 단운룡은 그동안 또 강해졌다. 비룡번을 습득하고, 광핵 회전의 실마리까지 잡았다. 헌데, 웬일인지 강건청의 눈빛은 마주 받기가 좀처럼 쉽지 않았다. 이해할 수 없는 일이었다.

"혈육은?"

"없습니다."

"사부 외엔 혈혈단신이란 이야기인가?"

"그렇습니다."

그때까지도 단운룡은 눈치채지 못했다. 하지만 다음 말에선 달랐다.

"그렇다면, 육례는 원칙대로 하지 않아도 되겠군."

단운룡의 눈이 번쩍 뜨였다.

제대로 들은 건가, 귀를 의심했다. 그래서 다시 물었다.

"육례라 하심은……?"

"그래, 그 육례를 말함이네."

"상주, 그것은…….""

말문이 턱 막혔다.

정말 진심으로 뭐라 말해야 할지 몰랐다.

평생토록, 이보다 더 당황한 순간은 단 한 번도 없었다. 심지어 사부 소연신과 만났을 때도, 이런 기분은 느껴보지 못했다.

"원래대로라면, 자네 사부가 사람을 시켜 내 쪽에 납채(納采)를 해야 했겠지. 그러나 어지러운 난세 강호에서 영웅과 가인이 만나 예법을 뛰어넘는 일도 드문 일은 아닐 터이니, 나 역시도 괘념치 않도록 하겠네."

"상주께서 지금 말씀하시는 것은, 설마하니……."

"자네가 총명이 하늘에 닿은 인재라는 것은 내 익히 알고 있다네. 당연히 내가 하는 말도 단숨에 알아들었을 것이라 믿네."

"인륜지대사… 입니다."

"물론, 혼사라 함은 비할 데 없는 인륜지대사지. 그것도 하나뿐인 딸아이의 혼사인데. 그것을 내 쉽게 결정했을 리도 만무하지 않겠는가."

강건청이 웃으며 말했다.

단운룡은 다시 한번 말문이 막힘을 느꼈다.

뭐라고 말해야 하는가.

차라리 위타천과 싸우는 게 낫겠다. 철위강과 일대일로 맞상대하는 것이 더 편하겠다는 생각까지 들었다.

"어째서? 란 말이 나올 수 있겠지. 모든 것이 불확실한 상황에서 이토록 급작스레 어울리지 않는 이야기를 한다고 생각할 수도 있을 게고."

"예. 많이 놀랐습니다. 지금도 놀라고 있는 중입니다."

"어찌 되었든, 나는 일개 장사치일 뿐이네. 도의적으로 그릇된 일이긴 하나, 딸의 혼인이란 중대사에 있어서도 계산이란 것에서 자유로울 수 없었지. 아니, 더 철저하게 계산을 했어야만 했네. 내 죽음이 얼마 남지 않았기 때문이네."

"아닙니다. 어떤 신의를 불러와서라도, 어떻게든……."

"부(否)! 그러지 말게. 확실히 자네가 당황하긴 했나 보이. 이토록 명백한 사실마저 부정하려 들면 어찌하나? 다른 이도 아닌 자네가 말일세."

"상주……."

"나의 수명은 이제 한계에 다다랐네. 요즘엔, 이미 끝난 것을 하루하루 덤으로 살아가고 있는 것 같은 느낌마저 받고 있어. 달고 살던 기침도 잘 나오지 않을 정도네. 기침이란 몸에서 나쁜 것을 뱉어내기 위한 거라고 들었네. 할 때마다 괴롭지만, 해야 할 땐 해야지 몸에 좋은 거라 이 말일세. 기침마저 나오지 않게 된 것은 폐장의 기능이 극도로 떨어져서 그런 거라더군. 죽을 때가 그만큼 가까워진 게야. 그런데도 이렇게 멀쩡할 땐 또 멀쩡하게 말을 하고, 멀쩡하게 일을 하네. 나는 미신 같은 것을 믿는 이가 아니었지만, 아무래도 딸아이를 어여삐 여긴 저 위의 누군가가, 미천한 나까지 보살펴 주고 있는 것이 아닌가 싶어. 덕분에 나는 시간을 벌었고, 여기에서 자네에게 이런 이야기를 할 기회까지 얻게 되었네. 그러니, 자네에겐 선택의 여지가 없네. 무조건 내 제안을 승낙해야만 하네."

단운룡은 아무런 말도 하지 못했다.

강건청은 이례적으로 말문이 막힌 단운룡을 앞에 두고, 여유롭게 찻잔을 들어올렸다. 강건청은 단운룡의 대답을 기다리지 않았다. 그가 차를 한 모금 들이키고는 천천히 말을 이었다.

"내 딸아이는 충분히 과년하네. 강호인들은 혼사에 관대한편이라 해도, 시집을 보내기에 나이가 많은 편인 것은 분명한 사실일세. 하지만 나는 본디 과도한 조혼(早婚)은 처음부터 반대해 왔던 사람이라네. 하나뿐인 딸아이를 조금이라도 더 곁에 두고 싶었던 욕심 때문이었다 해도 틀린 말은 아닐 걸세. 그러나 그 아이의 혼사를 빨리 진행하지 않은 이유는 그것 하나만이 아닐세. 나는 장사치이지만 가업에 그 아이의 혼사를 이용하고픈 마음은 추호도 없었네. 설영이가 자신이 원하는 사람과 인생을 함께하길 바랐단 말일세. 그렇기에 스스로 신랑감을 구해오는 것도 괜찮은 일이라 여겼네. 하지만 제대로 된 신랑감을 고르기 위해서는 그럴 만한 경험과 연륜이 있어야만 하네. 어린 나이엔 당연히 불가능한 일이겠지. 잘 알겠지만, 설영이는 보통 사람들과 다른 것에 관심을 두었고, 그 아이의 시간은 몹시도 빨리 흘러갔네. 그러다 보니, 이토록 혼기가 꽉 찬, 어찌 보면 한참 늦은 나이가 되었네. 성도의 고관대작들이나 거상들의 후계자에게는 시집보내고 싶어도 보낼 수 없는 나이가 되어 버렸단 말일세."

강건청은 긴 이야기를 하면서도 기침 한 번 내뱉지 않았다. 정말 그의 말마따나 기침조차 마음대로 하지 못하게 된 모양이었다. 기침이 없어진 만큼 숨이 찬 듯, 이야기를 멈춘 그가 가쁜 숨을 몇 번이나 몰아쉬었다. 가볍게 떠올랐던 미소도 어느샌가 사라진 상태였다.

"내 눈엔 참으로 똑똑하고 예쁜 딸이네. 하지만 남자 보는 눈이란 쉬이 밝아지는 게 아니었나 보이. 설영이가 처음에 광동 이가의 둘째와 친분을 쌓아가기 시작했을 때, 나는 과히 나쁘지 않은 선택이라 생각했었네. 그리고 보면 평생토록 사람 만나는 일을 업으로 삼았던 나조차도, 눈이 썩 밝지는 못했던 모양이네. 경험과 연륜으로도 어쩌지 못하는 것이 있었다는 말일세. 알다시피 광동 이가는 신마맹의 주구로 강씨 금상을 불바다로 만든 원흉이네. 내 그들, 이씨 세가와 함께한 거래가 기백을 족히 넘으며, 서로 나눈 재보가 헤아릴 수 없이 많았거늘, 그 모든 것이 결국은 호시탐탐 금상을 노린 흉악한 귀계였

단 것이지. 난 정말 상상조차 하지 못했었네. 사실, 지금까지도 믿겨지지가 않아. 악의 주구를 사윗감으로까지 고려했음을 돌아보면, 등골이 오싹해지고 모골이 송연해진다네."

강건청이 창백한 얼굴로 고개를 설레설레 저었다.

그의 눈에 떠오른 것은 분노가 아닌 허무함에 가까웠다. 적에 대한 증오보다, 쌓아왔던 신뢰가 붕괴된 데서 온 허탈감이 더 컸던 것이다. 적을 코앞에 두고도 알아보지 못한 자괴감도 감당키가 쉽지 않았다.

"나는 종종 설영이가 여러 남자를 두루 만나봤으면 좋았을 거란 생각을 하네. 왜? 놀랐는가? 그래, 딸 가진 애비가 할 만한 이야기는 아니겠지. 하지만 장사 하는 입장에서는 너무나도 당연한 일일세. 이런저런 물건을 많이 봐야 어느 것이 더 좋은지 비교도 하고, 어느 것이 더 잘 팔릴 것인지 가늠할 수도 있는 것 아니겠나? 사람도 마찬가지이네. 한 사람만 보고 있으면 그 사람이 얼마나 훌륭한지 무슨 수로 알아볼 수 있겠는가? 내 비록 이씨 가문의 악함을 일찍이 알아보지 못했다만, 그래도 만나본 후기지수가 수도 없이 많다네. 자네가 그중에서도 비할 데 없이 훌륭한 젊은이라는 것만큼은, 내 분명한 확신을 가지고 말할 수 있네. 강호에 숱한 후기지수들 중에서 설영이가 자네 같은 이를 찾아낸 것은, 정말 천만다행인 일이 아닐 수 없다 생각하고 있었네."

강건청이 한 번 더 숨을 몰아쉬었다.

파랗게 변했던 입술색이 이내 원래대로 돌아왔다. 입술의 변색은 호흡능의 심각한 문제를 대변한다. 생기를 흡(吸)하면서 호(呼)해야 하는 탁기가, 제대로 배출되지 않는 것이다. 강건청이 몇 번 더 숨을 고르고는, 다시금 말을 이어 나갔다.

"설영이가 자넬 보는 눈빛을 보았네. 담겨 있는 감정이 단순해 보이지 않았네. 애비가 딸아이의 속마음을 엿보려 드는 것이 옳은 일인지는 잘 모르겠어. 평범한 상황이었다면, 딸아이의 마음속에 누가 있는지 함부로 캐보려 들지 않았을 것이네. 다만 내게 주어진 상황은 결코 평범하지 않네. 나는 죽음을 앞에 둔 애비 아니겠나. 죽음을 앞두었단 핑계로, 앞으로 있을 딸아이의 비난을 모면해 볼 계획이네."

"비난이라 함은… 소상주는 이 이야기를 모르고 있는 겁니까?"

단운룡이 되물었다. 강건청이 쓴웃음을 지었다.

"자네가 말해보게. 먼저 상의했으면 통했겠나?"

"……!"

단운룡은 또 한 번 대답하지 못했다. 강건청의 말이 이어졌다.

"서론이 너무 길었군. 내 이렇게까지 자네에게 말하는 이유는 사실 아주 단순하네. 나는 곧 죽고 없어질 사람인 데다가 금상의 가업은 천룡상회에 넘어가 있네. 천룡상회는 천룡이란 이름을 내세워 한 식구임을 자처하고 있지만, 설영이에겐 외인임이 분명하네. 애비는 없고, 가업은 외인의 손에 맡겨졌으니, 설영이는 혈혈단신 고아나 다름없는 신분이 될 걸세. 게다가 설영이는 사패 팔황 시절의 대흉적인 신마맹과 불공대천의 원한까지 맺었네. 그 아이의 성정은 그 누구보다 내가 잘 아네. 지금은 애비 몸이 이러하고, 제 무공이 예전 같지 않아 숨을 죽이고 있다지만, 훗날 내가 없어지고 무공을 회복하게 되면, 복수를 하겠다며 강호로 나설 것이 불을 보듯 뻔하지. 나는 그 아이가 혈혈단신 싸움에 나서서 객사하는 꼴은 구천에서도 볼 수가 없어. 하늘에서도 편히 쉬지 못할 것이네."

상상만 해도 답답한 심정일 게다.

강건청이 숨을 한 번 더 고르고는, 더 나직한 어조로 이야기를 계속했다.

"말린다고 들을 아이가 아니네. 유언이라고 남겨봤자, 들은 척도 안 하겠지. 제멋대로 바꿔서 해석하거나, 중요한 내용은 빼먹거나 할 것이네. 결국 제 하고 싶은 대로 할 아이란 말일세. 그래서 나는 그 아이보고 싸우지 말라, 복수하지 말라 당부하지 않을 생각이라네. 같이 있을 시간이 얼마 남지도 않았는데, 그런 걸로 언쟁하고 싶지 않아. 그래서 다짐했네. 어차피 복수를 하겠다고 나설 아이라고 한다면, 옆에서 함께해 줄 사람을 하나라도 더 만들어주자고 말일세."

강건청이 단운룡의 두 눈을 직시했다. 단운룡은 강건청의 눈빛을 피하지 않았다. 이어질 말이 무엇인지, 충분히 짐작할 수 있었다.

"나는 말이네. 이번 일을 겪으며, 그 누구도 믿을 수 없다는 생각을 하게 되었네. 그래도 부부지연이라면 다르겠지. 물론, 그것조차도 영원하리라는 보장은 없을 것이네. 하지만 그렇게라도 해야 안심이 될 것 같아. 적어도 자네라면 부부지연을 맺은 처를 버리는 일은 없을 거라 생각하니 말일세."

"상주, 외람된 말이오나, 저는 아직 혼인에 대해 생각해 본 적이 없습니다."

단운룡은 결국 그리 말할 수밖에 없었다.

그러나, 강건청은 이미 마음을 굳힌 상태였다. 강건청이 엷게 웃으며 말했다.

"그럴 거라 생각했네. 혼기가 찬 것은 자네도 마찬가지이니까. 헌데, 자네 주위엔 이상하게도 여자가 없어 보였네. 영웅은 호색이라 하였으나, 이곳에서 자네의 정실이나 측실로 대접받고 있는 여인은 아무도 없다는 말이네. 그래서 내 자네에게 직접 묻겠네. 자네 혹시, 따로 마음에 두고 있는 정인(情人)이라도 있는 겐가?"

강건청의 질문이 지닌 힘은 결코 가볍지 않았다.

단운룡의 눈빛이 한차례 파랑을 일으켰다.

머릿속을 스친 얼굴이 있었던 까닭이다.

다름 아닌 강설영의 얼굴이다. 깊이 숨겨 두었던 비밀을 들킨 것처럼, 단운룡은 당혹감을 감추지 못했다. 강건청의 두 눈을 피하고 싶었다. 침을 한 번 삼키고, 어렵사리 답했다.

"없습니다."

"그럼 내 딸은 어떤가?"

강건청의 한마디는 철위강의 일 권만큼이나 강렬했다.

철위강에게 속수무책으로 당했던 것처럼, 단운룡은 대답할 말을 찾지 못했다.

"……."

뭐라 말을 못 하는 단운룡을 보며 강건청이 마른기침을 한 번 내뱉었다.

강건청은 오래 기다리지 않았다.

그가 단운룡을 구해주기라도 하듯, 웃으며 입을 열었다.

"자네에게서 이런 모습도 보는군. 이래 봬도 사람 만나는 일을 업으로 살아온 사람일세. 지금 자네 눈빛만으로도 자네가 설영이를 싫어하지 않는다는 사실을 충분히 확인할 수 있었네. 내 어찌 젊은 사람에게 혼인을 강요할 수 있겠냐만은, 내 이렇게 부탁하이."

강건청도 마지막 말을 하긴 쉽지 않았던 모양이다.

그가 마침내, 소리 내어 말했다.

"자네, 내 딸의 부군(夫君)이 되어주게나."

혼인(婚姻)을 말함이다. 평생을 함께할 부부지연을 뜻함이었다.

"상주… 그것은……."

단운룡은 말까지 더듬었다.

강건청이 단운룡의 말을 끊고 빠르게 말을 이었다.

"간단한 결정이 아님을 잘 알고 있네. 그러니, 내 말을 마저 들어보게. 나는 처음부터 계산을 아니 할 수 없었다 이야기했네. 지금껏 나는 주구장창 내가 애비로서 원하는 것만을 말했지. 설영이의 안전을 보장받기 위해, 내 딸과 혼인해 달라 말한 셈이 되네. 결국 나 좋자고 하는 일에 불과하단 말일세. 그러나 이 혼인이 성사된다면, 자네 역시도 얻는 것이 많이 있네. 금상은 작지 않은 상가일세. 지금은 천룡상회에 경영권이 넘어가 있지만, 가업의 진정한 후계자는 설영이일 수밖에 없네. 설영이가 여아이긴 해도, 금상 산하 대부분 상회에서 신뢰가 매우 두텁네. 훗날 설영이가 상주 위에 올라 경영권을 확보하게 된다면 자네 문파의 자금원으로도 굉장한 힘을 발휘하게 될 걸세. 또한 설영이는 저 천룡대제의 제자이네. 천룡상회의 동향을 볼 때, 온전한 동맹이 될지는 미지수이나, 설영이가 있는 이상 천룡의 힘을 빌려 쓸 구실 또한 충분할 것이라 생각하네. 게다가 자네에겐 그런 책략을 짜낼 수 있는 모사들이 여럿 있지 않은가. 설영이의 존재는 자네 문파가 힘든 싸움을 해 나가는 데 있어, 득이 되면 되었지 해가 되지는 않을 것이네."

반박할 여지가 없는 정론이었다. 일전에 양무의가 했던 말과 비슷한 이야기이기도 했다.

"저는 어찌 대답해야 할지 모르겠습니다. 당장 가(可)를 말하기도, 부(否)를 말하기도 쉽지가 않습니다."

"당연히 쉽지 않겠지. 처음에 말했듯, 인륜지대사이니 말이네. 자네가 도리어 기다렸다는 듯, 혼인하겠소이다, 덥석 대답을 하기에도 체면이 서지 않을 것이요, 죽음을 앞두었다는 내 앞에서 단칼에 아니올시다 거절하기도 곤란하겠지. 대적(大敵)을 피해 변방까지 온 이 시점에서 혼례란 경사(慶事)를 논하는 것도 만만치 않을 것이고."

강건청은 이 혼사에 대한 모든 것을 생각해 둔 듯했다. 단운룡이 할 말을 미리 다 내다보고 있는 것이다. 강건청이 잠시 숨을 고르고는, 천천히 말을 이었다.

"나는 말일세. 내 이토록 계산에 대해 말했지만, 나는 사실 혼사(婚事)를 진행하기 위해서는 그 무엇보다 서로를 향한 연정(戀情)이 우선되어야 한다고 믿는 사람이네. 하지만 그런 행운은 아무에게나 주어지는 것이 아니지. 무가(武家)들은 조금 다르지만, 상가의 여식들은 지아비 될 남자의 얼굴조차 알지 못한 채로 혼례를 올리는 경우가 대부분이네. 나는 다행히도 가문에서 짝지어 주기 이전에 내 처와 먼저 만나 연(戀)과 정(情)을 쌓고서, 혼인까지 이룰 수가 있었네. 아마 그래서 더더욱, 정(情)이 중요하다 말할 수 있는 것이겠지. 어쩌면 자네와 설영이는 남녀 간의 정이란 호사를 챙기기에 여의치 않은 상황일 수도 있네. 그래도 어찌 마음조차 없는 사람에게 하나뿐인 딸을 시집보낼 생각을 하겠는가. 내 유심히 지켜봐 왔네.

설영이는 자네가 없는 동안 자네를 기다리고 그리워했네. 나 또한 젊은 시절이 있었기에 알 수 있어. 나도 내 마음을 숨겨 보고, 내 마음을 주체하지 못하고, 내 마음과 반대로 행동하던 때가 있었다네. 내 자네 속마음을 어찌 헤아릴 수 있겠냐만은, 내 딸아이와 같은 마음을 품고 있을 거라 감히 짐작해 보네. 내 이토록 두 사람을 짝지어 주려 하는 가장 큰 이유가 거기에 있네."

어찌 헤아릴 수 있겠냐면서, 단운룡의 마음을 완벽하게 꿰뚫어 보고 있다.

"자, 이제 다시 한번 대답해 보게. 내 또 한 번 말하지만, 승낙 외엔 듣지 않겠네."

열번에 가까운 설득이다.

이렇게 되면 다른 대답이 불가능할 수밖에 없다.

이루어질 인연이었다면 언젠가는 이루어졌겠지만, 이렇게 강건청이 적극 나서지 않았더라면 이 시점에서의 혼인은 가당치도 않은 일이었을 것이다.

"승낙이란 표현은 옳지 않습니다. 제가 승낙하는 것이 아니라, 상주께 승낙을 받아야지요."

마침내.

단운룡이 답했다.

강건청의 얼굴이 모처럼 환해졌다. 강건청은 내심 일말의 걱정을 떨치지 못하고 있었던 것이다.

"운남 대리에서 태어나 단씨 성을 받았습니다. 협제께 무공을 사사했고, 이곳에서 작은 문파를 이끌고 있습니다."

단운룡은 담담했다.

이건, 이렇게 되기로 정해져 있었던 일인지도 모른다.

아주 오래전에. 어쩌면 그들이 이번 삶에 생을 부여받기 전부터.

단운룡이 포권을 취하며 정식으로 예를 갖추었다.

"금상주께 여쭙습니다. 따님을 제게 주십시오. 제가 신부로 맞이하여 평생 지켜주겠습니다."

진심 어린 단운룡의 목소리를 들었다.

강건청이 포권을 취하고 머리를 숙인 그를 보았다.

가슴 깊은 곳에서 울컥 올라오는 것이 있었다.

꿈에도 몰랐다. 강호에 이름을 날리는 훌륭한 사윗감 열 명을 앞에 두고, 까다롭게 거절하는 광경을 상상했었다. 부모가 정해주지 못하는 것을 보고 딸아이가 직접 누구보다 뛰어난 사윗감을 골라와 금은보화로 납채를 받고, 마지못해 승낙하면 모두가 행복해질 것으로만 생각했었다. 그런데 사위가 찾아오기는커녕, 강건청 자신이 직접 나서서 구걸하듯 혼담을 진행하고 있는 것이다.

'부인, 아무렇지 않을 줄 알았거늘, 기분이 참으로 묘하구려. 내 혼자 이런 말을 들을 줄은 꿈에도 몰랐소. 그대가 옆에서 함께 듣고, 그렇게 하라 함께 대답해 주었어야 했는데.'

그나마 다행인 것은, 단운룡만 한 인물이 어디에도 드물다는 사실이었다.

그의 눈에 비친 단운룡은 그 누구보다 헌앙했으며, 그 누구보다 품격이 있었다.

'다행이지. 천만다행이야.'

억지로 부부의 연을 엮지 않더라도, 지켜 달라 부탁만 했으면 지켜줬을 남자였다. 친우나 동맹이란 단어로도 설영이에 대한 의리를 저버리지 않았을 무인이었다. 그러니 더더욱 사윗감으로 적격이라 생각했다. 신마맹이 아무리 위험한 집단이라 해도, 능히 그 위협을 물리쳐 줄 수 있을 것 같았기 때문이었다.

"과년하고, 천방지축이라 부족함이 많은 아이네. 그래도 나에겐 귀한 딸이니, 부디 험한 일 당하지 않도록 잘 지켜주길 바라겠네."

"걱정하지 마십시오."

단운룡이 다시 한번 포권을 취했다.

강건청이 한숨을 내쉬었다.

안도의 한숨이었다.

죽기 전에 해야 할 일 하나를 마침내 이룬 것이다.


언쟁은 없었다.

강건청은 강설영의 격한 반대를 예상했지만, 강설영은 화를 내지도 소리를 지르지도 않았다. 물론, 그녀가 웃는 얼굴로 기뻐한 것은 아니다. 단지 강건청의 마음을 충분히 이해하고 있었을 뿐이었다.

시기가 그러했다. 혼례를 올리면 안 될 것 같은 때임과 동시에, 한편으로는 반드시 혼례를 올려야만 하는 때이기도 했다. 정소교가 죽은 지 얼마 되지 않았다는 사실과 강씨 금상이 풍비박산이 난 것을 생각하면 경사스러운 혼례와 지극히 어울리지 않은 때라고 하겠지만, 강건청의 죽음이 임박했음을 생각하면 당장에라도 혼례를 올려야 할 때라고도 할 수 있었던 것이다.

중대사를 시간에 쫓겨 결정하는 것은 결코 기분 좋은 일이 될 수 없었다. 그것이 평생에 한 번 있는 혼인인 다음에야 더더욱 그럴 수밖에 없었을 것이다.

하지만 강설영에겐 다른 선택이 남아 있지 않았다.

원치 않으신다면 또 모르겠지만, 아버지는 죽기 전에 하나 남은 딸이 혼인하는 모습을 반드시 봐야겠다 말하고 계시는 중이었다. 그리되면 상대가 누구라도 아니 하겠다 말하기 힘든 법이다. 아버지의 말에 따르는 것이 당연한 도리라 할 수 있었다.

'단 공자라고……'

평생을 함께할 남자라 했다.

다시 돌아보면, 그럴 수도 있겠다 싶었다.

까마득히 생각도 나지 않을 어릴 때부터, 지금 이 순간까지 오랫동안 얽힌 인연이다. 그가 이유 없이 미웠던 적도 있고, 그 누구보다 믿음직했던 때도 있다. 가까이에 있는 것이 익숙해졌고, 곁에 없으면 생각나고 기다려졌다.

그렇게 되어 버렸다.

아버지는 말하셨다.

단운룡이 평생을 지켜주겠다 했다고.

아버지가 밀어붙인 일이 분명했지만, 그녀가 아는 단운룡은 본인이 내키지 않는 일을 하겠다 말할 만한 사람이 결코 아니었다.

그도 이 혼인을 원했다는 뜻이다.

아버지의 죽음에 쫓겨 결정하는 것이라지만, 그래도 괜찮다.

단운룡은 적어도, 결정적인 순간에 가면을 꺼내들며 배신을 할 사람은 아니지 않은가.

선택의 여지가 없는 와중에도 최선의 선택이라 할 수 있다.

그리 생각하기로 했다.

행복한 신부(新婦)의 얼굴은 보여주지 못하더라도.

"하겠어요, 아빠. 할게요."

그녀가 대답했다.

강건청이 천만다행이라는 얼굴로 고개를 끄덕였다.

그것으로 된 거다. 지금 아버지가 짓고 있는 안도의 표정만으로도, 그녀는 이 혼인에 충분한 가치가 있다고 보았다.

그래야만 했다. 정말 그래야만 했다.


*              *              *


"으와, 나타나자마자 혼인이래? 뭐 일이 이렇게 흘러간다냐. 우린 제대로 만나보지도 못하는 건가? 언제까지 못 보는 거지?"

"그러게 말야. 만나 달라 떼라도 쓰지 않는 이상 당장은 어려울 것 같어. 게다가 육례(六禮)를 지킨다며 신랑이 신부 쪽엔 얼씬도 못 한다는데? 우리 거처가 이쪽인 이상, 저 안쪽에 쳐들어가지 않으면 당장 보는 건 무리일 거야."

"이 여자가 큰일 날 소릴 하네. 저길 어떻게 쳐들어가?"

"말이 그렇다는 거지, 진짜 그러겠대? 이 멍충아!"

"근데, 우리도 상회에 사람 보내야 하는 거 아냐?"

"보냈어."

"엉? 언제?"

"당연히 상주한테 알려야지! 이게 보통 일이니? 생각이 왜 이렇게 짧아? 이름만 만달이면 다야? 통달한 게 있기는 해?"

"지 이름은 뭐 얼마나 대단한 줄 알고! 넓을 홍, 넓을 박이라며 넓은 것은 오지랖밖에 없는 여자야!"

"야! 죽을래?"

홍박이 주먹을 휘둘렀다. 잽싸게 피한 만달이 고개를 갸웃거리며 말했다.

"고만 좀 해! 이왕 넓을 거면 마음이 좀 넓어봐라! 근데, 올 수나 있나? 혼인이 코앞인데."

"와? 누가 와? 상주가?"

"엉, 그래 봬도 사매잖아."

"상주가 여길 어떻게 와! 이 멍충아! 너 우리가 왜 여기 와 있는지는 알기는 하니?"

"왜 있긴 왜 있어. 천잠보의 만들러 왔지."

"아, 이 인간 환장하겠네. 그것만이면 이렇게 오랫동안 있 을 이유가 없잖아!"

"여섯 달… 일곱 달……. 아차, 그러고 보니 진즉에 시작했 겠구나! 홍명상회랑 붙었으면 안쪽이 문제고, 우리 여기로 던 져진 이유가… 상회에서도 우리까지 보호하기엔 여력이 없긴 없겠네!"

"이 바보야! 그런 걸 입 밖으로 말하면 어떻게 하니?"

홍박이 다시 한번 달려들었다. 만달이 화들짝 놀라 두 손 으로 제 입을 자기가 가리고는 홍박을 피해 뒤쪽으로 물러났 다. 만달이 한 대 맞고는 손사래를 치며 뒤쪽을 가리켰다. 만 달의 눈빛을 읽은 홍박이 얼굴을 굳히며 뒤쪽을 돌아보았다.

한 사람이 거기에 있었다.

여은이었다. 홍박이 배시시 웃으며 여은에게 물었다.

"동생, 우리 이야기 뭐 들은 거 있어?"

"예? 아무것도요."

여은이 답했다. 여은은 말 그대로 들은 게 없었다.

이전부터 그랬다. 두 사람의 말투엔 산동 쪽 억양이 지나치게 강했다. 두 사람이 흥분해서 몰아치기 시작하면 뭔 말인지 제대로 알아듣기조차 힘들 정도였다.

여은은 기실 이들에게 신경 쓸 입장이 아니었다. 두 사람이 실랑이하는 것을 보며 부럽다는 생각만 했다. 여은은 이래저래 고민이 많았지만, 두 사람은 도통 그런 게 없어 보였기 때문이다. 그들은 언제나 생각 없이 투닥거리기만 했다. 그녀의 눈에 비친 두 사람은 말장난으로 소일하는 남녀 한량들에 불과했을 따름이었다.

"동생! 우리도 우리 상회에 연락을 넣긴 했는데, 혼인 선물이 제때 맞춰서 올지는 모르겠어! 너무 촉박한지라 상주도 아마 참석하지 못할 거야! 그 이야기 하고 있었어! 소상주에게 미안해서 어쩌지?"

"그럼, 그럼, 한창 그 이야기 중이었지."

홍박의 말에 만달이 고개를 주억거렸다. 여은이 고개를 저으며 대답했다.

"그거라면 상관없어요. 갑자기 결정된 거라 그리 성대하게 하진 못할 거래요."

"그래도 그게 아니지. 우리도 소상주한테 다시 이야기할 건데, 동생이 잘 좀 먼저 이야기해 줘! 알았지?"

"네, 알았어요. 그보다 말인데요. 죄송한데, 혹시 이거 좀

고쳐 줄 수 있으세요? 이것 때문에 왔는데."

여은이 손을 내밀었다. 손바닥 위엔 금속 고리가 망가진 옥 장식 한 쌍이 올려 져 있었다.

"아, 이거라면 간단하지! 언제까지 해줄까? 내일? 아니, 오늘 밤에라도 당장 가능하겠는데?"

"한 시진도 안 걸리잖아. 당장 해 줘."

"바보야, 뭘 안다고 한 시진이야? 끊어진 데 얇은 거 안 보여? 게다가 쇠를 그냥 붙이니? 불 때우는 데만 한 시진은 걸리거든!"

"어쨌든 가능한 거죠? 넉넉잡고 내일 올게요. 오늘 당장 쓸 건 아니니까요."

"웅. 그래그래."

"고마워요. 그럼, 저도 많이 바빠서요."

여은이 총총걸음으로 사라졌다. 아닌 게 아니라 그녀는 정말 바빴다. 강설영이 갑자기 혼인을 한다고 하니, 챙겨야 할 것이 한두 가지가 아니었다. 자꾸만 간단히 하자는 강설영이었지만, 여은은 그런 그녀를 그냥 두고 볼 수가 없었다. 혼례복도 이대로는 안 된다. 침선도 손봐야 하고, 소매 장식도 새로 해야 했다. 여기 사람들은 인심이 좋긴 해도, 예쁜 거 보는 눈만큼은 정말 최악이었다. 방금도 포랑족 공예사라는 사람이 혼례에 쓸 등 장식에다 어디서 돼지 조각 같은 걸 해 와서 얼마나 당황했는지 모른다.

지금 홍박에게 넘긴 옥장식도 그렇다. 여기 장인들은 칼은 잘 만들지만, 이런 섬세한 장신구는 손도 대려 하지 않았다.

그녀가 정신을 바짝 차려야 했다. 지금까지는 너무 안 좋은 일만 있었다. 급해도 경사(慶事)는 경사였다. 그녀는 강설영의 시비였고, 가족이었다. 제대로 된 혼례식이 되어야만 했다. 진심으로 그녀의 행복을 위해 뛰어줄 사람은 그녀밖에 없었다. 넘실거리는 잠전(蠶田) 길을 빠르게 가로지르며 주먹을 불끈 쥐었다. 각오를 새롭게 다진 것이다.

여은은 성대하지 않을 거라 했지만, 혼인식은 충분히 성대했다.

규모로만 보자면 어떤 고관대작의 혼례가 부럽지 않았다.

시작하기 전부터 그랬다.

단운룡의 혼인 소식이 운남 대지에 미친 영향은 어마어마했다. 셀 수 없이 많은 사람들이 오원으로 몰려들기 시작한 것이다.

축하하기 위한 사람들이었다. 숫자는 실로 엄청났다.

사람들은 빈손으로 오지 않았다. 농사로 수확한 작물이며 기르던 가축, 막 잡은 사냥감 등, 마음이 담긴 선물을 한 짐씩 등에 지고 나타났다.

집집마다 사람이 꽉 찼다. 모든 집의 문이 활짝 열렸다. 오원 부족민들은 타 부족 외지인이라도 한 지붕 밑에 들이길 꺼리질 않았다. 경계심이 남다른 아창족도 이번만큼은 달랐다.

성대한 잔치가 열렸다.

정식 혼례까지는 닷새나 남아 있었지만, 그래도 상관없었다. 잔치라도 열지 않고서는 몰려든 사람들을 어쩔 도리가 없었다.

오원 전체에 잔칫상이 차려졌다. 일원요새가 활짝 열렸다. 무공을 연마하던 연무장엔 술상과 음식상이 즐비하게 놓여졌다.

먹을 것은 충분했다.

몰려든 사람들이 들고 온 선물들만으로도 잔칫상이 가득 채울 수가 있을 정도였다.

원래부터 풍요로웠던 남왕궁 쪽 부족들로부터는 도축을 위한 돼지며, 소가 수십 마리씩 수레에 실려 왔다. 녹풍원 쪽에서는 원나라식 밀주(密酒)가 넘어왔다. 음식 냄새와 술 향기가 사람들의 흥을 돋우었다. 아창족 피리와 납서족 이호가 즐거운 선율을 품었다. 싸움을 알리던 북소리가 기쁜 심장을 달구고, 선봉에 섰던 깃발들이 바람에 춤을 추었다.

날이 갈수록 분위기는 흥겨워졌다.

잔치의 중심엔, 혼례식 장소인 비룡원이 있었다.

단운룡이 무산으로 떠나기 전부터 건립을 시작한 장원이었다. 단운룡의 새로운 거처이기도 했다.

공사를 빠르게 마무리하고, 혼례를 위한 장식을 시작했다.

호사스럽지는 않았지만 위치는 그야말로 완벽했다. 문파 고수진들의 거처가 동서남북 각 방위에 포진해 있어, 어떤 상황에서도 대처가 가능한 곳이었다. 강건청이 가장 원한 것이 강설영의 안전이라면, 이보다 좋은 장소도 천하에 드물 터였다.

단운룡은 혼례에 앞서, 의협문의 깃발에 날개 달린 비룡을 그려 넣도록 지시했다.

혼례와 함께 새로운 시작을 선포하기 위함이었다.

흩날리던 깃발들이 하나하나 비룡번(飛龍幡)으로 바뀌어 갔다.

혼례일 당일, 비룡원 주변의 깃발들은 모조리 비룡번으로 교체된 상태였다. 색색깔 수백 마리의 비룡(飛龍)들이 바람을 타고 있었다. 다시없는 장관이었다.

"옵니다!!"

왕호저가 우렁찬 목소리로 말했다. 목소리가 더할 나위 없이 크고 밝았다.

대로를 따라 강설영이 타고 있는 마차가 들어오고 있었다.

처처처처처척!

수백 명 문도들과 전사들이 자세를 바로 했다.

대로 옆에 도열하여 비룡번 깃발을 높이 세워들었다.

새신부의 마차를 맞이하기 위함이었다. 멋진 광경이었다.

강설영의 마차가 비룡원 정문에 이르렀을 때였다.

한 줄기 맑고 고운 금음(琴音)이 사위를 울리기 시작했다. 대단히 아름다운 선율이었다.

사람들 사이에서 술렁임이 일었다.

묵직하고 거친 금음이 더해졌다. 고운 선율에 강력한 힘이 깃들었다.

풍악(風樂)이 계속되었다. 음역이 높은 칠현금의 밑을 받치며 사현금의 음률이 흘러들었다.

어디선가 나직한 북소리가 더해졌다. 풍성하기 이를 데 없는 조화였다.

온 세상이 그들을 축하해 주는 선율로 꽉 찬 것 같았다.

악곡의 수준이 놀라웠다.

"대체 어디서 들려오는 거지?"

분주해진 것은 우목이었다. 계획에 없었던 일이었던 까닭이었다.

"누군지 알아봐!"

전사들과 문도들 몇 명을 재빨리 불러보았다. 그가 막 지시를 내릴 때였다.

"잠깐."

문도들을 제지하는 한 마디가 있었다.

"악곡 때문이라면, 내버려 둬도 될 것 같소."

양무의의 목소리였다.

우목이 몸을 돌려 회랑 앞을 보았다. 먼저 눈에 띤 것은 비단 옷을 곱게 차려 입은 백가화였다. 그녀는 금장식 무늬가 화려한 백옥색 비단옷을 입고 있었다. 옷이 날개란 말은 괜히 있는 말이 아니었다. 자태가 눈부셨다.

철운거에 탄 양무의도 신수가 훤했다. 백가화와는 지극히 잘 어울리는 한 쌍이었다. 철운거에 편안히 기댄 모습이 그리도 자연스러울 수가 없었다. 비단 옷을 입혀 놓고 옥관으로 머리를 정리하니, 그런 귀공자가 다시없었다.

"이런 것이 왔더군."

양무의가 우목에게 한 장의 서신을 내밀었다. 우목이 양무의가 내민 서신을 받아들었다. 서신엔 기품 어린 필체로 짤막한 몇 마디가 적혀 있었다.

내가 직접 가지 못하여 안타까울 뿐이다. 칠절심금, 백현옥룡, 미력진탄, 건곤고라는 강호의 악곡명인들을 대신 보내니, 그들의 축하곡을 내 마음으로 알라.

유일제자 단운룡 전.

우목이 무인들을 되돌렸다.

단운룡을 두고 유일제자라 칭했다. 사부란 말이다.

우목은 괜한 아쉬움을 느껴야 했다. 단운룡의 마음을 헤아려서라기보다는 저 단운룡의 사부라 하니, 우목 자신이 한번 만나보고 싶었던 것이다.

"다 들어왔다. 우리도 나가봐야지."

양무의의 목소리가 우목의 상념을 깼다. 회랑 바깥으로 눈을 돌리니, 신부의 마차가 비룡원 본당 앞에 서는 것을 볼 수 있었다. 백가화가 철운거를 끌고 밖으로 나섰다. 우목도 서둘러 걸음을 옮겼다. 꽉 묶은 머리와 비단옷이 답답했다. 풍악 하나에도 신경을 곤두세워야 한다니, 친구 하나 잘못 둔 게 죄라면 죄일 게다. 결정부터 혼례까지 모든 준비를 보름 만에 해치운 그였다. 누가 혼사를 경사라 했던가. 이 재앙이 어서 끝나기만을 바라고 또 바랄 뿐이었다.

\*         \*         \*

"이것으로 두 사람이 부부지연을 맺었음을 천지신명께 고합니다."

단상의 중앙에 서서, 혼례를 주관한 것은 다름 아닌 오기룡이었다.

그 역할을 할 사람은 그밖에 없었다.

오기룡은 단운룡에게 사제지연을 선물한 이였다. 그리고 이 자리에서 오기룡은 단운룡에게 부부지연까지 선언해 준 것이다.

오기룡이 술 한 잔을 하늘에 올리고, 한 잔을 두 사람에게 권했다.

광동식 혼례에, 운남식 식순과 오원의 부족 혼례가 두루 섞인 독특한 혼인식이었다. 신부 측을 따라 광동식 혼례를 올리려 하니 금상 측 사람 수가 너무 적은 데다가 전체 식순을 완전히 아는 사람도 없었고, 그렇다고 예법에 고집을 부릴 사람도 딱히 없는 상황이었다. 단운룡의 출생지인 운남 대리식으로 하려고 해도 사정은 마찬가지였다. 결국 잔치를 준비하고 즐길 사람들이 오원의 부족민들인지라 혼례 장식부터 소소한 예법까지 오원 쪽 색깔이 두드러질 수밖에 없었던 것이다.

단운룡이 오기룡이 내려준 잔을 받아 들었다. 푸른빛 곤룡포를 입은 그가 먼저 한 모금 들이키고, 강설영에게 건넸다. 붉은색 신부복을 입은 강설영이 그 잔을 나눠 마셨다. 향을 피우는 대신 술잔을 나눈 것이다. 광동이나 대리에선 그리하지 않는다. 하지만 오원에선 그렇게 해야 한다고 했다.

두 사람은 그렇게 부부(夫婦)가 되었다.

혼례를 마친 후, 성대한 축하연(祝賀宴)이 열렸다. 칠절신금, 백현옥룡, 미력진탄, 건곤고라는 명인들과도 만났다. 사부가 보내주었다는 말에, 단운룡은 아쉬움을 덜 수 있었다.

단운룡은 축하연에서, 의협문의 이름을 의협비룡회로 개칭하여 새롭게 개파(開派)하였음을 선포했다. 막야흔을 필두로, 엽단평, 관승, 장익, 왕호저, 효마까지 비단 무복을 입고 앞에 서자, 위용이 실로 어마어마했다. 수백 기의 비룡번이 바람에 나부끼는 가운데, 무산에서 태양풍에게 제대로 사사한 칠대 기수가 황금비룡번을 시연했다. 장관이었다. 축하연이 절정에 이르렀다.

"대단하군. 잘됐어. 그렇지 않나? 곽 노대?"

"예. 우리 선성이 아니라도 괜찮군요. 축하하러 와 준 손님들의 진심을 논한다면 여기가 훨씬 더 좋을 겁니다."

"그래. 그 말이 맞아. 이렇게라도 하길 잘했어."

강건청은 웃었다.

운남 구석이라 하여 걱정했더니, 이리도 많은 사람들이 이렇게나 즐거워해 줄 거라고는 상상조차 하지 못했다. 화려함과 사치스러움을 따지자면 광주에 비할 바가 못 되겠지만, 규모에 있어서는 이곳에 미칠 수 없었을 것이다. 강씨 금상이 아무리 넓어도 이런 대규모 잔치를 며칠씩이나 벌이기는 쉽지 않았을 터였다. 비룡원만 잔치인 게 아니라, 거리 전체가 혼례식장인 셈이었다. 하객 수는 산출이 불가능하다. 굳이 따져 보자면 만 단위를 족히 넘을 것 같았다.

잔치는 끊이지 않고 이어졌다.

단운룡과 강설영은 장식도 요상한 포랑족 수레를 타고, 오원을 한 바퀴 돌았다. 대리나 선성에선 혼례식 신부 얼굴을 사람들에게 보여주지조차 않는다. 그것이 중원의 전반적인 풍습이다. 그래도 여기선 그래야 한단다.

두 사람은 당당히 가슴을 펴고 있어야 했다.

그들의 앞길에 수많은 인파가 몰렸다. 천세 만세 만만세부터 북소리, 악기 소리, 첫날밤 운운하는 짓궂은 농담까지 가는 곳마다 별의별 환호성이 다 나왔다.

두 사람이 비룡원에 되돌아왔을 때는 해 저가는 저녁 무렵이 되어 있었다.

비룡원 외원을 시끌벅적하게 채웠던 하객들이 썰물처럼 빠져나갔다. 오원에서는 본래부터 그래주는 거라 했다.

비룡원은 한산해졌지만 담장 바깥의 잔치는 멈출 줄 몰랐다. 밤이 되었으니 오히려 다시 시작인 셈이었다. 사방에 횃불이 밝혀지고 거대한 술판이 벌어졌다. 운남 지역 모든 부족민들과 의협비룡회 문도들이 모처럼 하나가 되었다. 시끄럽고 즐거운 밤이었다.

피치 못할 시간이 왔다.

혼례식의 마지막 수순을 말함이다.

합방을 뜻함이었다.

모두가 비룡원을 나섰다. 막야흔이 엽단평에게 끌려 나가고 양무의와 백가화가 마지막으로 자리를 떴다. 무인들은 하나도 남기질 않았다. 넓은 비룡원 터에 두 사람만 남은 것이다. 이유는 명백했다. 합방에 방해되지 않기 위함이었다.

"동생, 이건 내가 주는 혼인 선물이야. 명룡주(鳴龍珠)라는 것인데, 이렇게 두 쌍 네 개가 한 벌이거든. 이게 말이지, 그러니까 소리를 잡아먹는 물건인데, 방구석 네 군데에 두면 바깥에는 아무 소리가 새어나가질 않아. 음, 어디에 쓸지는, 음, 그러니까, 알아서 할 수 있을 거야."

강설영은 그때서야 깨달았다.

홍박이 키득거리면서 주고 간 선물이 어디에 쓰일지에 대해서 말이다.

강설영이 단운룡을 돌아보았다. 단운룡은 벌써 곤룡포 겉옷을 벗고 있었다. 그녀의 얼굴이 확 붉어졌다. 이것에 대해서는 미처 생각하지도 못했다. 혼인을 해야 한다기에 정신없이 여기까지 왔을 뿐이다. 닥친 것은 엄청난 현실뿐이다. 강설영이 입술을 질끈 물고, 마음을 다잡았다.

'그래, 이왕 이렇게 된 거.'

홍박이 품에 넣어 준 명룡주를 꺼내들었다. 피하지 못할 거라면, 주저할 이유도 없는 것이다. 방을 한 바퀴 돌며 네 귀퉁이에 명룡주를 내려놓았다. 그러고는 방문을 열고 바깥으로 나가며 말했다.

"안에서 나 불러 봐요."

대답이 없다. 강설영이 또 한 번 말했다.

"불러 보라니까요?"

역시 아무것도 들리지 않는다. 강설영이 안으로 불쑥 들어왔다. 단운룡이 눈썹을 치켜뜨고 있었다. 그가 물었다.

"방금 뭐였어? 광동에선 이리하나?"

"아니에요. 안에서 나 불렀던 거 맞죠."

"불러서 들어온 거 아냐?"

홍박의 말이 맞았다.

강설영은 단운룡의 목소리를 듣지 못했다. 방 안쪽에서 그녀를 불렀지만, 그녀가 듣지 못했다는 이야기다. 이제 아무 소리도 새어나갈 일은 없다. 준비가 된 셈이었다.

"자, 이제 해 봐요."

"뭐?"

"혼례잖아요. 어쨌든 끝마쳐야 할 거 아니에요?"

강설영은 단운룡의 시선을 피하지 않았다.

그게 그녀 방식이었다.

"정말 괜찮겠어?"

단운룡이 물었다. 강설영이 대답했다.

"괜찮지 않아요. 그래도 어차피 이리 된 거. 나는 아무것도 모르니까 단 공자가 알아서 해야죠. 어디 한번 마음대로 해 봐요."


강설영이 발을 옮겨 제 발로 침상 앞에 섰다.

입술에 연지를 곱게 찍었고, 얼굴엔 하얗게 분을 발랐다.

평소의 그녀 같지 않았다.

고혹적이기 이를 데 없는 모습이었다.

단운룡도 어쩔 도리가 없었다. 죽는 사람 소원 들어주기식으로 혼례를 올렸지만, 결정을 내린 사람은 단운룡 본인이 분명했다. 그렇다면 끝까지 가는 수밖에 없었다.

단운룡이 강설영 앞에 섰다.

강설영은 떨고 있지 않았다. 무인이기 때문이었다.

그러나 결코 이것은 무공 대련과 같지 않았다. 같을 수 없었다.

단운룡이 손을 올렸다. 그의 손이 강설영의 턱에 닿았다.

단운룡의 입술이 다가왔다.

그녀는 피하지 않았다.

강설영이 촉촉한 입술로 그의 입술을 맞이했다.

처음엔 그리 놀라지 않았다. 그냥 이것이 입맞춤이구나 했다.

조금 부드러울 뿐이라고 생각했다. 나쁘지는 않은 느낌이었다.

여은이 손짓 발짓 열을 올리며 이야기하던 것처럼 대단치는 않았다. 여은도 경험이 많아서 그러는 거라기보다는, 협객서나 춘정서에서 읽은 것을 떠들었던 것에 불과했다. 과장된 표현이 많았구나 싶었다. 그런 줄로만 알았다.

"……!"

입술이 열리고, 단운룡의 혀가 그녀의 입술에 닿았을 때, 그녀는 지금껏 했던 생각을 송두리째 바꿔야 했다.

그녀의 입술을 열고, 한없이 부드러운 무언가가 넘어왔다.

단운룡의 혀가 그녀의 이빨을 훑고, 그녀의 혀와 얽혀든 것이다.

그때서야 비로소 그녀는 여은의 말이 진짜일 수도 있겠다는 생각을 했다.

밀어낼 생각조차 하지 못했다. 거부감을 표하기엔 처음으로 닥쳐 온 감각의 폭풍이 너무나도 거셌다.

정신이 혼미해졌다. 입맞춤의 감각 그 자체에 의한 것이라기 보다는, 금기(禁忌) 범접에 대한 흥분감이 더 컸을 것이다.

입맞춤이 길어졌다.

그녀의 손이 그의 어깨로 올라갔다. 그녀의 손가락이 단운 룡을 옷깃을 부여잡았다. 단운룡의 입술이 순간적으로 그녀 에게서 떨어졌다. 두 사람 다 호흡이 거칠어져 있었다. 내공의 심후함 여부와는 상관이 없는 문제였다.

단운룡의 손이 그녀의 옷깃을 잡았다. 그녀는 제지하지 않 았다.

대신 발끝을 들고 멈출 수 없다는 듯 입맞춤을 계속했다.

단운룡의 손이 급해졌다.

붉은색 신부복이 땅에 떨어졌다. 그녀의 상의가 순식간에 벗겨졌다.

강설영의 몸이 흠칫 움츠러들었다.

여자로서의 본능 때문이었다.

하지만 그와 같은 본능도 잠시뿐이었다. 그녀는 이미 마음 을 먹었다. 단운룡의 손이 치마 뒤쪽 매듭을 풀었다. 봉황이 새겨진 신부복 치마가 사르륵 밑으로 흘러내렸다.

단운룡이 그녀를 번쩍 안아 들었다.

안아 올린 와중에도 입맞춤은 멈추지 않았다.

그가 그녀를 침상에 내려놓았다. 풀어헤쳐진 머리카락이 구봉침(九鳳枕) 베개 위에 비단처럼 펼쳐졌다.

강설영의 옷은 이제 몇 겹 남지 않았다.

하얀 어깨가 훤히 드러났다. 한쪽 어깨엔 단운룡이 새겨놓은 흉터가 남아 있었다.

단운룡이 상의를 벗었다. 은은한 불빛 아래로 탄탄하게 단련된 상체가 강인한 그림자를 드리웠다.

그의 가슴엔 꿈틀대는 글자들이 문신으로 새겨져 있었다.

강설영은 그의 몸을 홀린 듯 바라보았다.

잘 빚어진 복근과 팽팽한 가슴 근육이 그녀의 눈을 가득 채웠다. 넓은 어깨 한쪽엔 역시 그녀가 새겨놓은 흉터가 선명하게 남아 있었다.

그녀가 그의 흉터를 보고, 그가 그녀의 흉터를 보았다.

그것은 이별의 증표였으며, 흘러넘치던 감정이 폭발한 흔적이었다.

그가 몸을 숙여 강설영의 어깨에 입을 맞추었다. 흉터지만 흉하지 않았다. 그의 입술이 그녀의 흉터 위에 머물렀다.

찌릿한 느낌이 그녀의 등줄기를 치달렸다.

그의 입술이 그녀의 어깨에서 쇄골로, 쇄골에서 목덜미로 움직였다.

한 번도 느껴본 적 없었던 짜릿한 무언가가 그녀의 머리를 강타했다.

정신을 차릴 수가 없었다.

그녀가 할 수 있는 것이라고는, 손을 들어 그의 머리를 끌어안는 것밖에 없었다.

그의 입술과 혀가 목덜미를 거쳐 점점 더 아래로 내려왔다.

"흡!"

그녀가 급박한 숨을 들이켰다.

충격적이었다.

그의 입술이 그녀의 봉긋한 가슴에 닿고 있었다.

남아 있는 것은 속곳으로 쓰는 얇은 천뿐이었다. 그의 입술이 꽃무늬 새겨진 옷깃에 닿았다. 그는 손으로 그것을 벗기지 않았다. 이빨로 옷깃을 물고, 아래로 끌어내렸다. 강설영은 소스라치게 놀랐다. 그녀의 가슴이 불빛 위로 드러났다.

강설영은 어찌할 바를 몰랐다.

음란(淫亂), 음행(淫行), 무엇으로 말해야 할지 알 수 없었다.

강설영은 생각했다. 부부 사이엔 그런 표현을 쓰지 않을 것이라고.

그러한 것들은 당연한 일이고, 자연스러운 일이어야 했다.

하지만, 그토록 당연하고 자연스러워야 할 일이, 그녀에겐 충격과 충격의 연속이었다.

단운룡의 눈앞에 하얀 가슴과, 분홍빛 유두가 온전히 드러나 있었다.

남자에게 보여줄 것이라고는 상상조차 하지 못했던 가슴이었다.

북부에서는 풍만한 가슴이 인기라는 이야기를 들은 적이 있었다. 옷깃이 터질 것 같이 커야 남자들이 좋아한다고 했다.

깊은 밤 여은이 은근하게 말하는 것을 들으며, 그만하라고 소리를 빽 질렀던 기억이 있다. 그때 여은의 말이 왜 지금 생각났는지는 참으로 모를 일이다.

그녀의 가슴은 옷깃이 터질 만큼 크지 않았다. 그렇다고 작은 편은 아니었다. 손에 꼭 찰 정도는 충분히 된다. 무엇보다 탄력이 넘쳤다.

여은은 그녀의 목욕을 도와줄 때마다 부럽다는 이야기를 했다. 누가 될지 몰라도 아가씨 낭군님은 정말 좋을 거라는 말도 했었다.

과연 그럴까 싶었다. 사람 마음이란 것이 참 묘했다. 막상 이렇게 남자에게 보여주는 순간이 오고 보니, 여은의 말이 진짜였으면 좋겠다는 생각을 했다.

"!!"

거기까지였다.

그녀는 더 이상 아무것도 생각할 수 없었다.

여은이 부럽다고 했던 그 가슴에, 단운룡의 입술이 닿고 있었던 것이다.

손도 아닌 입술이, 남자의 입술과 혀가.

그녀의 가슴 위를 누비고 있었다.

"헉!"

그의 입술과 혀가, 그녀의 가슴에 찌릿거리는 떨림을 남겼다.

그녀가 움찔 놀라면, 탄력 있는 가슴 또한 출렁거렸다.

그의 입술이 봉긋 솟은 분홍빛 꽃봉오리로 향했다. 그녀는 아찔함을 느끼며 그의 입술이 유두로 다가가는 것을 보았다.

"앗!"

그녀는 더 보지 못했다. 두 눈을 질끈 감았다.

그의 입술이 나비처럼 꽃봉오리에 앉았다.

등줄기를 타고 올라오는 느낌은 놀라움의 극치였다.

그 강렬함은 천룡무제신기의 기감(氣感) 그 이상이었다. 혀 끝이 꽃봉오리를 누르고, 감싸 올렸다. 등줄기를 타고 번개가 쳤다. 그의 혀가 천천히 옆으로 움직였다. 가슴 사이의 골을 지나 반대편 꽃봉오리까지 멈추지 않고 올라갔다.

"하악!"

그녀는 자신도 모르게 달뜬 신음성을 내고 있었다. 귓전을 울리는 자신의 목소리가 생소하게 들렸다.

이젠 어쩔 도리가 없었다.

그냥 모든 것을 본능에 맡기기로 했다. 참을 수 없어진 그녀가 그의 얼굴을 잡아 올렸다. 단운룡의 혀가 꽃봉오리에서 목덜미로 거침없이 올라왔다.

입술과 입술이 다시 만났다.

이번엔 그녀가 더 적극적으로 그의 입술을 탐했다.

어떤 남자라도 자극되지 않을 수 없었다.

단운룡의 손이 거칠어졌다. 내려졌던 가슴 위 속곳을 잡아 뜯었다. 그러고는 자신의 하의를 벗어 내렸다.

강설영은 그가 완벽한 나신이 된 것도 몰랐다. 그리고 그가 순식간에 그녀의 마지막 고의끈을 풀고서, 그녀 또한 완벽한 나신이 되게 만든 것도 일순간 알아채지 못했다.

"아아!"

살과 살이 닿고, 몸과 몸이 마주했다.

단운룡의 입술이 그녀의 입술에서 턱으로 내려갔다.

목덜미를 스치는 혀끝이 짜릿했다. 강설영의 호흡이 거칠어 졌다. 다시 가슴으로 내려가고 있음을 깨달은 까닭이었다.

그의 입술이 가슴을 훑어 내렸다. 그의 혀가 가슴과 가슴 사이의 골을 타고, 가슴 아래쪽을 지나 다시 꽃봉오리 위로 올라왔다.

"아아아아!"

그녀는 올라오는 신음성을 참지 않았다. 나오는 것은 나오 는 대로 내버려 두었다. 요조숙녀마냥 아닌 척 참는 것은 애 초에 그녀 성격과 맞지 않았다.

유두에 닿는 혀의 느낌은 경이로움 그 자체였다.

그런 자극은 다시없을 줄 알았다.

하지만, 그것은 그녀의 오산이었다.

더 엄청난 것이 그녀를 기다리고 있었다.

단운룡의 입술이 다시 아래쪽으로 향했다.

강설영은 무슨 일이 벌어지고 있는지조차 알지 못했다. 이미 여기까지만도 상상조차 해 본 적이 없었던 일이었기 때문이었다.

그의 입이 가슴에서 옆구리를 타고, 부드럽게 곡선을 그려 배꼽에 잠시 머물렀다.

배꼽에 머문 입술은 생각보다 자극적이지 않았다. 간지러움이 앞선 것이 그 이유였다. 고조되던 흥분이 다소 가라앉을 정도였다.

그러나, 그 다음 순간, 그녀는 경악성을 내지르고 싶은 심정이 되었다. 그의 입술이 향하고 있는 곳이 어딘지 알게 된 까닭이었다.

'설마!'

설마가 아니었다.

아래로, 아래로.

그의 입술이 그녀의 비소(秘所)로 향하고 있었다.

완만한 둔덕을 따라서 펼쳐져 있는 숲이 촉촉하게 젖어들었다.

은밀하게 감춰져 있던 분홍빛 샘이 열리고, 한 번도 흘러본 적 없었던 샘물이 부드럽게 흘러내리기 시작했다.

당혹스러웠다.

'뭐가… 흘러내려……'

그녀는 그런 현상에 대해 아무것도 들은 바가 없었다. 숨이 가빠지고, 심장이 마구 뛰는 가운데, 거기서도 무언가 줄줄 흘러내리는 느낌이 들고 있었다. 스무 여드레마다 겪는 달거리를 떠올렸다. 하지만 그것과는 느낌이 달랐다. 진득한 피가 아니라 맑고 미끄러운 액체였다. 무엇보다 날짜가 달거리와 맞지 않았다.

머릿속이 뒤죽박죽이었다.

이미 그의 입술은 그녀의 숲을 헤치고 있었다.

그녀가 본능적으로 단운룡의 머리카락을 잡았다. 그러나 잡기만 했을 뿐 그 손아귀엔 한 올의 힘조차 실려 있지 않았다. 어떻게 해야 할 줄 몰랐기 때문이었다.

"혁!"

마침내, 그의 입술이 그녀의 샘에 닿았다.

그녀는 머리끝까지 치닫는 기이한 감각에 급박한 숨부터 들이마셔야 했다.

그 감각의 정체는 압도적인 쾌감이었다.

그의 혀가 이미 젖어 있던 샘과 그 주변을 흥건하게 만들었다. 입술과 혀가 아무런 저항도 없이 그녀의 비소를 유린했다. 그녀의 허리가 위쪽으로 틀렸다. 그녀는 이미 제정신이 아니었다. 두 다리가 한껏 벌어졌다. 발끝이 부르르 떨렸다.

"아앗! 아앗! 아앙!"

샘물이 흘러내리는 것을 느낄 수 있었다. 부끄러웠다. 아무도 가르쳐 주지 않았지만, 강설영은 솟구치는 샘물의 양이 쾌감과 비례한다는 것을 알 수 있었다.

"아윽! 아아! 이제 그만!"

그만이라 말하면서도 두 다리는 활짝 벌린 상태였다.

그녀는 그 사실조차 의식하지 못했다.

한 번도 느껴보지 못했던 엄청난 무언가가 파도처럼 밀려오고 있었다.

도저히 참을 수 없을 정도가 되었을 때가 되어서야 단운룡은 고개를 들었다. 그의 입 주변엔 그녀의 애액(愛液)이 잔뜩 묻어 있었다. 그의 몸이 위로 올라왔다. 따뜻하고 기분 좋은 무게가 그녀 위에 실렸다.

그의 얼굴이 마주 볼 수 있는 위치에 이르렀다.

그는 그녀를 가만 놔두지 않았다.

곧바로 그가 그녀의 입술에 입술을 포갰다. 방금까지 그녀의 비소에 있었던 입술이었다.

그 사실이 그녀를 또 한 번 흥분케 했다. 믿을 수 없이 음란하고, 믿을 수 없이 자극적이었다.

"참아. 아플 수 있어."

단운룡의 목소리가 아득하게 들렸다.

샘물이 흥건한 그곳에, 단단하고 뜨거운 무언가가 닿았다.

그녀는 정신을 차릴 수 없는 와중에도, 가장 결정적인 순간이 왔음을 직감했다.

열기에 들뜬 눈으로 그의 눈을 보았다.

그의 눈동자 속에는 언제나처럼, 전광(電光)이 작렬하고 있었다. 그녀 이상의 격정과 흥분이 실린, 광폭한 전광이었다.

"괜찮아요. 어서 해요. 얼른."

그녀는 스스로 무슨 말을 하고 있는지도 몰랐다. 그것이 재촉처럼 들린다는 것도 알지 못했다.

어떤 남자라도 가만히 있을 수 없다.

단운룡의 허리가 움직였다.

그게 시작이었다.

뜨겁고 단단한 것이 그녀의 안으로 들어왔다.

그녀의 몸이 순간적으로 굳어졌다. 통증은 날카로웠고, 강렬했다. 비명성이 터져 나왔다.

"앗! 아흑!!"

그녀의 손톱이 그의 어깨를 파고들었다.

등줄기를 치닫는 고통이 단전을 자극하고 진기를 움직였다. 잠자던 그녀의 진기가 불현듯 일어났다. 통증이 줄어들기 시작했다.

공력의 준동을 느낀 단운룡의 몸이 순간적으로 굳어졌다.

그럴 만도 했다.

그녀의 진기와 그의 진기가 만났을 때 무슨 일이 벌어졌는지, 생생하게 기억하고 있었던 까닭이었다.

"……!!"

하지만 단운룡은 다음 순간, 크나큰 놀라움을 느껴야 했다.

충돌은 없었다. 어느 한쪽이 어느 한쪽에게 잠식당하는 일도 발생하지 않았다.

예상 밖이었다.

단운룡은 사실, 이 밤에 앞서 작지 않은 걱정거리를 안고 있었던 터였다.

정사(情事)란 대저 단순한 육체의 섞임이 아닌, 기(氣)와 신(身), 정(精)와 기(氣)의 화합이 함께 이루어지는 행위라 하였다. 공력을 쌓은 내가고수들은 정사 중에 서로의 내공에도 영향을 끼칠 수 있다는 이야기였다.

문제는 단운룡의 광극진기와 강설영의 무제신기가 상극이라는 데 있었다.

자칫 잘못하면 어느 한쪽이 내상을 입는 사태가 벌어질 수도 있다는 말이다. 때문에 단운룡은 그녀와 입맞춤을 하는 순간부터 지금껏, 광극진기를 광구에 있는 대로 눌러 담아 진기 운용을 멈추다시피 하고 있었다. 행여 그의 내공이 그녀에게 내상을 입힐까 싶었기 때문이었다.

그러나, 지금 이렇게 그녀 몸에 들어온 지금, 그녀의 몸에서 움직인 진기는 그때 싸웠던 천룡무제신기와 판이하게 다른 흐름을 보여주고 있었다.

상극이 아니라 그 반대였다.

함께 동조하여 상생할 수 있는 기운이었다.

위타천과 싸운 이후, 그녀의 기(氣)가 달라졌음은 일찍부터 알고 있었지만, 이렇게 공력의 근본 성질까지 변화해 있었음은 미처 깨닫지 못했다. 무산으로 떠나기 전 마지막으로 그녀를 보았을 때를 떠올리면 더더욱 그렇다. 그때까지도 그녀는 천룡무제신기의 구결과 형에만 매달려 있는 상태였던 것이다.

'이건, 상생 정도가 아니라… 마치 같은 근원인 것처럼……!'

은은하게 일어나 강설영의 몸을 휘도는 진기는, 단운룡의 기(氣)와 너무나도 자연스럽게 어울리고 있었다. 단운룡의 광극진기는 억누른다고 완전히 지워버릴 수 있는 성질의 내공이 아니었다. 바로 그 점을 우려했던 것인데, 강설영의 진기는 그녀와 닿아 있는 피부며, 입술이며, 서로 교접하고 있는 깊은 곳에서까지 아무렇지 않게 그의 몸을 넘나드는 중이었다.

'이 진기는… 천룡무제신기가 아니다. 이건… 틀림없는…….'

마침내 단운룡은 또 한 가지 놀라운 사실을 깨닫기에 이른다.

있을 수 없는 일이었다.

천룡무제신기가 사라져 버린 것은 위타천 짓이라고 치면 된다.

그러나, 새롭게 자리 잡은 진기의 정체는 아무래도 납득이 되지 않았다.

이 정도로 순도 높은 공력을 넘겨 줄 수 있는 사람은 달리 존재할 수 없다.

저 철위강밖에 없다는 말이다.

헌데, 그가 준 진기의 이름은 천룡의 그것이 아니다.

그것의 이름은 다름 아닌.

'협제신기……!'

내상 따위는 걱정할 필요조차 없었다.

구결은 달라도 근원은 하나다. 광극진기를 억지로 눌러두지 않아도 된다는 뜻이다. 그녀는 다치지 않는다. 어떻게 해도 괜찮을 것이다.

"이대로… 끝인 건가요? 왜 멈췄어요?"

강설영이 묻는다.

달뜬 목소리로. 수줍게.

단운룡은 생각했다.

이것 또한 기연이다. 이해는 불가이나, 하늘의 뜻은 참으로 예측이 어렵다.

아니, 애초에 하늘이 맺어준 부부(夫婦)라서 그런가 보다. 적에 의해 내공이 지워지고, 상극인 철위강에 의해 새로운 진기를 얻었다.

그렇게 얻은 진기가 무려 협제신기다.

"끝이라니. 이제 시작인데."

단운룡이 대답했다.

말 그대로다.

이제부터다. 이젠 아무런 걱정이 없다.

단운룡이 그녀의 위에서 움직이기 시작했다. 강설영의 미간이 가볍게 좁혀졌다. 통증이 남아 있는 까닭이었다. 협제신기가 다시금 일어났다.

협제신기가 통증을 누르고 그의 몸을 받아들이도록 도와주었다. 그것으로 끝이 아니었다. 협제신기는 그의 기(氣)와 섞이며 육체와 신기(神氣)의 합일(合一)까지 유도하고 있었다.

"아앗! 아흑! 아흑! 아앗!"

그녀의 입에서 연신 신음성이 흘러나왔다.

입술에 비할 바가 아니었다.

단운룡의 육신이 뒤로 빠져나갔다 다시 들어올 때면, 저절로 숨 가쁜 교성이 내질러졌다.

강력한 쾌감이 번개처럼 일어나 그녀의 몸을 사정없이 내리치고 있었다.

단운룡은 거칠고, 강했다.

그녀의 몸이 파도 위의 배처럼 흔들렸다. 가슴이 출렁였다. 허리가 들리고 다리가 벌어졌다.

"앗! 아흑!"

고통은 더 이상 없었다. 오로지, 오로지 쾌감뿐이었다.

일순간 그가 자세를 바꿔, 그녀를 위쪽으로 올렸다.

마주 앉은 자세로 단운룡의 입술이 강설영의 입술을 탐했다. 강설영은 주저치 않고 입술을 열어 단운룡의 혀를 받아들였다.

두 사람의 움직임이 점점 더 격해졌다.

단운룡의 두 손이 강설영의 엉덩이를 부여잡았다. 단운룡이 그녀의 엉덩이를 한껏 끌어당겼다. 강설영의 입에서 터져나오는 열락의 신음성은 비명에 가까웠다.

그녀가 못 참겠다는 듯, 단운룡의 어깨를 밀어냈다.

단운룡은 저항하지 않고 뒤쪽으로 몸을 뉘었다. 침상에 등이 닿았다. 단운룡이 위를 올려보았다. 숨이 막힐 정도다. 기마(騎馬)에 탄 듯한 자세로, 단운룡의 몸 위에 앉은 강설영의 나신은, 그야말로 눈이 부실 만큼 아름다웠다.

"으윽."

단운룡의 입에서 억눌린 침음성이 흘러나왔다.

운남의 밤은 더웠다.

강설영의 벗은 몸은 열락의 땀방울로 흠뻑 젖은 상태였다. 촛불을 받아 번들거리는 그녀의 자태는 항거불능의 염기(艶氣)를 품고 있었다.

단운룡이 이를 악물었다.

보는 것만으로도 참기 힘들다. 흥분이 극에 이른 것이다.

고비였다.

단운룡이 움직임을 멈추었다. 흥분을 가라앉혀 볼 요량이었다.

하지만 쉽지 않았다.

강설영의 움직임이 계속되고 있었기 때문이었다. 단운룡은 멈추었지만, 강설영의 허리는 계속 움직이고 있었다.

그 움직임은 누가 가르쳐 주지 않아도 절로 알게 되는 그런 것이었다.

지극히 순수한 본능이다.

그녀의 허리와 엉덩이는 앞뒤로만 움직이고 있지 않았다. 앞뒤, 양옆으로 유연하게 작고 큰 원이 그려졌다.

고개를 뒤로 젖히고, 무아지경에 빠져든 그녀.

단운룡의 탄탄한 복근에 하얀 두 손이 올려졌다. 그녀의 가슴이 두 팔 사이에 모아졌다. 무섭도록 요염한 모습이었다. 목덜미로 흘러내린 땀방울이 탄력 있는 가슴 선을 타고 내려와 단운룡의 몸 위에 비처럼 뿌려지고 있었다.

운우지정(雲雨之情)이라 했다.

그들의 정사가 그러했다.

구름과 비처럼 촉촉했다.

단운룡이 손을 뻗어 그녀의 가슴을 쥐었다.

"아흑!"

그녀는 부끄러움보다 놀라움을 느끼며, 허리의 움직임을 더 빨리했다.

"으윽!"

단운룡이 두 손을 급히 내려 그녀의 허리를 잡았다. 그녀의 미간이 좁혀졌다. 단운룡의 손이 그녀의 허리를 붙잡아 멈추었기 때문이었다.

쾌락에 들뜬 눈으로, 의아함에 가득 찬 눈으로 그녀가 그를 내려 보았다.

단운룡이 번쩍 몸을 일으켰다. 그러고는 그녀의 몸을 가볍게 들어올렸다.

"흡……!"

꽉 차 있던 무언가가 빠져나가는 느낌에, 강설영이 두 눈을 크게 떴다.

왜 멈춘 거냐고 물어보려 했다. 하지만 단운룡은 그럴 기회를 주지 않았다. 곧바로 그녀의 몸을 돌려 엎드리게 만들고는, 뒤쪽에서부터 거침없이 그녀의 안으로 들어온 까닭이었다.

"아앗! 아흑!"

짐승처럼 엎드린 자세로, 불처럼 뜨거운 그를 몸속 깊숙이 받아들였다.

그녀는 진정 알지 못했다.

남녀 간의 정사가 이처럼 여러 가지 자세로 가능하다는 사실을 꿈에도 상상하지 못했던 것이다.

자세를 바꿀 때마다 느낌이 달랐다.

은은한 통증을 느끼면서도 솟구치는 쾌감을 주체할 수 없었다.

살과 살이 부딪치는 소리가 너무나도 음탕하게 들렸다.

강인한 손이 그녀의 허리를 붙잡고, 그를 향해 한껏 끌어당기고 있었다.

미칠 것 같았다.

그의 움직임이 점점 더 빨라졌다.

그 모든 것이 그녀를 절정으로 이끌고 있었다.

"아앗! 아아아아아!"

아래쪽 깊은 곳에서부터 강렬한 무언가가 끓어올랐다. 한 번도 느껴보지 못한 기이한 감각이 등줄기를 타고 올라 머리 끝까지 올라왔다.

하얀 빛줄기가 보인다고 생각했다.

번쩍이는 쾌감이 머릿속에서 폭발하듯 부서졌다.

"아흑! 아윽!"

온몸에 힘이 들어갔다. 허리가 한껏 뒤로 젖혀졌다. 그녀는 극에 이른 쾌락에 굳어진 채로 온몸이 부들부들 떨리는 것을 느꼈다.

털썩.

그녀의 몸이 침상 위로 무너졌다.

단운룡이 그녀에게서 빠져나왔다. 그가 그녀의 몸을 가볍게 들어 다시 돌려놓았다. 천장이 보였다. 온몸에 힘이 다 빠져나가 버린 것 같았다.

그녀의 눈에 단운룡의 얼굴이 비쳐들었다.

다시 그녀 위로 올라온 것이다.

그의 얼굴엔 기분 좋은 미소가 깃들어 있었다. 그녀는 그의 웃음이 승리의 미소처럼 보인다고 생각했다.

그가 바로 누운 그녀의 다리를 다시 벌렸다.

"앗! 아윽!"

이대로 끝이 아닌 것이다.

그가 그녀 안으로 또 한 번 들어왔다.

그곳이 뜨거웠다.

그가 다시금 움직이기 시작했다. 아까보다 부드러웠다.

끝까지 올라가 그 위가 없을 줄 알았건만.

또다시 솟구치고 있었다.

그가 들어와 있는 깊은 곳으로부터, 자극적인 쾌감이 은은하게 끓어올랐다.

그는 움직이고 또 움직였다.

"아앗! 아아앗!"

교성이 계속 터져 나왔다.

천천히, 그러다가 강하게.

부드럽게, 다시 거칠게.

절정은 한 번으로 그치지 않았다.

그녀는, 그의 몸에 덮쳐진 채로, 계속 허리를 흔들고 있었다.

두 사람의 허리가 함께 움직이며 합을 맞춰갔다.

단운룡의 움직임이 느려졌다.

"계속, 계속해요!"

그녀가 재촉했다.

단운룡이 말했다.

"더는 못 참겠어."

"참지 마요. 참지 마요."

그녀는 그게 무슨 뜻인지도 모르면서, 그렇게 그를 끌어당겼다.

그녀의 육신은 놀라웠다.

피부에 닿기만 해도 정염이 샘솟고, 가볍게 움직이기만 해도 모든 것을 빨아들일 듯했다.

참을 수 없다.

단운룡도 결국 한계에 이르고 말았다.

"그럼, 이대로 간다."

"아웃! 아앙! 아앙!"

그녀는 이미 그의 목소리를 듣지 못할 지경에 이르고 있었다.

그의 움직임이 빨라졌다.

살과 살이 부딪치는 소리가 거세지고, 숨소리가 넘어갈 듯 가빠졌다.

"윽! 으으으으윽!"

"아아아아아아!"

그녀의 두 다리가 그의 허리를 힘껏 휘감았다. 단운룡의 몸이 굳어졌다.

결국 그녀의 안에서 폭발하고 만다.

그의 전신이 꿈틀, 그녀의 나신 위에서 몇 번이나 굳어지고 풀어지길 반복했다.

모든 것이 흘러넘치고 있었다.

그의 몸이 그녀 위로 무너져 내렸다. 땀에 젖은 채, 서로를 부여안고 가쁜 숨을 몰아쉰다. 서로를 바라보는 눈빛에는 꺼지지 않은 열락의 불길이 남아 있었다.

"아아… 이런 건 줄 몰랐어요."

그녀가 속삭이듯 말했다.

"그래, 나도 몰랐다."

농담처럼 대답하지만, 진심이다.

이런 정사는 그도 처음이었던 것이다.

운우지락에 있어서 이토록 완벽한 상대를 만나는 것은 쉬운 일이 아니라 했다. 첫 만남부터 애틋함이 앞선 사람은 아니었지만, 그녀가 그의 짝이 맞기는 맞는 모양이었다.

그렇게, 두 사람은 부부지연이란 네 글자로 묶이게 된다.

길고도 길었던 인연이 마침내 결실을 맺기에 이른 것이다.


＊              ＊              ＊


혼인을 하고, 평생 함께할 배우자가 생겼다.

결코 작지 않은 변화였다.

강설영은 낮 시간 내내 천잠보의에 매달렸다. 그건 종전과 같았다. 단운룡도 해가 떠 있는 동안 무공수련에 매진했다. 그것도 예전과 달라지지 않았다.

밤에는 달랐다.

노을이 질 때가 되어서야 부부는 서로의 얼굴을 보았다.

저녁부터 아침까지는 온전히 둘만의 시간이었다. 누구도 둘을 방해하지 않았다.

천운이라 할 만했다. 강호의 무사와 무림의 여협이 육체의 연을 맺을 때는, 대저 피치 못할 사건이나 순간의 충동에 의한 일이 비일비재한 법이었다. 정식으로 예를 갖춘 혼례도 흔치 않은 호사였다. 안온한 보금자리는 말할 것도 없었다.

강호의 연인들은 지붕 없는 산야에서 몸을 섞는 일이 흔했다. 그게 더 좋다고 하는 연인들도 있겠지만, 그것은 선호의 문제라기보다는 여건의 문제였다. 단운룡과 강설영은 그럴 필요가 없었다.

대궐 같은 집이 있었고, 안락한 침소가 있었다.

수많은 사람들의 축하를 받고 혼인식을 치른, 정식 부부였다.

두 사람은 거리낌 없이 서로를 원했다. 원할 수 있었다.

새벽이 밝아올 때까지 멈추지 못한 적도 많았다. 초식 투로를 연마할 때처럼 움직임과 체위가 무궁무진했다. 침상에서, 탁자에서, 의자에서, 바닥에서, 서서, 앉아서, 만족할 만큼 충분히 누렸다.

쾌락에만 심취한 것은 아니었다.

강설영은 육체의 합일을 통해 협제신기를 익혔다.

육체관계를 통해 내공을 수련하는 방문좌도의 공부를 일컬어 색공(色功)이라 했다. 물론 협제신기는 방문좌도의 술이 아니요, 색공은 더더욱 아니다. 다만, 기(氣)의 흐름을 파악하고 기의 운용을 익혀나가는 데 있어, 격정적인 정사(情事)는 예상치 못한 효용성이 있었다.

강설영은 자신의 위에서 옆에서 뒤에서 밑에서 넘실대는 광극진기의 육신을 맞이하며 협제신기의 도인 공부를 깨우쳐 나갔다. 강설영은 빨리 배웠다. 운우지락도, 협제신기도.

강설영에게 잠자고 있던 협제신기는 단운룡에게도 기연이었다.

광극진기와 협제신기는 근원이 같았다.

훌륭한 예술작품을 두고 감상과 해석이 달라지는 것과 같은 차이가 있을 뿐이었다. 결국 그 중심에 있는 것은 무공의 완성으로 향하는 궁극적 내공이었다. 침소에서 강설영을 안은 채 진기 도인을 돕고 함께 구결을 만들어가는 과정 자체가 곧, 협제신기의 요체를 얻어가는 공부이자 광극진기에 견고함을 더하는 수련이었다.


"결국은 무공이야."

단운룡이 말했다. 강설영은 미끈한 나신을 드러낸 채, 단운룡의 가슴 위에 늘어져 있었다.

심장은 아직도 두근두근 빠르게 뛰는 중이었다. 등불을 머금은 땀방울들이 강설영의 등줄기를 따라 흐르며 고혹적인 염기(艶氣)를 뿜어냈다.

"결국은 무공이죠."

강설영이 흐트러진 머리카락을 귀 뒤로 넘기며 고개를 들었다. 얼굴이 발갛게 상기되어 있었다. 호흡도 아직 흐트러진 채였다.

내공의 깊이와 부합되지 않는 일이었다.

협제신기를 통해 진기를 회복한 강설영은 심박의 조절과 발한(發汗)의 유무가 자유자재인 경지에 이르러 있었다. 그녀 정도의 내가고수라면 제아무리 열정적인 정사를 치른다 해도 땀에 젖거나 호흡이 흐트러질 일이 없어야 정상이다.

이렇게 땀으로 범벅이 되어 여운을 즐길 수 있는 것은 일부러 내공을 운용하지 않았기 때문이다. 그게 더 좋았다. 정사 중에도 내공을 익혀 왔지만, 때로는 순수하게 서로를 탐하는 것도 나쁘지 않다. 둘은 젊은 부부다. 그래도 됐다.

"위타천을 꺾을 수 있어야 해. 그만한 무공을 갖추지 않고서는 중원을 도모할 수 없어."

"그래요. 당신은 할 수 있을 거예요."

강설영은 이제 공자라는 호칭을 쓰지 않았다. 남편으로의 호칭을 썼다. 단운룡이 강설영의 머리카락을 한 번 쓸어내리고는 말을 이었다.

"내 광극진기는 중단전의 뇌정광구를 원천으로 하고 있어. 그 심부에는 모든 것의 근원인 광핵이 있지. 이걸 어떻게 쓰느

냐가 관건이야. 제대로 쓸 수만 있으면 해 볼 만한데, 회전격
발을 하는 데 난관이 있어. 방법을 모르겠단 말이야."

"회전격발이요?"

강설영이 두 눈을 동그랗게 뜨면서 되물었다.

그녀가 몸을 일으키자 마주 닿아 있던 가슴이 등불 밑으로
드러나며 단운룡의 두 눈을 어지럽혔다. 그녀의 나체는 탄력
이 넘쳤다.

"위타천과 싸우던 중, 광핵회전을 통해 더 큰 무위를 낼 수
있음을 알았어. 그런데 그 이후 그게 안 돼. 뭔가 빠진 게 있
어. 그걸 채워야 해."

강설영이 가볍게 미간을 좁혔다. 그녀의 손이 단운룡의 명
치에 닿았다. 중단전이 있는 곳이다. 서로의 살갗을 만지는 게
이젠 너무나도 익숙해져 있었다.

"그렇게만 들어서는 잘 모르겠어요. 이야기해 줄래요? 어
떤 일이 있었는지?"

강설영은 단운룡이 위타천과 싸울 때, 그 자리에 있었던 목
격자였다. 그래서 단운룡은 그동안 당시의 일을 함께 복기해
볼 생각을 하지 못했다.

하지만 그들 정도의 고수들이 주고받는 공방을 눈앞에서
보았다고 하여, 내가기공의 대결까지 모두 다 파악해 낼 수 있
는 것은 어불성설에 가까운 일이다.

더욱이 당시의 강설영은 치명상을 입은 데다가, 무공까지

거의 다 상실하다시피 한 상태였다. 모든 것이 정상이었더라도 다 꿰뚫어보기 힘들었을 텐데, 하물며 그 지경에서는 제대로 꿰뚫어 볼 수 없는 것이 당연지사였다.

"그놈은 참 강했어. 그렇지?"

"그랬죠."

"위타천과 맞섰을 때……."

단운룡은 위타천과의 대결을, 단운룡 본인의 관점에서 소상히 이야기했다. 솔직하게 가감 없이, 느낀 대로 풀어놓았다.

단운룡은 더 이상 그녀 앞에서 강한 척하지 않았다. 모르는 것을 안다고 말하지 않았다. 해결되지 않는 문제를 무작정 해결될 거라 다짐하지 않았다. 강설영은 침상에 앉아, 아름다운 나신을 드러낸 채, 그와 눈을 맞추고 진지하게 그의 말을 들었다.

"제대로 이해한 거라면… 광핵회전이 가능했던 것은, 위타천의 뇌전을 받아내면서부터네요. 그죠?"

"뇌인(雷印), 천룡상회에서 말하길 천신기(天神技)라 하더군."

"제가 맞섰을 때는 그런 무공을 쓰지 않았죠."

"무공이라, 그걸 무공이라고 부를 수 있을까."

"무공이든 술법이든, 그게 첫 계기가 되었어요. 그리고 한 번 죽은 듯 쓰러졌을 때도, 그 뇌인의 기운을 흡수해서 일어날 수 있었고요."

"그랬지."

"바깥에서 가해진 힘. 그게 관건 아닐까요?"

"그 말이 옳아. 그것이 관건이자 문제지. 나로서는 광극진기로 뇌전을 일으켜도 방출만 가능해. 바깥으로 내뿜었다가 다시 내 몸으로 돌릴 방법이 없어."

"그 방법, 있을 거 같은데요."

"어떻게?"

"세상에서 가장 똑똑한 척 다 하더니, 그렇지만도 않네요."

"해볼 수 있는 것은 다 해봤어. 지금으로선 해결책이 하나야. 사부를 만나는 거."

"그것도 한 방법이죠."

강설영이 배시시 웃었다. 그녀가 장난기를 두 눈에 머금은 채, 두 손으로 단운룡의 가슴을 짚고 단운룡의 배 위에 올라탔다. 팔 사이에 눌린 가슴골이 단운룡의 시선을 빼앗았다.

"방법이 또 있단 말이야?"

"있죠."

강설영이 고개를 숙여 단운룡의 목덜미에 입을 맞췄다. 단운룡이 짧은 숨을 들이켰다. 강설영이 고혹적인 웃음을 짓더니 입을 벌리고 단운룡의 목덜미를 쭉 핥아 올렸다.

"알려줘."

단운룡이 재촉했다. 강설영이 단운룡의 귓불을 깨물며 속삭였다.

"싫어요."

"어서."

단운룡이 강설영의 양 허리를 잡았다. 강설영이 약을 올리
듯, 허리를 흔들었다. 그녀의 허리를 잡은 단운룡의 손에 힘이
더해졌다.

"말해."

"안 돼요."

단운룡이 그녀의 허리를 아래로 잡아당겼다. 그녀의 그곳에
그가 닿았다. 그녀는 이미 젖어 있었다.

"하아……!"

"말 안 할 거야?"

"하는 거 봐서요."

"말하지 않으면 안 넣을 거야."

단운룡이 손에 힘을 풀었다. 이번엔 강설영 차례였다. 그녀
가 허리를 밑으로 내렸다.

그의 협박은 아무 소용이 없었다. 그가 하지 않으면 그녀가
하면 그만이었다.

"하악……!"

한 번에 끝까지 들어갔다. 그녀가 신음을 참듯 입술을 깨물
었다.

"제가 하면 되죠."

그녀가 말했다. 단운룡이 마주 웃으며 답했다.

"난 계속 가만히 있을 거야."

그녀가 허리를 움직였다. 흥건했다. 그녀가 말했다.

"이거 말고요."

그가 움직이지 않아도 상관없었다. 그녀는 충분히 배웠다. 어떻게 하면 좋은지 너무 잘 알고 있었다.

"이거 말고?"

"응, 이거 말고."

그녀는 흥분하면 말이 짧아졌다. 그녀가 달뜬 목소리로 말을 이었다.

"이거 말고, 뇌전기."

"……?"

"계속 가만히 있을 거야?"

강설영이 물었다. 많이 흥분한 상태였다. 그녀의 움직임이 더 빨라졌다. 단운룡이 다시 그녀의 허리를 잡았다.

"응, 그렇게. 그렇게요. 움직여 줘. 그렇게. 아아……!"

그녀는 좀처럼 말을 제대로 잇지 못했다. 단운룡이 아래에 누운 채로 손과 허리에 힘을 더했다.

"뇌전기를 어떻게 하겠다는 건데?"

"끝나고 말하면 안 돼? 아흑!"

"금방은 안 끝나."

"그, 그럼… 아아! 그거, 내가 하면 되잖아. 광극진기요. 협제신기와 같은 뿌리……! 아흑."

단운룡의 머릿속에 벼락이 쳤다. 그가 움직임을 멈췄다. 강설영이 입술을 깨물고 눈살을 찌푸렸다.

"내가 익힐게요. 뇌신만 발동할 수 있으면 되는 거잖아. 그러니까 어서……!"

강설영의 움직임이 거세졌다.

그의 위에서, 거부할 수 없는 색기를 뿜어내고 있었다. 단운룡의 두 눈동자에 새삼스런 깨달음이 자리했다. 그는 좋은 부인을 얻었다. 총명하고, 기발했다.

그도 더 이상 참을 수 없었다. 그녀 혼자 움직이게 두는 것도 한계다.

이젠 그가 할 차례였다. 상체를 세우고, 그녀를 들어 올려 다시 침상 위로 짓눌렀다. 이젠 그가 위에 있다. 열락의 숨소리가 방 안을 가득 채웠다.


\*　　　　\*　　　　\*


"방법은 그것뿐이 아니에요."

침상 위에서와는 달랐다. 낮의 그녀는 항상 차분했다.

"협제신기와 광극진기는 근원이 같지만, 두 진기의 전환은 단시간 내에 가능할 거 같지 않아요. 성질이 다르니까요."

강설영의 지적은 정확했다.

광극진기와 협제신기는 일대일 대응으로 치환되지 않는다. 협제신기를 익힌 사람이 광극진기를 익히는 데 상충(相衝)은 일어나지 않지만, 지닌 바 협제신기의 경지만큼 그대로 광극진기를 뽑아 쓸 수 있는 것이 아니었다.

그 반대도 마찬가지다. 단운룡은 강설영의 몸에 깃든 협제신기를 통해, 협제신기의 내공 요체를 파악할 수 있었지만 가지고 있는 광극진기를 그대로 협제신기로 쓰는 것은 불가능했다.

공야천성도 그렇게 이야기했다.

협제신기를 익히라. 삼십 년을 수련하라. 그러면 염라마신을 이길 수 있을 것이다.

광극진기의 경지만큼, 협제신기로 운용할 수 있다면 삼십 년이란 세월도 필요 없다.

그것은 다시 말해, 지금의 광극진기를 지니고도 협제신기를 새로 익힌다면, 지금만큼 강해지는 데만도 십 년 단위 세월이 필요하다는 뜻이었다.

사부, 소연신은 가능할지 모른다.

광극진기에서 협제신기로, 또는 협제신기에서 광극진기로.

하지만 사부는 곁에 없다. 옆에 있다고 한들, 가르쳐 줄지도 의문이고, 가르쳐 준다고 바로 가능할지도 의문이다. 아니, 옆에 있으면 강설영은 굳이 배울 필요도 없다. 단운룡이 직접 광핵회전 방법에 대해 사사하면 그만이다. 사부의 부재에 대하여 아쉬워하는 것은 그래서 큰 의미가 없다.

해 봐야 아는 것이겠지만 강설영이 광극진기를 익힌다면,

새로운 내공을 처음부터 익히는 거라고 상정하면 옳을 것이다.

단운룡도 소연신을 만나 무공을 전수받기 시작한 이래, 뇌신을 발동하기까지는 오랜 세월이 필요했었다.

물론, 강설영은 그때의 단운룡보다 상승무학에 대한 이해도가 높고, 지닌 바 내공력도 비할 바가 아니다. 그런 만큼 시간이야 단축되겠지만, 그렇다고 한두 달 만에 가능할 법한 일도 아닐 것이다. 어쩌면 수년, 그 이상이 필요할지도 몰랐다.

"외기(外氣), 그리고 뇌전기(雷電氣). 이 두 가지가 필요하죠. 나 말고도, 우리에겐 차선책이 있어요."

강설영은 차선책을 말했다.

이 역시 단운룡은 미처 생각하지 못했던 부분이다.

굳이 이유를 찾자면, 그의 무공이 의협비룡회에서 독보적으로 높았기 때문이라 할 것이다.

다른 것도 아니고 무공이다.

소연신의 무공, 광극진기다.

무공에 있어서 타인에게 조언을 구하지 않았던 것은, 그만이 지닐 수 있었던 특권이자 한계다.

단운룡도 못 이기는 위타천이다. 오로지 그만 구사할 수 있는 광신마체다. 오로지 혼자 해결해야 한다고 생각했다.

단운룡의 무공수련을 간섭할 수 있는 것은 온 세상에 사부

뿐이다. 사부 외에 다른 방법이 있을 리 없다고 생각해버린 것이다.

"천지간에 가장 빠르고 가장 흉폭한 기운이 뇌기(雷氣)라 했어요. 위타천의 뇌인을 무공이라 불러야 할지 모르겠다고 했죠. 무공이 아니면 술법이죠. 우리에겐 마침, 그런 술법에 대해 물어볼 사람들이 있어요."

진즉에 강설영과 상의했어야 했다.

단운룡이 말했다.

"내가 생각이 짧았군."

강설영은 따뜻한 미소로 화답했다. 단운룡은 그냥 오만하기만 한 남자가 아니었다. 다른 데서는 몰라도, 그녀 앞에서만큼은 아니다. 이제 그녀 앞에서의 그는, 자신의 실책을 순순히 인정할 줄 아는 남자였다.

"보러 가요. 우리."

강설영이 그의 손을 이끌었다. 날이 좋았다. 그녀가 찾는 이들의 거처는 천잠전 한가운데에 있었다. 멀리 보이는 천잠전(天蠶田)엔 푸른빛이 가득했다.

\*　　　　\*　　　　\*

"아, 식객으로 신세를 지고는 있는데, 제대로 감사도 못 드리고, 이거 정말, 몸 둘 바를 모르겠습니다. 그런데, 그 지니신

내공진기가, 정말 독특하신 것 같은데, 제가 어떻게 진맥이라
도 좀."

"이 바보! 정신이 나갔어? 아휴, 죄송합니다. 저희 천룡상회
가, 이런 예의 없는 망나니만 있는 곳이 아니랍니다."

만달과 홍박은 여전했다. 만달은 핀잔을 듣고도 멈추지 않
았다. 그가 홍박의 귓전에 속삭였다.

'내단이야, 내단. 저번에도 말했잖아. 다시 봐봐. 내단이라
고. 안 느껴져? 천년금구도 저런 내단은 안 갖고 있어. 저런
걸 어떻게 사람 몸에 박아놓고 살지?'

홍박이 만달의 발을 꽉 밟았다. 만달이 펄쩍 뛰며, 악! 소리
를 냈다.

"아! 왜 사람 발을!"

"조용히 좀 해! 다 들리거든! 아휴, 죄송해요. 얘가 좀 정신
이 나갔어요. 저는 천룡상회의 홍박이라 합니다."

"단운룡이다. 여기 회주직을 맡고 있지."

"호호호, 네에. 바로 하대를 하시네요. 호호호호. 뭐 회주
시니까, 호호, 이거 참 당혹스럽게. 저희가 몸을 의탁하고 있
으니까, 당연한 일이지만서도요. 저희도 여기 온 지 꽤 오래
되었는데, 참 얼굴 뵙기 어려우신 분이세요. 무시당하는 것도
아니고."

홍박의 말에는 가시가 있었다. 예의 없는 만달을 나무라면
서 본인은 무례가 더하다. 이렇게 한번 꼬이면, 홍박의 언사는

항상 통제가 불가능했다. 만달이 홍박의 입을 틀어막으며 호들갑을 떨었다.

"아, 그게, 저희는 무시당한다고 한 번도 생각해 본 적 없습니다. 이 여자가 원래 좀 그렇습니다. 의도는 그런 게 아닌데, 한 번 맛이 가면 자기가 자기 입으로 무슨 말을 하는지도 잘 몰라요. 오늘 뭘 좀 잘못 먹은 거 같습니다."

"자네가……?"

"만달, 만물요괴에 통달한 만달입니다."

만달이 과장된 몸짓으로 포권을 취했다. 홍박은 그때서야 본인의 실책을 깨달았는지, 입을 꾹 다물고 있다가 느닷없이 손뼉을 짝 치며 강설영의 손을 부여잡았다.

"아, 맞다! 내 정신 좀 봐! 동생! 이리 와봐! 귀하고 귀하신 분 뵙는다고, 내가 미처 말을 못 했네! 드디어 완성했어!"

홍박이 강설영을 잡아끌었다.

홍박의 거처는 이제 제법 큰 규모의 대장간이 되어 있었다. 단운룡도 그녀들을 따라 발을 옮겼다. 만달이 안절부절못하다가 이를 악물고, 에라 모르겠다 그의 뒤를 따랐다.

"얍!"

홍박이 기합성 같은 이상한 소리를 내뱉으며 이보라고 두 팔을 한껏 뻗었다. 중원 대도시의 극단에 들어가도 되겠다. 강설영의 두 눈이 크게 뜨였다.

"와아……! 이것이……!"

"천잠사용 선륜차야! 구동부랑 방추차 부분은 조정이 더 필요한데, 그건 천잠사(天蠶絲)를 올려봐야 맞출 수 있을 거 같아."

일반적인 선륜차와는 크기부터가 달랐다. 강철로 만든 바퀴 중심부엔 부드러운 구동을 위한 톱니바퀴들이 심어져 있었다. 실을 잣는 물건이 아니라 일견 기관진식 병기처럼 보일 정도였다.

"어때? 이름은 보의선륜차라 붙였어! 이게 그냥 평범한 방차(紡車) 같아 봬도 공방학자 홍박의 이름을 건, 기술의 총화가 담겨 있다구!"

"언니, 그냥 평범한 방차 같이 보이지도 않아요. 정말 대단하네요."

홍박이 어떠냐며 의기양양한 표정으로 만달을 돌아보았다.

만달이 심드렁한 얼굴로 고개를 설레설레 저었다.

"고작 쇳덩이를 가지고."

작은 소리로 궁시렁거렸으나, 홍박이 못 들었을 리 만무하다. 홍박이 눈을 치뜨며 소리를 빽 질렀다.

"지금 뭐라 했어? 다 들었어!"

"언니, 언니, 그보다요. 물어볼 게 있어요."

"으… 응? 물어볼 거?"

"술법에 대한 건데요."

"술법? 무슨 술법?"

"뇌전(雷電)을 일으킬 수 있는 술법이요."

그녀의 말에 홍박과 만달, 두 사람의 몸이 딱 굳었다. 경악까지는 아니다. 그냥 작은 놀람에도, 원래가 과장된 반응을 보인다. 몸짓은 과장되었으나, 정작 눈빛은 그렇게까지 놀란 기색이 아니었다.

"그건 왜 묻는 건지 물어봐도 되겠소이까?"

만달이 끼어들며 말했다. 답은 단운룡이 했다.

"위타천을 상대하기 위함이다."

"위, 위, 위타천요."

"그의 뇌인과 같은 술법이 또 있나?"

만달이 흡, 하고 숨을 들이켰다. 그의 표정이 묘하게 변했다. 흔들리는 그의 눈빛엔 의아함과 호기심이 뒤죽박죽 섞여 있었다.

"뇌전술이란 게, 술법 중에서도 가장 다루기 힘든 술법이기도 하거니와, 영수, 신령의 힘을 빌린다 해도 그 활용이 지극히 제한적이라서 말이지요. 뇌수 기(夔)의 술법을 쓰는 술사들이 있다고는 들었지만, 정말 벼락과 같은 위력을 지닌 술법은 구사하기 힘들 겁니다. 전설에 따르면 뇌신 풍륭(豊隆)의 술이란 것이 존재한다고 들었는데, 보통의 인간술사들로는 구현이 불가능하다고 합니다."

만달은 모처럼 횡설수설하지 않고 차분히 말을 맺었다. 학자(學者)라더니, 자신 있는 분야에 있어서는 언어에 조리가 있었다.

"있기는 하지만, 쓰는 자는 모른다는 말이로군."

"짐작이야 할 수 있지요. 저 동방삭을 포함, 현세의 칠대 괴력난신들은 대부분 가능할 거라 봅니다."

"만달! 이 바보! 입 함부로 놀리지 마!"

홍박이 빽 소리를 질렀다.

"금기도 금기 나름이지! 모처럼 무적사패의 제자님께 잘난 척할 기회를 잡았는데, 내 즐거움을 방해하지 말지어다! 이 질투쟁이 여자야."

만달이 되려 쏘아주고는, 단운룡을 돌아보며 말을 이었다.

"다시 처음으로 돌아가서 말입니다. 전설 속 풍륭의 술이라 해도, 위타천의 뇌인(雷印) 같지는 않을 겁니다. 그의 무(武)는 술법무공일체, 인세에 다시없는 절학입니다. 그런 걸 구사할 수 있는 술사는 전무할 겁니다."

단서를 찾나 했더니, 다시 벽이다.

단운룡과 강설영은 실망하지 않았다. 이쯤은 별 거 아니다. 그렇게 쉬울 리가 없다. 천잠보의 때는 이보다 훨씬 더 심하지 않았던가.

"헌데, 동생. 모처럼 귀하신 회주님을 뵙게 해준 건 좋은데. 그리고 위타천 뇌인에 대해 물어봐 주는 것도 좋단 말야. 근데 왜? 비슷한 술법이 있으면 어쩌려고?"

홍박의 질문에 강설영은 순간 말문이 막혔다.

답을 하려니까 어째 입이 떨어지지 않는다. 숨기려고 해서가 아니다. 대답할 내용 자체 때문이다. 강설영이 곤란한 표정으로, 머뭇머뭇 입을 열었다.

"그게… 맞아… 보려구요?"

"맞아 봐? 뭘? 누가? 동생이?"

"아니, 이이가요."

강설영이 단운룡을 돌아보며 말했다.

"어머나, 어머나, 이이래, 이이. 부부 된 지 얼마나 되었다고. 너무하는 거 아냐?"

홍박은 엉뚱한 것에 호들갑을 떨었다. 만달은 다른 것에 반응했다.

"뇌전술을 맞아본다고요? 왜? 무슨 이유로?"

대답은 단운룡이 했다.

"위타천은 강자다."

"물론 알지요."

"내가 그와 맞상대할 수 있었던 것은, 그의 뇌인이 나에게 통하지 않았기 때문이다. 여기까지는 알고 있겠지?"

"짐작이야 했습니다만."

만달의 표정이 차분해졌다. 홍박도 호들갑을 멈추었다.

그들도 안다.

여기서부터는 정보전(情報戰)의 영역이다. 단운룡이 신마맹 최고수인 위타천과 호각으로 겨룰 수 있었던 비결은, 홍박과 만달을 넘어 천룡상회 전체에 있어서도 초미의 관심사라 할 수 있었다.

위타천의 뇌인무력화. 최중요 정보다. 그걸 단운룡이 말하고 있는 것이다. 요청도 안 했는데 본인이 직접. 농담이나 말장난이 끼어들 여지는 어디에도 없었다.

"통하지 않은 게 다가 아냐. 방어가 아니라 흡수다. 나는 위타천의 뇌인을 빼앗을 수 있었어."

"뇌인을 빼앗았다고요?"

홍박의 목소리가 한껏 높아졌다. 만달은 달랐다. 그가 홍박을 만류하며 전에 없이 진지한 목소리로 입을 열었다.

"잠깐, 그렇게 놀랄 일 아냐. 가능해. 가능할 거 같아."

만달이 고개를 주억거렸다.

그가 다시 단운룡을 보았다. 스스로의 이론에 심취한 듯, 생각한 바가 그의 입에서 술술 풀려나왔다.

"만물엔 상생과 상극이 있고, 조화와 혼돈이 있습니다. 천년화리(千年火鯉)도 다 같은 화리가 아니지요. 오래 묵은 화리는 보통 아주 찬 물에서 발견됩니다. 심부에 빙정(氷晶)이 있거나, 수기(水氣)와 냉기(冷氣)가 아주 충만한 곳에서 사는 겁니다. 그게 조화입니다. 지난바 극단적인 화기(火氣)를 중화하면서 사는 거지요. 하지만 어떤 화리들은 화기가 충만한 온천에서 삽니다. 계속 화기를 먹고 그 화기로 힘과 몸집을 불립니다. 이들은 화기가 잔뜩 있어도 항상 부족합니다. 채워도 채워도 끝까지 채워지는 일이 없지요. 회주의 내단이 그러합니다. 가득 채워졌으나, 끝없이 비어 있다. 유극(有極)은 곧 무극(無極)입니다. 위타천의 뇌인마저 잡아먹을 만큼, 충만하고 허하다는 말입니다."

단운룡은 만달이란 인물에 대한 평가를 새롭게 해야 했다.

이는 지극히 드문 일이다. 단운룡은 사람을 꿰뚫어 봄에 있어 실수가 없는 이였다. 이번만큼은 명백한 실수다. 만달은 첫인상보다 더 높은 대접을 받아야 마땅한 이다. 출중한 인재였다.

"해석이 훌륭해. 천룡상회는 분명 만만치 않군."

만달의 입가에 헤벌쭉 웃음이 걸렸다. 언제 그런 술법이론을 펼쳐 놓았나 싶을 정도로 극적인 변화였다.

"웃지 마! 바보야. 그런 칭찬이 별거라고 웃어!"

홍박이 곧바로 핀잔을 주었다. 만달이 손을 들어 홍박의 말을 끊었다.

"칭찬 때문에 웃은 게 아냐. 아니, 조금은 그것 때문이긴 하지. 그게 아니라, 좋은 생각이 떠올랐어. 전뢰술은 우리도 구사가 어렵지만 화술(火術)은 비교적 흔해. 같은 방식이라면 화인(火印) 봉쇄는 가능할지도 몰라."

만달이 희희낙락하며 지필묵을 찾았다. 주변을 두리번거리며 동작이 급작스레 산만해졌다. 그러다가 딱 멈추더니, 손가락 하나를 들고 단운룡을 핵 돌아보았다.

"아, 결과적으로, 뇌전술을 찾는 이유는 회주의 공력을 높이기 위함입니까?"

"비슷하다."

"위타천의 뇌인을 빼앗았던 것처럼, 타 술자의 뇌전술을 받아내서 흡수해 보려는 것이고요?"

"그렇다."

"그러면, 아예 뇌전 그 자체는 어떻습니까?"

"그 자체라 함은?"

"술법 말고요. 하늘에서 떨어지는 거 말입니다."

"만달, 너 설마……?"

"농담 아닙니다. 꽈르릉! 폭풍 칠 때, 암천을 가르는 천둥 번개 말입니다."

"야, 이 바보야! 그걸 말이라구!"

홍박이 만달에게 달려들었다.

보통은 홍박의 손찌검을 그냥 맞아주던 만달이었으나 이번엔 달랐다. 그가 부드럽게 몸을 놀려 홍박의 손을 피해내며 말했다.

"규산(圭山)이란 곳이 있습니다. 고원에 뇌(雷)씨 성을 가진 어르신이 사십니다. 공산(公山)이란 자(字)를 쓰셔서, 저희는 뇌공산 어르신이라 부르고 있지만 본인은 뇌진자로 불리는 것을 선호하십니다."

만달은 난데없이 사람 이름부터 이야기했다. 강설영이 고운 눈썹을 치켜 올리며 말했다.

"뇌진자? 봉신전설의?"

"뭐, 스스로 붙인 이름이겠죠. 사실, 본래 성이 뇌(雷)씨였는지도 모르겠습니다. 뇌학(雷學)이라 하여, 스스로 창안했다 주장하시는 학문에 심취한 학자(學者)입니다. 여기서 학자란, 보통학문을 닦는 사람이 아니라 저쪽 계열의 식자들을 뜻합니다."

"저쪽 계열이라 함은?"

만달이 다시 어수선하게 지필묵을 찾았다. 그 틈에 단운룡이 물었다.

"세간에서 외도, 또는 방문좌도라 부르는 재주를 말합니다. 지금은 외도라 하여 천시받지만 먼 훗날엔 외도의 술 대부분이 이 세상을 지배하게 될 겁니다."

만달의 어조엔 이례적으로 자신감이 넘쳐흘렀다. 정말 그렇게 믿는 것 같았다. 단운룡은 순간, 언젠가 발사 안빈이란 이에게 머리카락을 깎으면서 사부가 했었던 말을 떠올렸다. 무공만이 유일한 재주일 순 없다. 지금은 홀대받는 재능도 시대가 변하면 달라질 수 있다. 사부가 했던 말이 만달의 말과 묘하게 겹쳐 들렸다.

"홍, 공방(工房)의 술은 언젠가 좌도가 아니게 되겠지만, 이 녀석이 지닌 잡술은 고대로일 거예요. 더 들을 필요 없어요. 규산도, 뇌공산 어르신도 그냥 잊으세요."

만달을 몇 번 더 때리려다가 실패한 홍박이 몸을 돌려 단운룡에게 말했다.

헛소리는 들을 필요 없다는 식이었지만, 그보다는 비밀스런 이야기를 함부로 떠벌렸으니 못 들은 거로 해달라는 느낌이 강했다. 하지만 만달은 이야기를 멈출 기색이 조금도 없었다.

"규산에 가보십시오. 규(圭)라 함은, 남산경(南山經)에 언급되는 이름입니다. 본디 규는 폭군이었던 희(凞)를 쳐 죽인 의인(義人)이나, 되려 희의 양아들에게 잡힌 후 사지가 잘린 채저주를 받아 죽지도 못하고 나무에 걸려 지금까지도 울부짖고 있다는 전설이 있습니다. 규가 목이 말라 소리쳐 울면 마른번개가 쳐 주변에 풀과 나무가 없다고 합니다."

장황한 서두와 함께, 지필묵으로 뭘 그리나 했더니, 중원 남쪽의 지도다. 운남과 접해 있는 서장 쪽을 휘적휘적 그려 놓았다.

"전설은 거창한데, 사실 그냥 산입니다. 지형이 아주 복잡한 곳인데 사시사철 비바람과 천둥번개가 끊이질 않습니다. 그래서 그런 이름도 붙었다지요. 사오 일에 한 번씩은 번개가 친다고 할 정도입니다."

세상에 그런 곳이 있나 싶었다. 단운룡이 물었다.

"규산에 가서, 그 다음엔?"

"규산 뇌공탑(雷公塔)을 찾는 것은 어렵지 않습니다. 지역에선 꽤 유명합니다."

"악명이라서 문제지."

홍박이 순간적으로 끼어들었다. 만달이 바로 그 말을 받아 말을 이었다.

"뇌공산, 뇌진자 어르신께선 성정이 괴팍하여 사마외도의 광인(狂人) 소리를 듣지만, 저희가 만나본 어떤 사람보다도 뛰어난 두뇌를 지닌 분이십니다. 뇌전술을 구사할 만큼 능통한 술법사는 아니라도 회주가 원하는 해답은 찾아드릴 수 있을 겁니다."

"꽤 확신하는군."

"확신할 수밖에 없지요. 그분은 회주의 사부님과도 친분이 있으십니다."

"……!!"

단운룡은 굳이 놀라움을 감추지 않았다. 사부의 성향을 생각하면 좌도의 학자를 안다는 것이 그리 놀라운 일은 아니겠지만, 그래도 이 시점에서 언급된 사부의 존재는 태연하게 넘기기가 쉽지 않았다.

의기양양해진 것은 만달이다. 단운룡의 놀란 얼굴이 어지간히도 흡족했던 모양이었다.

"한 가지만 더 묻겠어. 이런 걸 알려주는 이유가 뭐지?"

"그야 저희에게 안온한 보금자리를 주셨고, 식객으로 융숭히……."

"그런 것 말고. 진짜 이유."

단운룡이 단칼에 만달의 말을 끊었다. 의기양양해하던 만달의 표정이 삽시간에 의기소침해졌다. 대답은 홍박이 대신했다.

"주신 게 있으니까요. 대(對) 위타천 전투법이요."

"나는 준 것이 없다만?"

"위타천을 무공으로 누르는 것은 불가능해요. 천룡상회엔 인재가 별처럼 많지만 위타천보다 강한 이는 아무도 없죠. 그럼 포기할 거냐? 아니죠. 약해도 상대할 방법을 찾아야죠. 우리 학자(學者)들은 직접 싸울 수 없고, 뭐, 그럴 능력도 없죠. 우리는 분석해요. 약점을 찾고, 더 강한 상대를 두고도 이길 방법을 찾죠. 천룡상회 정보부 용안(龍眼)에서 말하길, 현재 확인된 바로 대제를 제외하곤 의협문 문주가, 아, 지금은 의협비룡회 회주시죠, 가장 위타천의 무위에 근접했다고 했어요. 게다가 비룡회 주축 고수들은 신마맹 염라마신의 출수에도 멀쩡히 생환하여 긴 싸움을 준비하고 있죠. 여기서 자유롭게 보고 들을 수 있는 것만으로도 저흰 많은 것을 얻고 있어요. 오늘 들은 이야기도 그렇죠. 뇌인을 흡수하는 것이 가능하다는 사실을 안 것만으로도 대단한 소득이에요."

"웬일로 청산유수람? 이 여자 말이 다 옳습니다. 받는 게 있으니, 드리는 게 있어야죠."

만달이 그녀의 말을 받아 이야기를 마무리 지었다.

맨날 티격태격하면서도 죽이 맞을 땐 아주 잘 맞는다. 단운룡은 문득 둘 사이가 궁금해졌다. 사형제라기엔 지나치게 스스럼없고, 남매는 외모만으로도 피가 안 섞였다는 것을 대번에 알 수 있으며, 연인이라 하기에도 애매했다. 뭐가 되었든, 관여할 바는 아니었다.

"만나볼 가치가 있으면 좋겠군."

"후회하지 않으실 겁니다. 약속드리지요."

만달이 힘주어 말했다. 물론, 신뢰는 가지 않았다.

*      *      *

"천잠보의는 어떻게 되어가?"

"웬일이에요? 좀처럼 물어보지 않더니. 궁금한 거 맞아요?"

"당연히 궁금하지."

"예의상 물어보는 거 같은데요."

"그런 것도 있고."

강설영이 입술을 삐죽이며 단운룡의 손을 잡았다. 단운룡은 언행을 꾸미지 않았다. 강설영은 그게 또 좋았다.

"토질(土質)이 문제예요. 제 생각엔 뭔가 하나 빠졌어요. 천잠이 실을 잣는 것은 결국 그들이 먹는 잠엽(蠶葉)으로부터 오는 것이고, 잠목이 자라는 것은 토양에 뿌리를 두어서죠. 땅이 달라야 해요. 하지만 어떻게 달라야 하는지, 무엇이 부족한지 모르겠어요."

"사부의 인맥은 바다처럼 깊지. 뇌진자라는 자를 안다는 것도 놀랍지 않아. 오래전 사부와 함께 천하를 주유할 때, 고토라는 분을 만난 적이 있지. 농경왕(農耕王)이라는 별호를 지녔고, 별호만큼 천하 모든 작물의 농사에 통달했다 알려져 있어. 특이한 것, 괴이한 것을 좋아하셨던 걸로 기억해. 서신을 넣어보자."

"서신을요? 뭐라고 써서요?"

"있는 그대로."

"천잠보의를 만들고 있는데 도움이 필요하다고요?"

"소상히 전부 다. 서왕모, 백마잠신 이야기도 쓰고."

"그래도 돼요?"

"돼."

"믿어줄 리가 없잖아요."

"믿어줄 거야. 그런 사람이야."

단운룡은 바로 서신을 썼다.

농경왕 고토의 성향도 그러했지만, 사부의 이름이 더해지면 절대 무시하지 못할 것이었다.

오랜만에 사부가 쓰던 신풍(新風)이란 별호를 써넣었다. 그 두 글자라면 어떤 허무맹랑한 말이라도 보증이 된다.

"규산에 다녀와야겠어."

"그래야죠."

단운룡은 오래 고민하지 않았다. 곧바로 규산행이 결정되었다.

"함께 갈래?"

"아니요. 기다릴게요."

"괜찮겠어?"

"괜찮죠. 그럼, 모처럼 아빠 딸 노릇도 좀 하구요."

강설영은 따라나서지 않았다. 강건청 때문이다.

혼인 후, 강설영은 전만큼 아버지와 함께 있지 못했다. 강건청의 거동은 점점 더 어려워지고 있었고 강설영의 거처는 이제 단운룡이 거하는 비룡원이었다.

그녀는 아버지와 함께할 시간이 줄어든 것이 슬펐지만, 죄책감은 가지지 않으려 했다. 그 대신 그녀는 단운룡과 더 기쁘게 웃으며 지냈다.

강설영은 총명한 딸이었다. 아버지 곁에 조금이라도 더 있으려 했고, 그것은 그것대로 큰 의미가 있었다.

하지만 그보다 더 중요한 것은 그녀가 단운룡의 처로 행복하게 사는 모습을 보여주는 것이라 생각했다. 그래서 그녀는 더 밝아지려 했고, 더 웃으려 했다.

강건청도 웃음이 늘었다. 아내를 잃었고 죽음이 임박했지만, 그래도 배필을 찾고 행복해하는 딸의 웃음을 보는 것은 즐겁기 그지없는 일이었다.

생애의 마지막 즐거움이었다.


＊　　　　＊　　　　＊

규산으로는 단운룡 홀로 떠났다.

홀가분한 느낌보다는 어색함이 앞섰다.

수많은 시서화가 그의 머릿속에 있었지만, 시인묵객들이 연정(戀情)에 대해 노래하는 것을 마음 깊이 이해하긴 힘들었었다.

이제는 안다.

함께 정을 나누고 살을 맞대고 사는 것이 무엇인지 알아버렸다.

떠나기 전날, 두 사람은 내일 세상이 끝날 것처럼 격정적인 정사를 나눴다. 그래도 아쉬워하며 또 안고, 동이 트는 새벽에도 또 한 번 안았다.

여정을 나서자마자 돌아가고 싶은 마음이 든 것은 평생에 처음 있는 일이었다.

'뿌리. 집. 가족.'

단운룡은 부평초처럼 떠돌던 삶이 비로소 달라졌음을 느꼈다.

그는 이제 뿌리를 내렸다. 그에겐 돌아갈 집이 생겼다. 그에겐 지켜야 할 가족이 있었다.

단운룡은 발길을 재촉했다.

빨리 돌아가려면 해답도 빨리 찾아야 했다.

이전엔 몰랐다.

그냥 스스로 강해지기 위해 강해질 때와는 달랐다. 강해지기 위한 마음이 그 어느 때보다 단단하고 견고해졌음을 느꼈다.

운남의 대지를 홀로 걷고, 변화무쌍한 자연을 보고, 인적 없는 산을 넘으며 단운룡은 인간의 강함에 대해 생각했다.

구름 위를 노니는 용과 땅에 뿌리내린 인간은, 둘 다 강했다.

단운룡은 그 무엇도 두려워하지 않았었다.

그는 이름 그대로의 운룡이었다.

지금은 두렵다.

사람으로 가진 것이 너무나도 많아졌다. 그것을 잃게 될까 두려웠다.

그래도 괜찮다.

잃지 않으려면 강해져야 한다.

그는 넘치는 재능을 통하여 당연히 강해져야 했고, 강해질 수 있었다.

그는 하늘이 내린 육체, 두뇌, 오성을 지녔고, 협제 소연신 이라는 기연을 만났다. 강해지는 것은 하늘이 준 약속이었다. 기정사실이었다.

이제야 깨달았다.

그에게 없었던 것은 사람으로서의 절실함이었다. 단운룡은 구름 속 높은 산길을 걸으며 찬란한 재능이 가리고 있던 인간 으로서의 진짜 자신을 만났다.

본디 단운룡은 참 단순했다.

지기 싫어하고, 가진 것을 빼앗기기 싫어했다.

그게 다였다.

필요 이상의 오연함도, 하늘을 찌르던 자존심도 그걸로 다 설명이 되었다.

이제 단운룡은 많은 것을 배웠다.

소중한 인연이 생겼다.

그 인연을 아끼고 가꿔나갈 정(情)도 생겼다.

천부의 재능과 비교 불가의 천품은 그저 맨몸에 덧씌워진 옷이나 다름없었다.

눈앞이 밝아졌다.

공력이 늘어난 것이 아님에도 더 멀리 보였다. 모든 것이 점점 더 깨끗하고 확실해졌다.

규산이 가까워왔다.

날씨가 험해졌다. 시도 때도 없이 비바람이 불었다. 비 내리지 않는 하늘에도 천둥소리가 요란했다.

규산에 당도했을 때, 단운룡은 이미 오원에서 떠나올 때의 그가 아니었다.

석실에서 수백 일 연마를 할 때보다 짧은 여정에 훨씬 더 큰 깨달음을 얻었다.

무공도 강해졌다.

깨달음 덕분만은 아니었다.

단운룡은 사람이 볼 수 없는 것들을 보고 있었다.

이 땅은 대기가 불안정하고 음양의 조화가 깨져 있는 상태다. 소과다(小過). 육십사괘에서 상괘에 뇌(雷), 하괘에 산(山)이 있는 괘를 소과(小過)라고 했다. 상괘와 하괘가 등을 지고 있다. 음기가 더 성하다. 양기도 적지 않았다.

오시(午時)였다.

한낮인데도 하늘이 어두웠다. 멀리서부터 우르릉 소리가 들려왔다.

천지간의 수기(水氣) 변화가 극심했다. 그 결과 뇌기(雷氣)가 하늘을 가르고 땅에 박혀든다. 진위뢰(震爲雷)라 했다. 오십한 번째 괘다. 혼(魂)이 있는 만물은 무섭고 두려워한다.

규산 초입의 산문에 아무런 편액이 걸려 있지 않았다. 주변엔 작은 목판들이 어지러이 놓여 있었다. 험로(險路), 출입자사(出入者死)라는 글귀가 보였다.

인적은 아예 없다.

경고의 글귀가 없더라도 사람이 오갈 만한 지역이 아니다. 사람뿐 아니라 짐승도 살기 힘들다. 산짐승들은 사람보다 훨씬 더 생명의 위협에 민감하다. 여긴 횡사(橫死)하기 좋은 곳이다. 짐승이 다니지 않으니 초목도 성하지 못하다. 규산은 헐벗은 산이었다.

뭇 살아 있는 생명이라면, 감히 함부로 올 곳이 못 된다.

단운룡에게만큼은 아니다.

이곳은 뇌기가 충만한 곳이었다.

이곳에 발을 들인 것만으로도 내공이 증진되었음을 느낀

다. 무공이 강해졌음을 느낀 것은 그래서다. 똑같은 무공으로도 오원 땅에서 싸울 때와 이곳에서 싸울 때엔 기량 차가 분명할 것이다.

산문을 지나 제대로 닦이지 않은 산길을 올랐다.

산을 오르며 단운룡은 또 다른 것을 감지할 수 있었다.

토기(土氣) 밑에 잠자는 금기(金氣)다. 규산은 초목 드문 바위산이지만, 땅 밑엔 바위보다 무거운 뭔가가 있었다. 철산(鐵山) 내지는 동산(銅山)이다. 아니면 다른 광물이거나.

하늘과 땅을 채운 많은 것들이 보였다. 보이는 것은 천지의 섭리다.

모든 것을 헤아릴 수는 없었다.

보이는 것과 아는 것은 달랐다. 모든 것이 보이고 모든 것을 알게 되면, 그것은 이미 사람이 아니었다.

단운룡은 이제 느끼고 있었다. 보이지만 다 알려고 들지 않았다. 그게 사람의 도(道)였다. 어떤 것들은 보고도 못 본 듯, 흘러가는 대로 두어야 했다. 땅 위를 누비는 지기(地氣)의 치우침이 어떠하든, 그것을 다 들춰내려고 하면 안 되는 일이었다.

득도하여 신선이 된다고 했다. 해탈하여 부처가 된다고 했다.

그 이치를 모두 다 파헤치는 순간, 그리하여 하늘과 땅에 가득 찬 모든 이치를 대오각성 하는 순간, 사람은 더 이상 사람이 아니게 됨을 알았다.

사람이 아니게 되는 것은, 죽음을 뜻했다.

단운룡은 비로소, 사부의 경지를 이해할 수 있었다. 그리고 사부가 얼마나 힘겹게 이 땅에 머물러 있는지도 알게 되었다. 이곳에 당도하여 내공이 증진되어서 그런 것이든, 인도(人道)의 깨달음을 얻어서든, 단운룡은 또 한 단계 상승경지에 도달한 것이다.


\*                    \*                    \*


단운룡이 떠나고, 강설영은 다시 강건청을 챙겼다.

그녀는 바쁘게 살았다.

천잠보의를 이야기하며, 잠전을 일구고, 협제신기를 연마했다.

수시로 강건청의 거처를 찾았다. 아버지를 돌보다가, 그의 거처에서 자는 날도 많았다.

"사위 옷 한 벌 해줘야 하는데."

"저번에도 해주셨잖아요. 혼례복 침선이 딱 아빠 솜씨던데요."

"그건 그냥 거든 거였지. 내가 만든 게 아니지 않느냐."

"피. 그이한테 그렇게 잘해줄 필요 없어요."

"왜, 사위가 우리 딸 구박하니?"

"그런 건 아닌데요."

"그런데 왜 그래?"

"또 어딜 나갔잖아요. 사내놈들은 원래 그렇게 밖으로 도는 건가요?"

"천잠보의 찾겠다고 몇 년이나 집 나가 있던 사람이 할 말은 아닌 것 같구나."

"아니, 뭘 몇 년씩이나요. 누가 들으면 한 십 년 나갔다온 줄 알겠네요."

"하루가 십 년 같았지. 얼른 아이 하나 갖거라. 내 무슨 말 하는지 알 테니까."

"아니, 아이는 무슨 아이예요."

강설영의 얼굴이 빨개졌다. 강건청이 기껍게 웃었다.


두 사람이 하하호호 웃는 것을 물끄러미 바라보는 사람이 있었다.

흐뭇한 표정이라기엔 어딘지 처연해 보였다.

"영감, 왜 그렇게 얼굴이 구겨져 있는 거요? 모처럼 보기 좋구만."

아버지와 딸을 바라보는 이는, 광동천노 곽경무였다.

오기륭이 친근하게 말을 걸며 다가왔다. 한 발 내딛을 때마다 끼익, 끼익 하고 의족의 발목 이음새에서 금속성이 들렸다.

"그건 안 고치오?"

곽경무는 오기륭에게 하대하지 않았다.

아주아주 오랜 인연이기도 했거니와, 목숨을 구해준 은인이기도 했다. 곽경무 개인의 구명지은뿐 아니라, 강씨 금상 온 가족의 은인이었다. 오기륭의 성정을 잘 알기에 그 정도인 거지 공손히 공대해도 부족한 사람이었다.

"고쳐서 뭐 하겠소? 이제 쓸데도 없구만. 자, 인사 드리거라. 내가 말했던 분이시다."

오기륭의 뒤쪽엔 웬 꼬마 하나가 쫄레쫄레 따라오고 있었다. 피부는 까무잡잡한 게, 머리카락은 얼기설기 짧게 깎았다. 이제 기껏 예닐곱이나 되어 보였다.

"안녕하세요. 어르신을 뵙습니다."

어디서 배웠는지 중원식으로 야무지게 포권을 했다.

"웬 아이요?"

"얼마 전에 알게 된 녀석인데, 이상하게 영감 생각이 나더라구."

"어인 일로 내 생각이?"

"일단 좀 앉읍시다."

끼익!

오기륭이 곽경무 옆에 털썩 주저앉았다. 발목이 아니라 정강이에서도 소리가 났다.

계단식 논밭의 언덕배기에 앉아 있자니, 선선하고 좋았다. 보통은 후덥지근했지만, 오늘은 바람도 어지간히 좋은 날이었다.

"너도 앉거라."

아이는 잠시 눈치를 보더니, 오기륭과 곽경무 사이에 앉았다. 오기륭이 히죽 웃었다. 곽경무는 여전히 의아해했다.

"영감, 그대로 금분세수 할 생각이쇼?"

오기륭은 몰랐지만, 곽경무는 이미 한 번 일선에서 물러난 적이 있었다.

곽경무는 굳이 지난 일을 말하지 않은 채, 저 멀리 강씨 부녀에게로 시선을 주었다. 까마득한 세월 동안 그의 인생이었던 사람들이었다.

"뭐, 안 될 것이 무에 있겠소."

곽경무가 지나가는 바람처럼 흩어지는 목소리로 대답했다.

말해놓고 보니, 정말 그래도 되겠다 싶었다.

강설영은 정식으로 출가했고, 강건청은 병세가 위중했다. 쌍월벽, 광동천노란 별호는 예전에 무너졌다. 두 개의 반월륜은 금상의 철벽이 되지 못했으며, 외적에 맞서 주군 부부를 지키지 못함으로, 하늘이 내린 노복이란 이름마저 무참히 스러졌다.

"세월도 참 무상하지. 도대체 언제요? 내가 영감 처음 본 게."

"허허. 그러게 말이외다. 시간 한번 빠르오."

이번엔 곽경무가 웃었다.

그의 웃음은 늙음처럼 허탈했다. 그러고 보니 오기륭의 웃음도 크게 다르지 않다. 오기륭도 이제는 나이를 많이 먹었다.

"그냥 물러나기엔 무공이 아깝지 않소?"

이제 본론이다.

오기륭이 슬쩍 곽경무에게 물었다.

하지만 곽경무는 고개를 설레설레 저음으로 오기륭의 기대를 깼다.

"딱히 아깝다고 생각 안 하오."

"어째서요?"

"어째서라니?"

"난 영감 무공이 아주 멋지던데. 실전되기엔 너무 훌륭한 무공 아니오?"

"허허허허."

곽경무가 또 한 번 웃었다. 이번엔 허탈한 웃음이 아니었다. 정말 웃겨서 웃는 웃음이었다.

"왜 웃는 거요?"

오기륭도 그걸 알아채고 다시 물었다. 곽경무가 간만에 웃음기를 머금고 대답했다.

"내 무공은 실전되지 않을 거라오."

"영감이 이대로 손 씻으면 날라가는 거 아뇨?"

"나는 제자가 있소."

"뭐라?"

오기륭이 화들짝 놀라 두 눈을 번쩍 떴다.

"도담이라고, 오 대협도 봤을 게요. 금상에서. 정식 제자라기에는 전인(傳人)이라 봐야겠지. 여하튼 그 아이가 내 무공을 이었소. 금상의 금륜대주를 맡고 있지."

"아니, 영감, 언제 전인을 만든 거요?"

"언제겠소. 난 아주 오래전부터 금상에 있었다오."

"그런 거 바빠서 못 키웠을 줄 알았소."

"바쁘기야 했지. 옆에 붙어 있지 못해도 자질이 괜찮으니 잘 따라오더이다."

곽경무가 그리 말하자, 오기륭의 얼굴이 갑작스레 환해졌다.

"그럼, 제자의 오성이 좋다고 무조건 잘 배우는 것이 아니지! 영감이 가르치는 데 일가견이 있는 게요!"

"아니, 그런 건 아니오만."

"틈틈이 가르친 무공으로 대강써금상 대주까지 올렸으면, 제자보다 스승의 자질이 비범한 것이외다!"

"담이 그 녀석이 워낙 근골이 좋아서……."

"영감! 잘되었소. 말 나온 김에 정식 제자 한번 들여보시는 게 어떠하오?"

"그, 그게 무슨……!"

오기륭이 곽경무의 말을 끊고 아이의 손을 가리켰다.

"이 아이 손 한번 보시오."

손가락엔 꼬질꼬질 때가 묻어 있었다.

곽경무가 아이의 손을 보고는 미간을 좁히며 다시 오기륭을 바라보았다. 오기륭이 자못 진지한 표정으로 곽경무를 보며 물었다.

"아니, 이 손 보고 느껴지는 것 없으시오?"

"없소만."

"딱 봐도 있지 않소. 그 민첩하게 써야 하는 무기를 잘 다룰 것 같은 그런 오묘한 기운 말이오."

"오 대협은 그런 기운이 느껴지시오?"

"영감이 그걸 모르면 어이하오? 딱 이 손은 단병기에 적합한 손이다, 하고 있지 않소. 이를테면 반월륜이라든가, 그러니까 금륜이라든가 뭐 그런 거 말이오."

오기륭은 가히 필사적일 정도로 곽경무의 눈을 바라보았다.

곽경무는 외면했다. 이 남자가 재미있는 호인이란 것은 익히 알고 있었으나, 이런 억지를 부릴지는 몰랐다.

"나는 전혀 모르겠소."

곽경무가 단호하게 말했다.

오기륭이 아이에게 무슨 바람을 넣었는지는 모르겠지만, 아닌 것은 아닌 것이었다. 다소 모질게 보일지라도, 제자를 들여 무공을 가르치는 것은 이런 식으로 뚝딱 할 수 있는 일이 아니었다.

"영감도 이렇게 고집불통인지는 몰랐소. 거, 혹시 월륜은 아직 들고 다니시오?"

오기륭이 대뜸 물었다.

곽경무는 없다고 하고 싶었지만, 거짓말은 할 수 없었다. 그가 마지못해 대답했다.

"일단은 갖고 있소만."

"한번 줘보시오."

오기륭은 막무가내였다.

중원 무림 한복판이었으면, 실례도 그런 실례가 없을 일이었다.

독문 병기를 그냥 막 보여 달라고 한 셈이니, 은인이 아니라 타인이었으면 싸움이 벌어져도 이상하지 않을 언사였다.

"오 대협, 아무리 은인이라 해도 너무한 거 아니시오?"

"우리 사이에 그런 게 어딨소. 얼른 이리 내보시오."

어이가 없을 지경이었다.

달포 전인가, 곽경무는 관승과 우연히 동석하여 식사를 하게 되었을 때, 어떻게 오기륭과 함께하게 되었나 물었던 적이 있었다.

오기륭과의 연이 궁금했다기보다는 단운룡의 의협비룡회에 몸담게 된 사연이 궁금했던 것이었는데, 그 대답이 또 가관이었다.

떼를 쓰더이다. 그게 관승의 말이었다. 곽경무는 이제야 그 말이 무슨 뜻인지 알았다.

오기륭은 너무도 당당하게 손을 내밀고 있었다.

곽경무가 정말 마지못해 반월륜을 꺼내들었다. 오기륭은 금나수라도 쓴 것처럼 단숨에 그것을 가져가더니, 그대로 아이의 손에 넘겨주었다. 곽경무가 대경하여 오기룡을 나무랐다.

"아니, 이게 무슨 짓이오! 아이가 다루기엔 위험……!"

일단 버럭 소리를 쳐 놓고 아이 손에서 월륜을 빼앗으려 했지만, 곽경무는 아이를 본 직후, 더 말을 잇지 못했다.

스룽! 위이잉!

반월륜이 돌아가고 있었다. 예리하게 벼려진 날이 조그만 손을 중심으로 부드럽게 공기를 갈랐다. 곽경무의 얼굴이 굳어졌다. 처연하게 늙어가던 그의 눈 안에서 타오르는 무언가가 살아나기 시작했다.

"이 아이는……!"

"코찔찔이 꼬맹이가 무인의 발걸음을 지녔길래 차는 법을 좀 가르쳐 봤소. 재능은 출중하지만 뭔가 좀 그쪽이 아닌 것 같더이다. 몽둥이도 쥐여줘 보고, 칼도 들려봤는데, 역시 그것도 아니었소. 오히려 주먹이 제일 낫더군. 그러다가 단검을 쥐어 봤더니, 딱 이건 거라. 아주 기가 막혔소. 보소. 손가락도 섬세하고, 손목이랑 팔꿈치가 채찍 같잖소. 여기서야 다들 이따만 한 것만 휘두르고 있으니, 뭘 가르쳐야 하나 생각생각하다가 딱 영감이 떠오른 게요."

"허허……!"

스르룽! 쉬익, 탑!

돌고 휘두르고 잡아챘다.

아이는 벌써 반월륜을 제 것처럼 다루고 있었다.

그런 것을 천부의 자질이라 한다. 반월륜을 포함한 단병기는 모두 다 잘 다룰 것이요, 철권(鐵拳)과 같은 권사형 무기에도 적합한 재능이었다.

"어떻소? 영감?"

"허허, 허허허허허."

곽경무는 그저 웃었다. 처음처럼 허탈한 웃음이었지만 다르게 들렸다.

이런 아이를 그가 맡아도 되나 싶었다.

의협비룡회에 고수들이 즐비한데, 한낱 노복이 품기엔 너무나 큰 그릇 같아 보였다.

"아참, 아이 이름이 말이오. 애가 보니까, 성도 없더이다. 영감이 데리고 키울 생각이면 아예 영감 성이나 주시오. 이름도 이 동네 이름이라 발음도 어려우니, 새로 주어도 될 게요."

"얘야, 내 이름은 곽경무라 한단다. 그걸 그토록 잘 다루다니, 너의 자질이 참으로 대단하구나."

"사부님, 저는 반짝반짝 빛나는 이 물건이 참으로 좋습니다."

또박또박 중원어를 말하며 반월륜을 공손하게 받들어 올렸다.

아이가 벌떡 일어나더니 땅바닥에 몸을 던지듯 엎드려 절을 올렸다.

"제자가 스승님을 뵙습니다."

"허허허……."

곽경무는 또 웃었다. 말년에 이어진 사제의 연은 그토록 갑작스러웠다. 예측불허의 인생사는 긴 세월의 노련함으로도 감당이 쉽지 않았다.

끼릭!

오기륭이 자리에서 일어났다.

표정은 밝았지만, 어딘지 기운이 빠져 있었다.

이젠 그의 얼굴이 처연해 보였다. 시대가 지나가면, 새 사람이 나타나기 마련이었다.

그가 웃으며 돌아섰다.

"아이 이름은 준(俊)이 어떻소? 하늘 아래 어딘가 멋진 영웅의 이름이라도 되는지, 나는 그 이름이 이상하게 입에 붙고 좋더이다."

곽경무가 아직도 엎드려 있는 아이를 내려다보고, 다시 고개를 들어 오기륭의 뒷모습을 보았다. 그가 말했다.

"생각해 보겠소."

"길게 생각 마쇼. 그 아이는 영감에게 넘겼으니, 금분세수는 내가 해야 쓰겠소."

끼익! 끼릭!

오기륭이 휘적휘적 사라졌다.

곽경무가 아이를 일으켜 세우고, 다시 저 멀리 강씨 부녀를 바라보았다.

강설영이 그를 보고 손을 흔들었다. 아이가 자기한테 그러는 줄 알고, 마주 손을 흔들었다. 그러자 강설영이 멀리서도 들릴 만큼 깔깔 웃으며 강건청의 의자를 돌려세우고는, 그와 함께 다시 손을 흔들었다.

곽경무는 손을 흔드는 대신, 아이의 머리를 쓰다듬었다. 지저분한 뒷머리에 땀이 방울져 있었다. 머리카락과 땀방울이 손에 얽혔다. 괜찮았다. 광동천노 쌍월벽 곽경무는 이제 더 이상 허탈하지 않았다.

*     *     *

뇌공탑은 괴이하게 생겼다. 산은 높지 않았지만 꼭대기의 고지(高地)는 무척이나 넓고 평평했다.

뇌공탑은 고지의 한가운데에 있었다.

중원식 건물은 아니다. 결단코 아니었다.

규모가 상당했다. 일층의 너비가 웬만한 장원보다 더 컸다.

네모반듯한 바닥에 위로 갈수록 좁아지는 세모꼴로 차곡차곡 돌을 올렸다. 창은 보이지 않았다. 높이 올린 첨탑은 뾰족했고, 그 끝엔 까마득한 높이로 철심을 세웠다.

건물 주변도 괴이했다.

사람 키의 몇 배나 되는 철심들이 수십 개나 세워져 있었다.

고지로 오르는 길은 험했다. 아니, 길 자체가 없었다.

사람이 걸어서는 오를 수 없는 곳이었다. 암벽을 탈 수 있는 산사람도 등봉을 꺼릴 것 같은 산세였다.

번쩍!

사위가 한번 밝아졌다가 다시 어둑해졌다. 오시를 넘어 미시다. 여전히 해가 중천에 있을 시간이지만, 까만 구름이 빛을 가렸다. 우르르릉! 하는 천둥소리가 뒤늦게 울려왔다.

비는 오지 않았다.

하지만 당장에라도 쏟아질 기세다. 저 멀리 서쪽 하늘을 바라보니, 하늘 저편엔 이미 비가 내리고 있다.

뇌공탑으로 발길을 옮겼다.

참으로 이상한 광경이었다. 올라오기도 힘든 곳에 저런 건물을 어떻게 올렸냐는 것은 두 번째 문제다.

단운룡은 여기서도 보이지 않는 것을 보았다. 건물 사방에 박혀 있는 철심들에선 은은한 뇌기(雷氣)가 감지되고 있었다.

더 신기한 것은 주변의 대지였다. 땅 밑에 뇌기의 거미줄이 쳐 있었다. 깊이 있는 것도 아니다. 얼마 파지 않아도 될 만큼 얕다.

뇌기의 거미줄은 종횡으로 쳐져 있다. 고정된 것이 아니라 주고받으면서 흐른다. 그리고 그 뇌기의 흐름은 모두 중심에 있는 뇌공탑과 이어져 있었다.

이런 건 어디서도 보지 못했다. 장강에서 흑룡이 승천하는 광경까지 두 눈으로 목도했던 단운룡이었지만, 이 산꼭대기의 수상쩍은 탑의 모습은 평생에 다시없는 괴이함이다. 눈에 보이는 것도 그랬고 보이지 않고 느껴지는 것도 그랬다.

뇌공탑 앞에 섰다.

막는 이는 없었다. 건물 안에 누군가 있기는 있는데, 그게 맞는 건지, 몇 명인지조차 헤아리기 힘들었다.

건물 주변에 흐르는 뇌기가 너무나도 강해서 그렇다. 사람의 기운마저 먹어버릴 정도다.

막강한 고수를 만나면 그 주위에 있는 약한 이가 지워지듯 느껴지는 것과 비슷했다.

탑의 중앙엔 두터운 나무문이 있었다.

탕! 탕! 탕! 문을 두드렸다. 내공을 실어 두드렸으니, 탑에 있는 누구라도 들을 수 있을 터였다.

짧지 않은 정적이 흘렀다. 번쩍 하는 빛줄기가 하늘을 가르고 이내, 꽈르릉 하는 소리가 북쪽 하늘을 울렸다. 그게 신호라도 된 듯, 문 저편으로부터 철컥 철컥 하는 금속성이 들리기 시작했다.

철컥, 촤르르륵. 하고 톱니바퀴 돌아가는 소리가 들렸다.

문이 열렸다.

양쪽 문이 동시에, 얼음 위를 미끄러지듯, 부드럽게 안쪽을 향해 접혀 들었다.

내부는 밝았다.

등불을 밝힌 것과는 다른 종류의 밝음이었다.

그 불빛 가운데, 한 소동(小童)이 있었다.

칠팔 세가량의 동자는 얼굴이 해사하고 쭉 찢어진 두 눈에 눈동자가 새까맸다. 머리 양쪽에 동그랗게 쌍상투를 틀었다. 삐쩍 마른 몸에 피부색이 묘하게 푸르스름했다. 은사(銀絲)로 장식한 검은색 비단옷을 입었다. 생기(生氣)가 거의 느껴지지 않았다. 기묘한 아이였다.

"왔구나?"

아이가 대뜸 말했다.

"나를 아나?"

"그럼 알지!"

아이가 천진난만하게 대꾸했다.

"나를 어찌 알지?"

아이는 단운룡의 질문에 대답하지 않았다. 아이가 고개를 획 돌리더니, 높고 맑은 목소리로 소리쳤다.

"할배, 할배! 손님이 왔어!!"

잠깐의 정적 후, 건물 안쪽 깊은 곳에서부터 카랑카랑한 음성이 울려왔다.

"누가 왔다는 게냐?"

아이가 다시 단운룡에게로 고개를 돌렸다. 아이가 다시 목소리를 높였다.

"누구긴 누구야! 소연신의 제자가 왔어! 얼른 나와 봐!"

단운룡의 두 눈을 빤히 쳐다보며 기이한 미소를 지었다. 목소리는 천진난만했지만 아이는 아이 같지 않았다.

사람이 아니라 인형 같았다. 잘 만들어진. 이 세상의 솜씨가 아닌, 다른 어떤 무언가의 손으로.

*　　　　*　　　　*

"놀랐는가?"

"다소."

"놀랍지. 놀랄 게야."

기묘한 아이는 쪼르르 달려가 어디론가 사라졌다. 건물 안에는 방이 많았다. 그중 어딘가에 숨은 듯했다.

아이의 기척을 감지하기가 어려웠다. 뇌공산, 뇌진자의 말마따나 놀라운 일이었다.

"뇌동(雷童)이라고 하네. 그리 이름을 붙였지."

어울린다고 생각했다.

아이의 몸에서 전신에 퍼져 있는 뇌기(雷氣)를 느꼈기 때문이다.

물론 보통 사람들도 뇌기는 누구나 지니고 있다. 아이는 그 수준이 아니다. 광극진기와는 또 다른 뭔가를 지녔다.

아니, 진기(眞氣)라고 할 수 있을지도 모르겠다. 심법으로 얻어진 것과는 다른 성질의 기운이다.

그 아이에겐 천하의 섭리를 엿보기 시작한 단운룡으로서도 해석하기 힘든 불가지(不可知)의 무언가가 있었다.

"알려고 하지 말게. 알 수도 없겠지만."

뇌진자가 웃으며 말했다.

단운룡이 다시금 뇌진자를 돌아보았다.

뇌진자는 의외로 지적인 외모를 지니고 있었다.

괴팍한 노인이라기에, 궁무예의 모습을 예상했다. 성격이 괴이하게 모난, 외모도 괴이쩍은 그런 사람 말이다.

뇌진자는 전혀 그렇지 않았다. 백발의 머리카락을 단정하게 쓸어 넘겨 보석 장식 박혀 있는 가죽 끈으로 정돈했고, 아이처럼 은사(銀絲)로 자수를 넣은 검은색 비단 학의(學衣)를 깔끔하게 갖춰 입었다.

높게 솟은 매부리코 위에는 애체가 올려져 있다. 좀처럼 보기 힘든 기물을 또 보게 된 셈이다.

해명선사가 쓰던 애체보다 훨씬 더 정교해 보였다. 귀에 걸린 테에는 반짝이는 귀갑(龜甲) 장식까지 붙어 있었다.

"그래, 소연신의 제자라구?"

"그렇소이다."

뇌진자가 웃었다. 단운룡의 말투가 재미있었던 모양이었다. 뇌진자는 백발이 성성한 노인답지 않게 수염을 하나도 기르지 않았다.

"그 사부에 그 제자로군."

"사부를 아시오?"

"알지, 알다마다."

뇌진자가 다시 웃었다. 그가 몸을 돌리며 말했다.

"일단, 안쪽으로 드세."

"어찌 아시오?"

단운룡은 따라 움직이지 않았다. 대답하지 않으면 안 들어가겠다는 뜻이 깃들어 있었다. 눈치챈 뇌진자가 또다시 웃었다.

"들어오기 싫은가?"

"사부를 어찌 아는지부터 말해주시오."

"들어오기 싫을 게야. 기분이 이상할 걸세. 진기의 흐름을 간섭받는 건, 자네 사부도 썩 좋아하지 않았어."

단운룡은 긍정도 부정도 하지 않았다. 아이와 짧은 대화를 주고받았던 문간에 그대로 서 있을 뿐이었다.

뇌진자가 다시 몸을 돌려 단운룡을 바라보고 섰다. 그가 손가락 하나를 세워 코에서 약간 흘려내렸던 애체를 다시 올려 썼다.

"보통 사람들은 느끼지도 못하는 건데, 자넨 아니겠지. 경계는 하지 않아도 되네. 내 오랜만에 손님이라는 걸 맞이하는 고로, 통성명조차 잊었군. 나는 뇌진자일세. 그래서, 자넨 이름이 무어라고?"

"단운룡이오."

"그렇게 딱딱하게 굴지 마시게. 자네 사부를 어찌 아느냐

물었지? 어찌 아는지가 중요한 게 아니라, 그가 나에게 어떤 존재인지를 말하는 게 좋겠군. 자네 사부는 내 일생일대의 과업일세. 자네 사부가 지닌 육신은 외도(外道)의 결정체로, 내가 이곳에서 평생을 다해 탐구하는 뇌학(雷學)의 신비를 인간의 육체로 완전하게 구현한 자네. 나는 자네 사부를 흠숭하고 존경하고 있지. 이 뇌공탑은 본디, 무인(武人)을 환대하는 곳이 아닐세. 자넨 예외라네. 편히 들어와도 된다네."

뇌진자가 말을 맺고, 발을 옮겼다. 목소리는 카랑카랑했지만, 말투는 지적(知的)이었다.

단운룡은 경계심을 풀지 않았다.

뇌진자는 외도(外道)를 말했다. 정도와는 다른 길, 정도에서 벗어난 길을 뜻함이다.

단운룡은 이 공간에서 일찍이 느끼지 못했던 이질감을 느끼고 있었다.

진기를 끌어올리며 발을 뗐다. 뇌진자의 언행에선 그 어떤 악의(惡意)도 느낄 수 없었지만, 그것으로는 충분치 않았다. 이곳은 섭리에서 벗어난 장소다. 환대받는다 해도, 마음 편히 들어설 수 있는 곳이 아니었다.

저벅, 저벅, 저벅.

곧게 난 통로는 매끄러운 회백색 돌벽으로 이루어져 있었다. 동굴처럼 발소리가 울렸다.

물론, 단운룡의 발소리는 아니었다. 단운룡은 일부러 발소리를 내려고 들지 않는 이상, 이런 식의 발소리가 날 리 만무했다. 뇌진자의 발소리였다.

단운룡은 뇌진자의 뒷모습을 다시 한번 살폈다. 결론을 내리기까지는 촌각의 시간도 걸리지 않았다. 뇌진자는 적이 아니었다. 적수가 될 수 없었다.

뇌진자는 무인(武人)이 아니었다. 내가기공을 익히긴 했지만, 그 깊이가 일천했다.

꼬마 아이 뇌동처럼 몸속에서 기묘한 뇌기(雷氣)가 느껴지는 것도 아니었다. 그것은 그것대로 이상했지만, 적어도 뇌진자에겐 위협이 될 만한 요소가 전무했다. 그럼에도, 마음은 여전히 편치 않았다. 기이한 일이었다.

돌벽을 지나 탁 트인 회랑에 이르렀다. 천장까지의 높이가 이 장은 족히 되는 듯했고, 양옆의 너비도 상당했다. 돌기둥 열 개가 회랑을 따라 저편까지 천장을 받치고 있었다. 역시 중원에선 보기 힘든 건축 양식이었다.

'밝다.'

가장 의아한 것은 사위가 무척이나 밝다는 사실이었다.

촉화(燭火)가 보이질 않았다. 물론 촛대도 없다. 벽이나 천장에 등불이 매달려 있는 것도 아니다. 창문도 없다.

햇빛이 들어오는 것도 아니었으며, 창문이 있다한들 해가 비치는 날씨도 아니었다. 깜깜해야 정상이었다. 그런데도 이상하게 밝았다.

단운룡이 주위를 다시 한번 둘러보았다. 광원(光源)들은 양옆의 벽과 천장에 있었다. 그의 눈에 이채가 감돌았다. 천장과 벽 곳곳에 돌이 아닌 재질로 된 구역이 있었다. 서역에서 들여오는 유리(琉璃) 같았다. 유리는 우윳빛이었다. 회백색 석벽들과 일견 별 차이가 없는 색깔이었다.

유리판 안쪽으로부터 은은한 빛이 새어나오고 있었다. 불빛인데 온기(溫氣)가 느껴지지 않았다. 화기(火氣) 없는 빛이었다. 화기 대신 뇌기(雷氣)가 느껴졌다.

"신기한가? 전광등(電光燈)이라네."

단운룡의 눈길을 의식한 뇌진자가 별 것 아니란 듯이 말했다. 단운룡은 더 묻지 않았다. 뇌진자가 덧붙였다.

"뇌동과 함께 발견했지. 세상엔 사람의 이지(理智)로 이해 못 할 일이 많다네. 아주 많아."

회랑을 지나 커다란 석실로 들어섰다. 이 건물의 중심부에 해당하는 곳이었다.

"아수라장일세. 못 본 척해 주게."

아닌 게 아니라 석실 양쪽 벽으로는 생전 처음 보는 잡동사니가 어지럽게 놓여 있었다. 물건을 놓는 탁자가 즐비했고, 괴이하게 생긴 기관(機關) 잡기나 묘한 냄새가 나는 약병 같은 것들이 셀 수 없을 정도로 많았다.

특별히 눈에 띈 것은 안쪽이 투명하게 비치는 유리 상자였다. 유리 내부에는 황금빛이 도는 크고 작은 톱니바퀴 십수

개가 정교하게 맞물려 있었다.

특이한 모양도 모양이지만 그 안에서 느껴지는 기운이 단운룡의 주의를 끌었다. 역시 뇌기(雷氣)였다. 톱니바퀴의 이음새 바깥에 금속으로 된 줄들이 가닥가닥 얽혀 있었다. 뇌기는 그 금속사(金屬絲)를 따라 흐르는 중이었다. 마치 진기가 드나드는 혈맥마냥 상자의 중추부를 두고 미세한 뇌기가 끊임없이 움직이고 있었다.

"이쪽이네."

뇌진자가 그를 불렀다. 단운룡은 정체불명의 물건에 필요 이상의 흥미를 두지 않았다. 기기묘묘한 것들이 많았지만, 결국 단운룡과는 관계없는 것들이었다.

"여기 앉게."

뇌진자가 둥글게 생긴 금속제 구조물 하나를 가리키며 말했다. 세 개의 다리가 달려 있고, 그 위엔 말안장처럼 생긴 철판이 올려져 있었다. 역시 중원에서는 못 볼 것처럼 생긴 물건이었다. 앉으라니까 의자인 줄 알지, 그냥 봐서는 의자란 생각이 들지 않았다.

"그래, 이곳에 온 이유는 무엇인가?"

의자는 생각보다 편했다. 뇌진자는 바로 본론으로 들어갔다. 탐색은 여기까지였다. 단운룡도 이 기괴한 석실과 기묘한 물건들에 대한 해명을 건너뛴 채, 곧바로 본론으로 넘어갔다.

"위타천."

단 한 단어였다.

뇌진자는 두 눈을 크게 떴다. 그가 자신이 들은 말이 진짜인지 확인이라도 하듯, 같은 단어로 반문했다.

"위타천?"

단운룡이 고개를 끄덕였다.

뇌진자가 이번에는 진심이냐 묻는 눈으로 단운룡을 빤히 쳐다보았다. 그가 다시 물었다.

"이제 보니 자넨 지금, 위타천을 꺾기 위해 이곳에 온 것이로고?"

"맞소."

뇌진자가 단운룡을 위아래로 살폈다. 찬찬히 뜯어보듯 눈을 빛내던 그가 이내, 뭔가 알겠다는 듯 천천히 입술을 뗐다.

"위타천은 분명 흥미로운 존재지. 그의 뇌인(雷印)은 자네가 지금 지닌 광극진기와 더불어 이 노학자의 오래된 연구과제였지. 하지만⋯⋯."

뇌진자가 말끝을 흐렸다.

뇌진자는 위타천의 뇌인을 알 뿐 아니라, 정확하게 광극진기를 네 글자까지 말했다. 그건 이제 더 이상 놀랍지 않다. 그 다음 이어질 말이 궁금할 뿐이다. 단운룡이 재촉했다.

"하지만?"

"나는 자네를 이해하지 못하겠네. 자네가 위타천을 꺾는다는 게 어려운 일인가?"

이 질문엔 놀랐다.

그 안에 함축된 의미 때문이다.

위타천을 꺾을 수 있다.

단운룡이 잘못 들은 것이 아니라면, 뇌진자는 지금, 위타천을 꺾는 것이 어려운 일이 아니라 말하고 있는 것이다.

"위타천은 대단한 고수요."

"그렇겠지. 난 그걸 말하는 게 아닐세."

"……?"

"자네, 광극진기에 대해서는 얼마나 알고 있나?"

뇌진자는 단운룡의 대답을 기다리지 않았다. 그가 고개를 두 번 설레설레 젓고는 곧바로 말을 이었다.

"나는 예전의 위타천을 알았었지. 뇌인은 몹시 강력한 절기(絶技)일세. 그걸 부인할 생각은 없어. 내 짐작컨대, 자네는 위타천에 맞서 싸운 적이 있을 것이네. 자네의 연배를 고려하면 위타천을 이기기는 어려운 일이었을 거야. 하지만 결국 자넨 죽지 않았고, 이렇게 살아서 나를 찾아 왔네. 난 자네가 위타천과 싸우고도 멀쩡한 게 전혀 놀랍지 않아. 자넨 광극진기를 갖고 있지. 바로 그 광극진기, 인간이 써서는 안 되는, 하늘의 섭리를 거역한 금기(禁忌)의 절대무공 말일세."

뇌진자의 어조는 뒤로 갈수록 고조되어 갔다.

단운룡은 뇌진자의 이글거리는 두 눈에서 열정을 넘어선 무언가를 봤다.

그것의 정체는 다름 아닌 광기(狂氣)였다.

뇌진자가 말을 끊고, 단운룡을 노려보았다. 그렇다, 그는 노려보고 있었다.

뇌진자가 천천히, 또 한 번 물었다.

"자네. 광극(光極)의 의미를 알고 있는가?"

『천잠비룡포』 15권 끝

## 한백무림서 여담(餘談) 편

―안경(본문상 애체).

안경은 1280년대 유럽에서 처음 만들어졌다는 것이 정론으로 받아들여지고 있는데, 일각에서는 중국이 그보다 먼저 만들었다는 주장도 있다. 무엇이 진실이든, 이미 원나라의 늙은 고관대작들이 원시 교정을 위한 볼록렌즈 안경을 착용하고 있었다는 문헌이 남아 있는 상태이다(그것도 그 비싸다는 귀갑테 안경). 천잠비룡포 시대는 그보다도 한참 지난 명나라 시기이니 안경은 물론이요, 선글라스 또한(그것이 기능을 위해서든 멋을 위해서든) 존재할 수 있다고 보았다. 실제로 작중의 배경보다는 조금 뒷시대이긴 하나 예쁜 색이 들어간 중국산 무테안경(심지어!) 유물은 어렵지 않게 인터넷에서도 찾아볼 수 있다. 애체(愛逮)라는 표기는 안경을 일컫는 말인데, 안경을 처음 중국에 전한 네덜란드인의 이름을 따서 붙였다는 것이 정설처럼 되어 있다. 소설을 쓰는 사람 입장에서는 이렇게 되면 난감한 것이 '그럼 애체는 어느 시대 사람?'이란 부분이다. 애체란 사람이(실존했다면) 활동했던 시기가 1500년대일 경우, 애체라는 명칭을 쓰는 것 자체가 오류가 되어 버리는 까닭이다. 다행이라면 다행이랄까, 애체라는 명칭의 기원에 대해서는 아직 명확히 밝혀진 바가 없다. 애체가 네덜란드인의 이름이란 이야기도 하나의 설(說)일 뿐이며, 실존인물인가 라는 점에서도 의문의 여지가 남는다고 하였다(애체가 본디 페르시아어라는 설도 있다). 더 전문적으로 들어가면, 결론이 어떻게 날지 모르겠으나 일단 '단운룡이 안경을 썼다.' 라는 문장만 봐도 단숨에 거부감이 들 것 같아, 애체라는 명칭을 사용하기로 결정하게 되었다.

—오파츠(OOPARTS "Out—Of—Place ARTifactS")

오파츠란 그 형태와 기능이 시대와 맞지 않는 물건들을 뜻하는 단어다. 그 시대의 기술로는 만들 수 없는 것으로 여겨지는 유물들이 여럿 보고 되고 있으며, 이는 수많은 환상 문학 작가들의 상상력을 자극하는 소재가 되어 왔다.

로스트 테크놀로지, 확인되지 않는 고대 문명, 외계인이 전달한 기술들과 함께 언급되는 물건들이지만, 실제 알려진 오파츠들의 대부분이 허위, 또는 당시 기술력으로 만들 수 있는 물건들로 판명되고 있다. 다만 이들이 조작 또는 우연의 산물이 아니라, 정말 우리가 설명할 수 없는 불가사의한 문명, 또는 외계 기술에 의해 만들어진 물건이길 바라는 것은 비단, 필자 하나만의 생각이 아닐 것이라 생각한다.

한백무림서 세계관 속에서는 이미 시대를 벗어난 물건들이 등장해 왔고, 앞으로의 이야기에서도 오파츠에 해당하는 아티 팩트들을 계속 선보이게 될 것이다.

글을 쓰는 데 있어, 개연성과 환상성은 언제나 대척점에 있는 특질일 테지만, 어떤 오파츠가 나오더라도 그럴듯하게 보이 도록 노력해 보고자 하니, 부디 재미로 너그러이 읽어주시길 부탁드리고 싶다.